여름을
다른 말로
하면

CONTENT

입춘: **013**
봄의 시작

곡우: **039**
봄비가 내리는 날

입하: **083**
여름의 시작

대서: **175**
1년 중 가장 더운 날

입추: **299**
가을의 시작

한로: **317**
찬 이슬이 맺히기 시작하는 날

입동: **341**
겨울의 시작

대한: **359**
1년 중 가장 큰 추위

경칩: **371**
만물이 겨울잠에서 깨어나는 날

| 작가의 말 |

여름이었다. 아니, 여름이었을까? 우리가 가장 빛나고 가장 찬란하던 그때는 과연 무슨 계절이었을까?

고등학교 1학년 여름. 내 인생에서 가장 빛났다.

성숙하지 못했고, 성장하는 중이었다. 그래서 더 즐겼다. 성숙하지 못해서 멍청하게 즐겼고, 친구들과 함께 성장했다. 몸도, 마음도.

겨울은 이별과 외로움의 계절이라고 했던가? 길고 지겨운, 쓸쓸하도록 추운 겨울날. 아득히 먼 봄날의 노랑나비와 따스한 햇살이 그리워지기 시작할 때였다.

시린 공기가 내 폐에 들어왔다. 코가 얼어버릴 것만 같다. 거울을 보지 않아도 코가 빨개진 것을 알 수 있었다. 공원에 도착하자 괜스레 주위를 한번 둘러본다.

어제 눈이 많이 왔던 터라 바닥에 소복하게 쌓인 눈으로 귀엽게 노는 어린아이들의 웃음소리, 옷을 단단히 입고 나온 강아지와 반바지 차림으로 패딩만 달랑 걸치고 있는 강아지의 보호자, 공원 입구 앞에서 겨울 간식 중에서도 국룰인 붕어빵과 군고구마를 파는 사장님들, 잎 하나 없고 쓸쓸해 보이는 나무 한 그루까지. 이 모든 게 겨울이라는 계절에 딱 알맞은 모습이었다.

가장 아름답게 피어난 계절은 여름이었는데. 가끔 그 여름이 그립다.

오묘한 감정들이 뒤섞여 북받치려고 들 때 휴대폰에서 진동이 울렸다. 유림이에게서 카톡이 왔다.

배유림
[어디야?]
[너 빼고 다 왔어]
[빨리 와~]
[사진을 보냈습니다.]

10년째 매일 보는 얼굴들과 오랜만에 보는 얼굴들이 다 같은 카메라 앵글에 나온 모습을 보고 웃음을 터트린다. 일말의 가능성도 없지만 무심코 기대해 본다. 오지 않을까? 말도 안 된다는 걸 안다. 하지만 그래도 희망을 놓지 못하겠다. 1학년 11반이 전체로 모이는 날은 고등학교 졸업식 때 사진을 찍는 날 이후로는 없었으니까. 아니다, 그때도 다 같이는 아니었다. 역시나 없었다.

문자 한 통, 전화 한 통 없다는 이야기는, 정말 잘 지내고 있다는 뜻이겠지? 무소식이 희소식이라는데. 오랫동안 무소식이면 괜히 더 불안해진다. 연락이 왔으면 좋겠다. 잘 지내든, 잘 못 지내든.

[알았어]
[금방 갈게]

유림이에게 답장을 보내고 휴대폰을 가방 안에 깊숙이 넣었다. 유림이가 보낸 연락을 마지막까지 읽었어야 했다. 그랬어야 했는데.

*

친구들과 모이기로 한 레스토랑에 도착했다.
"예약하셨나요?"
"네. 배유림이요."
"아 친구분이신가 보네요. 안내해 드릴게요."
직원의 안내를 받고 식당 안으로 들어섰다.

"유하늘!"

"하늘아 왔어?"

"진짜 오랜만이다."

"다들 잘 지냈어?"

어제 만난 친구도 있고 졸업하고 처음 만나는 친구들도 있었다.

"못 본 사이에 유명해졌더라?"

"에이. 아니야."

"아니긴. 배우들이 너한테 사진 찍고 싶다고 줄을 섰다는 얘기를 내가 오기 전에 기사에서 봤어."

"나선우 시끄러운 건 여전하네."

부회장이었던 친구가 쏘아 올린 작은 말에 모두들 웃음을 터트린다.

"음식 시켰어?"

"응. 여기 스테이크랑 파스타가 그렇게 맛있대."

"먹잘알 배유림이 야무진 식당으로 골랐지."

"음식 나왔습니다."

음식은 하나같이 다 맛있어 보였다.

"와. 때깔 죽인다."

"맛있게 드세요."

"감사합니다."

"제가 가장 중요하게 생각하는 것은 채소의 익힘 정도인 것 같아요."

"그게 뭐야?

"와. 류예슬 이걸 몰라?"

"올해 완전 유행했던 건데. 아, 이제는 작년이구나⋯."

"그게 뭔데."

"흑백요리사 몰라?"

"뭐야, 이거 빠쓰네?"

선우는 폭주기관차처럼 폭발했다.

"그냥 먹어."

"넵."

"다들 어떻게 지냈어?"

"나는 뭐⋯. 운이 좋아서 대학 졸업하고 바로 취직하고 마케팅팀에서 일하고 있어."

"나는 수영 국가대표 선발전 얼마 안 남아서 그거 준비하고 있고."

"그러면 오늘 훈련 빠지고 나온 거야?"

"우리가 귀한 사람 시간 뺏은 거 같은데?"

"괜찮아."

"난 얼마 전에 댄스 스튜디오 오픈했어."

"돈 꽤나 벌었겠는데?"

선우는 뭐가 좋은지 배시시 웃어 보였다.

"내가 마지막으로 온 건가?"

"아…. 주인공의 자리를 놓치셨네요."

"한 명 더 오기로 했어."

"누구?"

"하늘아, 너 내 카톡 안 봤어?"

"너한테 연락 보내고 바로 가방으로 넣고 왔는데?"

"그게 실은…."

"어? 백시현 왔다."

백시현. 그 이름 석 자에 나는 눈물이 날 뻔했다. 내가 알던 그 백시현이 맞을까? 그토록 그립고 한 번쯤은 길가에서 우연히 만나길 바랐던 그 백시현이 맞을까?

"다들 잘 지냈어?"

맞다. 그리운 목소리를 들으니 갑자기 설움이 터질 뻔했다. 그의 목소리가 들린 쪽으로 천천히 고개를 돌렸다. 눈이 마주친다. 모든 시공간이 멈추고 아무 소리도 들리지 않았다. 무섭도록 조용한 고요함이 나를 감싸안았다. 그 고요함을 깬 건 그의 단 한마디였다.

"오랜만이야, 유하늘."

백시현이 돌아왔다. 내가 기억하던 백시현.

입춘

: 봄의 시작

익숙했던 중학교를 졸업했다. 어색한 공기를 들이마시며 후- 하고 내뱉었던 고등학교 교문을 처음 통과했을 때. 나는 그 순간을 잊지 못한다. 아니, 잊지 않을 것이다.

오늘은 고등학교 입학식이 있는 날이다. 역시 입학 첫날이라 그런지 학생들이 북적였다.

"아, 도대체 11반은 어디 있는 거야."

반을 헤매고 있을 때 그 애를 만났다.

"한여름?"

내 이름을 부른 건 아니었지만 익숙하면서도 낯선 목소리에 자석처럼 저절로 고개가 돌아갔다. 목소리의 주인을 찾자 실망감이 내 안에서 일렁였다. 뭘 기대한 걸까? 내 이름을 부른 것도 아닌데. 하지만 주변에는 나와 낯선 이름을 부른 그 애만 있었다.

"저요?"

그는 표정의 변화가 없었다. 그렇게 생각했다. 하지만 아주

미묘한 차이를 보았다. 아주 살짝 일그러진 표정의 변화를.

"너 11반이지?"

"그걸 어떻게 아세요?"

"홈페이지에 네 이름 떠 있는 거 봤어. 네 반 저기."

"아 감사합니다."

초면에 왜 반말이지?

11반 문을 열고 들어서니 애들이 하나둘씩 보이기 시작했다. 그중에 눈에 띄었던 건.

"하늘아!"

초등학교를 같이 나왔던 유림이었다.

"유림이? 너도 이 학교를 왔어?"

"응, 고등학교에서 다시 만날 줄은 몰랐네."

유림이는 나의 초등학교 동창이다. 초등학교를 같이 다녔을 때도 자주 같이 다녔다.

다시 만난 유림이가 너무 반가웠다. 유림이가 아니었으면 고등학교 생활은 한동안 어색했을 터이니.

"아 맞다. 다른 친구도 있는데."

"누군데?"

"류예슬! 잠깐 와봐."

수상한 친구가 점점 다가왔다. 그 친구는 화장이 진했고 인상이 세 보였다.

"여기는 내 초등학교 친구 유하늘이고 여기는 중학교 친구 류예슬. 앞으로 우리 셋이 친하게 지내자."

예슬이라는 친구는 나를 뚫어지게 쳐다보았다. 어색한 분위기에서 내가 먼저 말을 걸었다.

"혹시 나 뭐 묻었니?"

"묻은 거 없어."

예슬이가 먼저 다가왔다.

"류예슬, 화장이 진하고 인상이 세 보여서 그렇지 이상한 애는 아니니까 걱정하지 마."

독심술을 하는 줄 알았다. 자기 객관화가 되게 잘 되어 있는 친구구나.

솔직히 말해서 범상치 않아 보이기는 했다. 혼자 했던 괜한 오해가 풀렸다.

"유하늘. 앞으로 친하게 지내자."

그렇게 서로 인사를 하고 복도를 돌아보니 복도가 유난히 소란스러웠다. 고의로 들으려던 건 아니지만 다른 친구들의 말소리가 내 귀로 전해 들려왔다.

"야 봤어? 백시현도 여기 학교인 것 같은데?"

"헐 대박. 그 백시현?"

"그래. 그 백시현!"

백시현? 그를 모르는 나는 점점 궁금해졌다.

"백시현? 걔가 누구길래 애들이 저래?"

"너 백시현 몰라?"

"중학교에서 제일 공부 잘하고 얼굴도 반반해서 이 동네에서 꽤 유명한 애 있어."

백시현이라는 애는 여자애들의 관심을 받으며 반에 들어섰다. 하지만 그의 얼굴을 본 순간 놀랐다.

"엥? 쟤가 백시현이야?"

"뭐야, 하늘이 너 쟤 알아?"

전혀 예상하지 못했다. 책가방을 한쪽으로 메고 반을 알려주던, 재수 없는 놈이라고 생각했던 그 애가 백시현이라니.

"너도 이 반이었어?"

"응. 그러니까 알려줬지."

옆에서 수군대는 애들의 목소리가 들려온다.

"헐. 진짜 백시현이야."

"근데 왜 11반으로 왔지?"

"그러게. 반 배치고사 1등은 원래 1반이잖아."

"멍청아. 그것도 모르겠냐? 백시현이 1등이 아닌 거지."

"헐 그렇네. 미끄러진 건가?"

"그런 듯. 백시현이 무슨 일이래."

무슨 상황인지 파악을 하고 있을 때 그는 자연스레 내 옆자리에 앉았다. 그는 별로 신경을 안 쓰는 것처럼 보였다.

"안녕."

인사를 건네온다. 하기 귀찮긴 하지만 그래도 인사를 받아주는 게 예의니까.

"안녕."

"둘이 아는 사이야?"

"반을 알려줬어."

"근데 아까도 궁금했던 건데 너 나 알아?"

순수한 물음이었다. 그는 나의 눈을 뚫어지게 쳐다보았다. 누구 하나는 먼저 눈을 감을 때까지. 나는 건조함을 이기지 못하고 눈을 한 번 깜빡였다.

"아니. 몰라."

"그게 뭐야?"

"근데 알아가려고."

나를 한참 동안 바라보는 백시현 때문에 얼굴이 금세 붉어졌다. 왜 여자애들이 애한테 환장하는지 알겠다. 잘생겼다. 재수 없게.

"얼굴 치워."

서로를 알아가는 첫 만남 속에서 종이 울렸다. 경쾌하고

봄의 시작

밝은 종소리. 고등학교의 첫 시작을 알리는 종소리였다. 그제야 내가 고등학생이 된 것을 실감했다.

종이 울린 지 조금 됐을 때 담임처럼 보이는 분이 들어오셨다.

"자. 다들 앉아."

선생님의 말씀에 학생들은 다 자리에 앉았다. 선생님은 칠판에 이름을 쓰셨다. 아무래도 본인의 이름인 것 같았다.

"나는 1년 동안 담임을 맡게 된 정현석이야. 너희가 하는 것에 따라서 고등학교를 다니는 3년이 지옥일 수도 있지만 너희의 새로운 시작일 수도 있어. 그러니까 정신 바짝 차려."

"네."

"일단 자리는 이렇게 앉고. 입학식 있으니까 종 치면 그냥 자리에 앉아 있어. 선생님들이 안내해 주실 거니까."

"네."

"이상."

"앞으로 잘 지내보자. 유하늘."

어떻게 내 이름을 부르나 싶었지만 그가 바라보는 시선의 끝에는 내 명찰이 있었다.

이런 애랑 1년 동안 같이 지낼 수 있겠지?

*

고등학교에 입학한 지 이제 막 2주가 지날 무렵. 친구들과의 관계는 생각보다 괜찮았다.

"뭐야? 예슬이 오늘 화장 안 하고 왔네?"

"늦게 일어나서 지각할 뻔했는데 무슨 화장이야. 아 졸려."

예슬이는 바로 엎드렸다.

"요새 예슬이 화장하는 날보다 안 하는 날이 더 많은 것 같아."

"귀찮아서. 중학교 때는 어떻게 맨날 했는지 몰라."

친구들과 대화를 나누고 있을 때 복도에서 애들의 떠들썩함이 내 눈에 아른거렸다.

"오늘 무슨 일이 있나? 복도가 좀 시끄럽네."

"아. 오늘 우리 반이랑 9반이랑 농구 시합한대."

"갑자기 농구 시합?"

"남자애들끼리의 자존심 싸움이랬나? 몰라. 남자애들이 체육쌤 꼬셨대."

"아 귀찮게 우리도 나가야 돼."

"야 유하늘."

"어?"

백시현과도 꽤 친해졌다.

"나 이것 좀 맡아줘."

백시현이 나에게 툭- 하고 던진 것은 그의 후드집업이었다.

"이건 왜?"

"걸리적거려서."

"다른 애들 있잖아."

"아 그냥 네가 맡아줘. 잃어버리면 알지?"

"모르겠는데."

"아 진짜."

"야 백시현. 빨리 와. 미리 가서 몸 풀어야지."

"알겠으니까 빨리 가. 나선우 목소리가 여기에서도 들리네."

그는 옷을 맡기고 교실을 나섰다.

"야. 종 치기 2분 전이다. 얼른 가자."

우리 반과 9반 애들이 모두 운동장으로 모였다. 남자애들의 농구 시합을 구경하기 위해 다른 반 애들, 심지어 선배들까지 모여 운동장을 꽉 채웠다.

"9반 이겨라. 9반 이겨라!"

9반 애들은 목이 터져라 응원했다.

"근데 사실 11반에 백시현이 있어서 이기는 건 거의 불가능이지."

"백시현이 농구를 그렇게 잘해?"

"중학교에서 농구부 주장이었다잖아."

이리저리 시선을 돌려도 온통 그의 얘기뿐이었다. 백시현이 그렇게 대단한 사람인가?

"하늘아. 우리 사진 찍자."

"그래."

"하나, 둘, 셋!"

휴대폰에서 찰칵 소리가 나며 사진이 찍혔다.

"오 뭐야. 하늘이 엄청 예쁘게 나왔는데?"

"아 나 눈 감았어."

사진을 확인했다. 그러다 그리운 사람이 휴대폰을 비췄다.

"어? 하늘아 이분은 누구야?"

나는 사진 속의 사람을 보고 잠시 말을 잃었다.

"하늘이 할머니 같아 보이는데?"

"정말이야? 이거는 언제야?"

"나 중학교 2학년 때."

"할머니 되게 젊으시다."

"그치. 젊을 때 떠나셨거든."

"어?"

할머니가 떠났다는 말을 덤덤하게 말하는 나를 보며 친구들의 말수도 같이 적어졌다.

*

할머니는 열여덟에 엄마를 낳으셨다고 한다. 할머니의 젊은 시절, 할머니가 가장 예뻤을 시절은 전부 가족에게 바쳐야 했다. 할머니는 말하셨다.

"이 할미의 청춘은 하늘이 네가 우리한테 오고 나서부터야."

그 말에 할머니의 청춘을 기억하고 싶어 추억을 많이 만들려고 했다. 엄마한테 말해 바다도 많이 가고, 할머니와 맛있는 맛집도 찾아가고. 호화로운 나날들을 누리고 있었다.

어느 날 청천벽력 같은 소식이 내 귀에 들려왔다. 할머니가 암에 걸렸다는 것이었다. 이미 암세포가 온몸에 전이되었다고 말하는 의사의 표정도 세세히 기억난다. 달리 방법이 없어 그저 할머니를 한 번이라도 더 보기 위해 학교가 끝나자마자 할머니의 병문안을 가는 것밖에 없었다.

한 번은 내가 할머니를 뵈러 갈 때 이런 대화를 한 적이 있다.

"할머니, 많이 아프지는 않아?"
"우리 손녀 얼굴 봐서 그런가. 하나도 안 아프네."
"얼른 나으셔서 우리랑 같이 여행도 다니고 그러셔야지."
이미 할머니는 희망이 없다는 걸 알았지만 그저 우스갯소리로라도 할머니를 웃게 해드리고 싶었다.

"다 늙어서 여행은 무슨. 너희한테 짐만 되지."

"그런 게 어디 있어. 할머니가 어떻게 우리한테 짐이야."

할머니는 내 손을 꼬옥 잡고 말을 이었다.

"하늘이 너는 절대로 이 할미처럼 살면 안 돼. 알았지?"

내 손에 겹쳐진 할머니의 손은 할머니의 지난 세월을 증명하는 듯 거칠고 굳은살이 많았다.

"왜 말을 그렇게 해. 할머니 인생이 뭐 어때서."

"네 젊은 날을 너무 많이 낭비하지 말라고. 즐길 수 있을 때 즐겨야 돼. 이 할미 말 알았지? 이 늙은이가 죽을 날 앞두고 너무하는 건가? 아직 중학생밖에 안 됐는데."

나는 할머니의 진심 어린 말과 목소리에 눈물이 쏟아졌다.

"울긴 왜 울어."

할머니는 정성이 듬뿍 담긴 손으로 나의 눈물을 훔쳐주었다.

"할머니가 말을 슬프게 하니까 그렇지."

"우리 하늘이는 진중해서 뭐든 잘할 거야."

할머니의 그 진중하다는 표현이 내게는 최고의 찬사였다. 나오려는 눈물을 이 악물고 참아냈다.

"이 늙은이가 손녀딸 많이 사랑하는 거 알지?"

할머니의 그 한마디는 나의 심장 안쪽까지 스며들어 말랑말랑하게 만들며 찬찬히 녹여냈다. 굳은 결심이 다시 무너져 내릴 것 같았지만 그래도 버텨야 했다.

"알아 몰라."

"알지 왜 몰라. 나도 많이 사랑해 할머니."

그게 마지막이었다. 할머니는 그날 새벽에 갑작스러운 심장마비로 돌아가셨다. 사랑한다고 더 많이 말씀드릴걸, 바쁘다는 핑계 대지 말고 한 통이라도 더 전화드릴걸. 많은 후회와 막연함이 내 머릿속과 마음을 헤집어 놓았다.

*

잠시 그립고 슬픈 추억에 젖어들었다. 정신을 차리고 보니 나도 모르게 눈물이 흘러나왔다.

"하늘아 괜찮아?"

"아."

나는 급하게 옷소매로 눈물을 닦았다.

"나도 모르게 할머니 생각이 나서. 놀라게 해서 미안해."

친구들에게 사과를 전하고 있을 때 크고 묵직한 그림자가 나를 덮쳤다.

"너 왜 울어?"

백시현이었다. 방금 게임이 끝났는지 머리칼에 땀이 맺혔다. 그의 칠흑빛처럼 검은 눈동자를 가만히 바라봤다. 점점 더 빠져들었다. 하지만 그의 고갯짓 한 번에 정신을 차렸다.

"아 신경 쓸 거 없어. 그나저나 시합은 끝났어?"

"응. 근데 하나 더 남아서 바로 가야 돼."

"아. 그래?"

그는 어느 한 곳을 계속해서 응시했다. 그의 시선을 쫓다 보니 그 시선의 끝은 그의 후드집업이었다.

"내팽개칠 줄 알았는데."

"어?"

백시현은 뒤에 있는 그의 후드집업으로 고갯짓을 했다.

"내 거."

"내팽개치지 말라며."

"근데 진짜 그럴 줄은 몰랐지."

"야, 백시현. 안 오면 우리끼리 한다?"

그의 뒤에서 그를 부르는 친구들이었다.

"아 간다고. 나 간다?"

그는 다시 경기장으로 향했다. 농구공을 팅기며 아까 못 다 한 경기를 이어갔다.

"근데 너희 뭐 해?"

제법 떨어져 있는 거리에서 유림이와 예슬이는 나와 그의 모습을 지켜보았다.

"둘이 뭐야?"

유림이는 한껏 신난 목소리로 나에게 물었다.

"네가 생각하는 그런 거 아니야."

"그런데 왜 갑자기 백시현이 경기하다 말고 너한테 올까?"

"잠깐 쉬니까 온 거겠지."

"아, 진짜 둘이 뭐냐고."

열풍이 불던 농구 시합이 끝나고 학생들은 반으로 들어왔다.

"다음 시간 뭐야?"

"영어."

"아 영어라고?"

"난 왜 영어책만 펴면 졸릴까?"

"공부가 너무 하기 싫은 거 아니야?"

"그래서 난 진작에 공부랑 담쌓았지."

"그래도 예슬이 너는 일찍 진로 정했잖아. 그건 부럽다."

"새벽마다 연습실 가는 거 쉽지 않아."

예슬이는 댄서가 꿈이라고 한다. 다들 하나둘씩 꿈을 정했다고 하는데 나는 아직 모르겠다. 성인이 된다는 건 나에게 너무 먼일인 것 같아서. 내가 좋아하는 것도, 잘하는 것도 뭔지 모르겠다.

종소리와 함께 선생님이 반으로 들어오셨다.

"자리에 앉아라."

"쌤 저희 오늘 9반이랑 농구했는데 저희가 이겼어요."

"오, 그래?"

"그런 기념으로 오늘은 자습하는 거 어떻습니까?"

"시험 3주 남았다. 자습은 무슨. 너희가 진도 제일 느려. 63페이지 펴라."

교과서를 폈다. 편 교과서 위로 팔을 굽혀 그대로 엎드렸다.

"야 유하늘."

"왜?"

"너는 수업 이제 막 시작했는데 바로 엎드려?"

"어차피 들어도 잘 몰라."

할머니는 내가 중학교 3학년 때 암을 진단받으셨다. 가족 모두가 할머니를 챙겨드려야 했고, 나도 어리다고 예외는 아니었다. 심지어 부모님이 가지 말라고 하면 할머니 보고 싶다고, 가겠다고 졸랐다.

할머니는 의사가 생각했던 것보다 무려 6개월을 더 버티셨다. 1년 동안 침대에 누워 계시며 항암 치료를 받으셨다. 그 1년 동안 우리 가족의 일상은 조금씩 변화하기 시작했다. 공부를 할 시간은 더더욱 없었다. 기본 개념 없이 고등학교에 올라온 나는 지금부터 공부를 한다고 해도 따라잡을 수 없었다. 그래서 공부를 일찌감치 포기했다. 다른 사람들이 들으면 핑계라고 생각할지도 모르지만 그 선택에 후회는 없었다. 그만큼 사랑하는 할머니를 오래 눈에 담았으니까.

"너 그래가지고 대학은 어떻게 가려고 그러냐? 최소한 3등급 정도는 돼야 대학을 가든 말든 할 텐데."

"성적이 전부는 아니잖아. 그냥 내가 하고 싶은 거 하면서 살면 되는 거지."

"아…. 머리 아파."

"하늘아, 어디 아파?"

"그냥 가벼운 빈혈이야. 자주 있는 일이라서 괜찮아."

친구들한테는 괜찮다고 말했지만 이놈의 빈혈은 도무지 없어지지 않는다.

괜찮아질 줄 알았는데 이번 빈혈은 쉽게 가시지 않았다. 머리를 조여오는 통증이 나를 아무것도 하지 못하게 만들었다.

"야 유하늘. 아프면 보건실 가서 약을 먹거나 조퇴를 해. 계속 끙끙거리지 말고."

"그 정도는 아니야. 괜찮아."

책상에 엎드려 있을 때 어떤 선생님이 들어오셨다.

"얘들아. 밥 먹으러 가자."

애들이 점점 교실에서 빠져나갔다.

"난 괜찮으니까 너희끼리라도 밥 먹고 와."

유림이와 예슬이는 눈치를 보며 갈까 말까 고민을 하고 있었다.

"진짜 괜찮아. 유림이 너는 오늘 급식 맛있다고 어제부터 기대해 놓고."

"그러면 진짜 후딱 먹고 올게."

"너 딱 기다리고 있어."

친구들은 나에게서 한 걸음, 한 걸음씩 멀어져 갔다.

이제 혼자다. 교실에 남아 있는 건 공부를 하느라 밥을 안 먹는 반 애들과 나뿐이었다. 블라인드를 내렸다. 나는 따스한 햇살과 솔솔 불어오는 바람을 느끼며 낮잠을 청했다.

잠에 든 지 30분 정도 지났나? 반 애들이 점심을 먹고 들어왔다. 잠에서 깨어 눈을 비볐다. 내 책상에 무언가 놓여 있었다.

"이게 뭐지?"

정신을 차리고 보니 초코우유와 두통약, 그리고 의문의 쪽지가 눈에 띄었다.

"누가 쓴 거지?"

의문의 편지의 주인을 찾으려고 주위를 둘러보니 더더욱

알 수 없었다.

> 여전히 이거 좋아하더라
> 아프지 마

포스트잇을 물끄러미 바라보았다. 한참을 뚫어져라 쳐다보니 이제야 알았다. 수업 시간에 곁눈질로 힐끗힐끗 봤던 그의 필체. 그거 하나면 단서가 되기에 충분했다.
백시현이었다. 이 포스트잇의 주인이.

근데 내가 이거 좋아하는 건 어떻게 알았지?

궁금증을 품은 채 친구들을 기다렸다. 기다린 친구들은 늦지 않게 돌아왔다.
"하늘아. 이제 괜찮아?"
"응. 한숨 자고 일어났더니 괜찮아졌어."
그 포스트잇은 나의 사소한 추억 중 하나로 기억했다.

*

"애들아. 오면서 봤어? 우리 학교 나무에 벚꽃 폈어!"

"진짜? 비몽사몽으로 오느라 못 봤는데."

"한번 가보자!"

유림이는 신난 발걸음으로 나와 예슬이를 이끌고 벚꽃이 만개했다는 나무로 달려갔다.

"우와."

유림이의 말대로 어둡고 칙칙한 나무에 피어 있는 꽃들이 분홍색으로 물들인 것 같았다.

"진짜 예쁘다."

"우리 학교에 이런 곳이 있었구나."

"내가 잘 찾았지?"

"근데 학교에 벚꽃 나무 있는 건 처음 봐."

"그러게. 다른 학교들은 그냥 아무 핑크색 꽃이던데."

"이것도 그것들이랑 별반 다를 게 없어."

그때 다른 꽃들에게 물을 주던 경비아저씨가 우리에게 말을 걸어왔다.

"네?"

"여기 있는 꽃. 벚꽃 아니라고."

진짜 벚꽃이 아니라는 보안관선생님의 말씀에 유림이가 살짝 실망한 것처럼 보였다.

"그럼 무슨 꽃이에요?"

"살구꽃이여, 살구꽃. 저기 퍼렇고 노란 열매 보이지?"

보안관선생님의 손끝에 시선을 맞춰보니 꽃들 사이에 열려 있는 살구 열매가 보였다.

"우와. 저게 살구예요?"

"그럼. 저게 살구지. 살구 못 봤어?"

"예전에 할머니 집에서 보고 오랜만에 봐요."

"그럼 살구 언제 따 먹을 수 있어요?"

유림이가 반짝거리는 눈으로 보안관선생님을 쳐다보았다.

"에이! 아직 멀었지. 여름 되어서야 익는데."

"그때까지 기다리면 따 먹을 수 있어요?"

"교무부장님 허락 맡고 오면 그때 따 줄게."

"힝…. 그냥 열리면 저희 따 주시면 안 돼요?"

"안 되지, 인석아."

"아아. 선생님."

　　유림이는 보안관선생님과 실랑이를 벌이고 있었다. 살구 열매가 열리면 살구를 따달라는 창 같은 유림이와 선생님의 허락을 받아야만 살구를 따 줄 수 있다는 방패 같은 보안관선생님이었다.

　　나와 예슬이는 저 꼭대기에 노랗게 맺혀 있는 살구 열매를 한참 동안 바라보았다.

"근데 꽃 피니까 예쁘긴 하다."

"사진 찍으면 엄청 인생사진 나오겠는데?"

"그러면 우리 사진 찍자!"

어디서부터 들은 건지. 유림이는 나와 예슬이 사이를 비집고 들어와 말괄량이 말투로 사진을 찍자고 말했다.

"오늘?"

"응! 어때? 좋지 않아?"

"나 오늘 얼굴 안 챙겨 왔는데. 오늘 진짜 못생겼어. 어제 늦게 자가지고 다크서클도 코까지 내려왔고."

"힝…. 하늘이 너는?"

"나도 오늘 교복이 아니라 체육복이라서…."

"그럼 중간고사 끝나고 찍을까?"

"중간고사 끝나면 꽃 다 져 있을걸?"

"아, 진짜요?"

"다음 주에 비 온댄다. 그러면 꽃 다 떨어져 있지."

"헐 어떡하지?"

"그럼 내일 찍을까?"

"내일?"

"응. 나 내일은 새벽 연습도 없어서 컨디션 괜찮을 듯. 어때?"

"좋아! 그러면 다들 내일 예쁘게 하고 오기다?"

다음 날이 되었다.

"뭐야. 배유림 엄청 꾸몄네?"

"꽃 앞에서 찍는 건데 예쁘게 찍어야지. 예슬이 너도 꾸민 거 엄청 오랜만에 봐."

"사진 찍는데 누추하게 나오는 건 사진에 대한 예의가 아니지."

"근데 언제 찍을 거야?"

"점심시간에 찍자!"

점심시간을 알리는 종이 울리고 우리는 후딱 점심을 먹고 어제 봤던 살구나무가 있는 곳으로 갔다. 어제는 사람들이 없더니 수소문을 듣고 많은 학생들이 몰려들었다.

"사람 엄청 많아."

"야. 이쪽으로 와. 여기 예쁘게 나온다."

많은 학생들의 인파를 뚫고 유림이가 찾은 장소는 정말 사진이 잘 나오는 명당이었다.

"유림아 가봐. 찍어줄게."

"진짜?"

신난 유림이는 나뭇가지에 열려 있는 살구나무 꽃들을 바라보며 고개를 들었다.

"오 진짜 예뻐."

"진짜? 나 봐볼래."

예슬이가 찍어준 유림이는 정말 예쁘게 나왔다.

"오 뭐야. 예슬이 사진 진짜 잘 찍어!"

"내가 좀 잘 찍긴 하지."

"예슬이 너도 가 봐. 내가 찍어줄게."

예슬이도 살구나무 아래에 섰다. 예슬이는 바닥에 떨어진 살구꽃을 귀 뒤에 꽂으며 포즈를 취했다.

"오 예뻐 예뻐."

"나 잘 나와?"

"완전."

유림이는 엄지를 예슬이에게 내밀었다.

"나 볼래."

예슬이는 내가 찍은 사진을 섬세하게 쳐다보았다.

"뭐야. 유하늘 사진 왜 이렇게 잘 찍어?"

"그러니까. 무슨 사진작가인 줄?"

"그러면 다행이다."

"하늘아 가. 내가 아주 예쁘게 찍어줄게."

"그럼 잘 부탁해."

나무 아래에 섰다. 유림이는 세상 열심히 내 사진을 찍었다. 그때, 바람이 크게 불었다. 나뭇가지와 잎들이 크게 흔들리고 꽃잎이 흩날렸다.

유림이는 이때를 놓치지 않았다. 휴대폰을 들었다. 연이어 들리는 카메라 찰칵- 소리에 나는 꽃들이 날아오는 쪽으로 손을 뻗었다.

"미쳤다. 진짜 인생사진인데?"

"정말?"

유림이는 내게 사진을 보여주었다. 자기 좀 찍었다고 자랑했다.

또 한 번 바람이 불어 꽃잎들이 우리 앞을 지나갔다. 앞머리를 잡은 채 솔솔 불어오는 시원한 바람을 느꼈다. 상쾌한 바람이었다.

"시원하다."

높고 공활한 하늘의 흩뿌려지는 듯한 구름 사이로 뜨거운 태양이 우리를 비췄다. 눈을 찡그리며 고개를 올려다보았다. 눈이 부셨다. 그것도 아주 많이.

하늘을 올려다보니 저 높은 건물에서 창밖을 바라보는 백시현을 보았다. 벽들이 우리를 갈라놓았지만 텔레파시가 통한 듯 한날한시에 서로의 눈이 마주쳤다. 아이스크림을 왕- 하고 물고 있는 그를 보며 은은히 미소 지었다.

곡우

: 봄비가 내리는 날

중간고사가 끝났다. 오늘은 성적표를 받는 날이었다.

"자 얘들아. 번호대로 나와서 성적표 받아라. 강유빈, 권도훈."

선생님의 부름에 친구들이 하나둘씩 책상에서 일어나 교탁으로 나섰다.

"유하늘."

성적표를 받았다. 충격적인 숫자가 등급에 나타났다.

"헐 미친. 나 7등급인데?"

성적이 바닥일 거라고 예상은 했지만 막상 현실로 닥치니 충격이 쉽게 가시지 않았다.

"괜찮아. 원래 1학년 1학기 중간고사는 못 봐도 된다는 거랬어."

"야 8등급 여기 있다."

"8등급이 뭐냐? 발로 풀어도 그것보다는 잘 풀겠다."

"나선우 너 시비 걸래? 넌 몇 등급인데?"

"뭐가 됐든 너보다 잘 봤지."

"성적표 까봐."

"유림이 너는 몇 등급이야?"

"나?"

예슬이가 슬쩍 곁눈질로 유림이의 성적표를 봤다. 예슬이는 유림이의 성적표를 보고 깜짝 놀라 했다.

"헐, 야. 얘 2등급이야."

"미쳤네."

그때 자신의 성적표를 보고 있는 백시현이 나의 레이더망에 들어왔다.

"백시현, 너는 몇 등급이냐?"

"나?"

"야. 백시현 쟤는 등급을 물어볼 게 아니라 석차를 물어봐야지."

"너 또 이상한 소리 할래?"

백시현은 지겹다는 말투로 선우에게 말했다. 그들의 말투나 목소리만 들어도 이미 오랜 친구라는 게 느껴졌다.

"성적표 봐도 돼?"

"맘대로."

등급을 볼 필요가 없었다. 모든 과목이 1등급이었다. 문득 이런 생각이 들었다. 나와 백시현은 전혀 다른 세계에 있구나. 얘가 그때 왜 그런 말을 했는지 이제야 알았다.

"도대체 전교 1등은 어떻게 하는 거야?"

"뭐, 열심히 하면?"

"대단하다 진짜."

"자, 성적 나왔으니까 이제 상담 기간인 거 알지? 조회, 점심시간, 방과후 활용해서 상담할 거니깐 알고 있어라. 상담은 번호대로. 이상."

"네."

사흘 뒤 점심시간. 담임 선생님을 뵈러 교무실로 향했다.

"안녕하세요."

"어, 왔어? 여기 앉자."

선생님의 맞은편 자리에 앉았다. 선생님은 학기 초에 내가 썼던 자기소개서를 들고 계셨다.

"선생님이랑 이렇게 상담하는 건 처음이지?"

"네."

"음…. 하늘이 성적이 좋진 않네. 진로는 정했니?"

"아니요. 아직 못 정했어요."

"특별히 좋아하는 거나 잘하는 건?"

"딱히 생각을 안 해봐서 제가 뭘 좋아하는지 모르겠어요."

"꿈이 있으면 그래도 내가 뭘 해야 하는지 좀 보이거든. 꿈이랑 좋아하는 거랑 연관돼 있으면 더 좋고."

"저한테는 너무 먼 얘기 같아요."

말 그대로다. 어른이 된다는 건 나에게 너무 먼 이야기 같다. 학생이라는 신분을 벗어나면 나는 뭘 먹고 살까? 뭘 하고 살까?

"눈 한 번 깜짝하면 바로 고3이고 바로 스무 살이다? 시간이 많이 남지는 않았지만 그래도 너무 촉박한 건 아니야. 잘 생각해 봐. 네가 뭘 하고 싶은지."

"네…."

상담실 문을 열고 교무실에서 나왔다.

"하…."

"유하늘."

"깜짝이야!"

문을 닫고 나왔더니 백시현이 문 앞에 우뚝 서 있었다.

"간 떨어질 뻔했네."

"상담은 잘했냐?"

"뭐 그럭저럭? 진로가 없어서 뭐 말할 게 없었어."

"그래?"

"너도 상담했지?"

"했지."

"무슨 얘기 했어?"

"뻔하지. 전교 1등 놓치지 말고 공부 열심히 하라고. 다음 모의고사도 1등 해보라고."

"하긴. 나 같아도 그렇겠다."

종 칠 때가 다 되어 복도에는 애들이 별로 없었다.

"야 유하늘."

그는 발걸음을 멈추고 반 앞에 섰다.

"어?"

뒤를 돌아보니 그는 심각한 표정을 짓고 있었다.

"너 공부할 생각 없냐?"

그의 말 한마디에 사방이 고요해졌다.

"갑자기?"

"아니 뭐. 기말고사도 남았는데 이대로 그냥 보내기엔 시간도 아까운 것 같아서."

"우리 집 대학생 등록금 내는 것도 한몫하는데 무슨 학원이야."

"아니면 나한테 받든가."

그와 시선이 맞닿았다. 이상하게 분위기가 간질간질했다.

"너는 공부 안 해? 학원도 많이 다니는 놈이 무슨 내 공부를 도와준다고."

"학원은 매일 7시부터라서 그때까지 시간 남아. 어때, 땡기지 않냐?"

"왜 도와주려는 건데?"

정말 순수한 물음이었다. 내가 공부를 시작해서 성적이 오른다면 경쟁 상대는 더 늘 텐데 왜 너는 나를 도와주려고 하는 걸까? 하지만 돌아오는 대답은 생각보다 단순했다.

"그냥, 네가 너무 아까워서. 하면 잘할 거 같아서."

"나 기초도 안 잡혀 있어서 되게 힘들 텐데."

"그럼 가르치는 것도 경험이라고 생각하지 뭐. 싫으면 말고."

나는 백시현이 단순히 기만을 부리는 것이라고 생각했다. 하지만 그의 눈을 보고 생각이 바뀌었다. 얘라면 정말 나를 바꿔줄 거라고 생각했다. 한번 믿어보고 싶다. 백시현을.

"그래, 한번 해보지 뭐. 근데 어디에서 해?"

"학교 끝나면 교실 비잖아. 거기에서 하면 되지."

"응."

"대신 우리 같이 스터디하는 건 비밀. 오키?"

"응."

종례가 끝나고 잠깐 옥상으로 올라갔다. 우리 학교 옥상은 종례가 끝난 뒤 노을 진 풍경이 아름답기로 유명하다고 유림이가 그랬다. 선생님들이 옥상을 잘 안 잠그신다는 소문도 함께 들었다.

정말 옥상은 잠겨 있지 않았다. 문을 열었다. 소문은 거짓이 아니었다. 내 눈으로만 보기에는 아까운 풍경이 눈앞에 펼쳐졌다.

"우와 예쁘다."

노을 진 하늘은 누군가가 주황색으로 물감을 덧칠한 것만 같았다.

"예쁘지?"

언제 또 백시현이 올라왔는지 그가 바로 옆에서 말을 건넸다. 나는 경치를 감상하느라 넋이 나가버렸다.

"응. 예쁘다."

기분 탓인지 그의 시선이 나에게로 향하는 것을 느꼈다. 그리고 그 예감은 틀리지 않았다.

"왜 그렇게 봐?"

"그냥. 네가 저 노을이랑 닮은 것 같아서."

"무슨 뜻이야?"

"저 노을이랑 너. 닮았다고."

"뭔 소리야. 얼른 시작하자. 나 때문에 지연된 거라면 미안해."

"안 올 줄 알았는데 그래도 왔네."

"약속을 했는데 어떻게 안 와. 그건 무책임한 거지."

그는 내 말을 듣고 놀란 듯한 표정을 지었다.

"하나도 안 변했구나. 너는."

"어? 뭐라고?"

중얼거리는 듯이 말해서인지 잘 알아듣지 못했다.

"아니야. 그냥 혼잣말이었어."

우리는 교실로 향했다. 블라인드가 쳐져 있지 않았다. 옥상에서 본 태양이 여기까지 내려와 있었다. 햇살 때문에 눈을 찡그렸다. 그는 잽싸게 블라인드부터 내렸다.

"정확히 어디까지 공부했어?"

"2학년 2학기 중간고사 때까지는 그래도 새끼손가락 정도 걸어놓고 있었는데 그 이후부터는 한 적이 없어."

"그래? 그럼 잘 봐봐."

백시현은 같은 개념을 여러 번 설명해 주었다. 이해를 잘하지 못하는 나를 위해.

"오늘은 첫날이니까 여기까지만 하자."

집중하느라 굽었던 허리를 펴며 기지개를 켰다.

"하…. 공부를 너무 안 해서 그런가? 배웠던 것도 다 까먹은 것 같아."

"아예 모르는 것보다는 낫지. 그래도 힘들긴 힘드네."

"거봐, 내가 뭐랬어. 중간에 포기할 수도 있다니까."

"그래도 나는 너 포기 안 해."

눈이 마주친다. 진심이 묻어난 그의 눈은 반짝였다.
"얼른 가자."

비가 내렸다. 그냥 오는 것도 아닌 거센 소나기가 내렸다.
"비 오네."
"그러게."
그는 손을 뻗어 비가 얼마나 오는지 가늠했다. 그의 손은 금세 젖어들었다. 점점 빗줄기가 굵어졌다.
"바로 그칠 것 같지는 않은데."
혹시 모를 상황에 대비해 가방에 넣어둔 우산을 꺼냈다. 아침에 엄마가 우산 챙기라고 했던 잔소리를 흘려듣지 않아서 다행이었다.
"우산, 같이 쓸래?"
그는 입꼬리를 살짝 올리며 옅게 웃음을 지었다. 긍정의 대답 같았다.

하나의 우산을 나누어 썼다. 길거리를 돌아다녔다. 우리는 발이 내키는 대로 움직였다. 빗물이 고여 생긴 웅덩이. 빗방울이 튀기자 옆으로도 물이 튀었다. 그런 웅덩이들을 조심스레 밟으며 걸었다.
걷다 보니 그의 어깨가 다 젖어가고 있다는 걸 보았다.

"야 너 어깨 다 젖잖아. 내가 들게."

"됐어. 그냥 가."

"그냥 가긴. 내가 들게."

"나 걱정해 주는 건 좋은데 그냥 가지? 네가 들면 괜히 더 젖어."

무심한 듯 배려해 주는 그는 다정했다.

집에 도착했다.

"다 왔네."

"응."

비는 처음 학교에서 나왔을 때보다 많이 그치기는 했지만 그래도 빗줄기는 변함없이 굵게 내렸다.

"그럼 나 간다?"

"야, 잠깐만."

그의 손목에 있는 옷소매를 살짝 잡아 그를 붙잡았다.

"왜?"

"아직 비 오잖아. 설마 비 다 맞고 가게?"

그에게 잔소리 아닌 잔소리를 하며 우산을 건넸다.

"이거 쓰고 가."

"아까처럼 많이 오는 것도 아니고. 편의점에서 사면 돼."

"그러다 감기 걸리면 어쩌려고."

우산을 두고 투덜대듯 툭툭 말을 던졌다.

"유하늘?"

내 이름을 부르며 저 멀리서 달려오는 저놈은 유하준. 내 오빠다.

"너 왜 이제 와?"

"나 공부하느라."

"네가 공부를? 말이 되는 소리를 해."

"왜 말이 안 돼. 근데 왜 오빠는 거기에서 와?"

"엄마 심부름하느라. 근데 옆에 있는 애는 누구야? 너 설마 남친 생겼냐?"

"무슨 남친이야. 그냥 친구야. 이상한 생각 좀 하지 마?"

"아니 멀쩡한 남녀가 비 오는데 우산 같이 쓰고 오면 좀 수상하지 않냐?"

"뭐가 수상해. 데려다줘서 고마워. 내일 보자."

오빠를 집으로 들여보내기에 바빠 작별 인사도 제대로 하지 못하고 헤어지게 되었다.

*

우리의 스터디는 생각보다 순조롭고 비밀스럽게 진행되었다. 하지만 단조롭게 누리던 평화가 깨지는 날은 얼마 지나지 않아서였다.

"그러면 여기에서 이항하는 거야?"

"그렇지. 이제 어느 정도 이해돼?"

"응."

"생각보다 잘하는데?"

"너네 뭐야? 점점 수상해져?"

유림이는 이상한 미소를 지으며 다가왔다.

"또 이상한 상상 한다 배유림."

"아니 이상한 상상이 아니라 너희가 오해하게끔 하잖아."

"친구라는 거 알면서."

"친구라면 백시현이 이렇게 다정하게 문제를 알려줄 리가 없지."

"왜 저래."

"아니, 그렇잖아. 내가 모르는 문제 가지고 오면 이것도 모르냐면서 막 구박하는 게."

복도가 괜히 어수선했다. 백시현은 한 여성을 보고는 그 사람에게 시선을 고정했다. 그 여성은 교복을 입지 않았다. 학교 학생은 아닌 것 같았다.

"백시현?"

"잠시만."

그는 급하게 자리에서 일어나 그 여성이 거닐고 다니는 복도로 달려갔다.

애들과 함께 교무실로 향했다. 사회 선생님의 심부름 때문이었다. 상담실 쪽에서 큰 소리가 났다. 시선을 옮겼다. 상담실 앞에는 백시현이 서 있었다. 그리고 그 안에는 아까 봤던 여성과 담임 선생님이 상담 중이었다.

"아니 선생님. 우리 시현이가 반 꼴등이랑 짝꿍이라는 게 말이 된다고 생각해요?"

"어머님. 일단 진정하시고요."

"제가 지금 진정하게 생겼어요? 우리 시현이한테 하나도 득이 될 게 없는 애가 시현이 옆자리에 앉고 있는 거잖아요."

담임에게 따지듯 소리를 지르는 저 여성은 백시현의 어머니인 듯했다.

"엄마. 여기에서 뭐 하는 거예요?"

참다못한 백시현이 나섰다.

"시현아. 마침 잘 왔어. 급이 맞는 애들이랑 같이 어울려 다녀야지. 안 그러니?"

"어머님. 하늘이에 대해서 잘 알지 못하시지 않습니까? 하늘이 좋은 아이입니다."

"좋은 애면 뭐하냐고요. 내 아들이 수준이 낮아도 한참 낮은 애랑 다니면 애가 배울 게 없는데."

수준이 낮아도 한참 낮은 애. 그 말이 내 마음속에 비수가 되었다. 생각해 보면 다 맞는 말이었다. 학교에서 유망주라고 불리는 애가 시간이 남아돌아서 나를 도와주는 것도 아닌데. 어리석게 기분이 들떠 있었다.

"하늘아, 어디 가?"

교무실을 나섰다. 학교 뒤편의 분수대로 향했다. 분수에 물이 계속 뿜어져 나왔다. 연못에 물줄기가 스며드는 게 꼭 나의 마음 같았다.

바보같이 기대했다. 평범하디평범한 내가 특별한 백시현과 같이 있으면 나까지 특별한 사람이 된 것 같아서, 그게 싫지 않아서, 오히려 더 좋아서. 꿈 같은 시간 속에 갇혀서 현실은 고이 접어놓고 이상 같은 시간들에 잠겨 있었다.

어지러운 생각을 정리하고 마음을 가다듬었다. 지나간 일들은 다 잊고자 했다. 다시 교실로 가려고 했는데. 그러려고 했는데.

"백시현?"

내 앞에 나타났다. 너는 왜 굳게 다짐한 마음을 과감히 짓밟는지.

"여기에서 뭐 해?"

"그냥. 생각할 게 좀 있어서."

"우리 엄마가 얘기한 거 들어서 그런 건 아니고?"

"너희 어머니 말씀이 틀린 말도 아니잖아."

"그래서?"

"다시 생각해 보라고. 나 말고 널 위해서. 너한테는 시간 낭비일 수도 있잖아."

생각해 두지 않았던 말을 뱉었다. 내가 지금 무슨 말을 내뱉었는지도 모르겠다. 그냥 머릿속에서 흘러가는 의식의 흐름대로 말을 뱉었다. 순간적으로 날아온 쪽팔림에 그 자리를 뜨려고 했다. 그러려고 했다.

"내가 하고 싶어서 하는 건데."

단 몇 마디가 나를 멈추게 만들었다. 두 달이라는 시간 동안 백시현과 거의 매일 같이 다녔지만 그런 목소리는 처음 들어보았다. 마치 헤어진 연인을 붙잡듯이.

"뭐?"

"너 말고 날 위해서 다시 생각해 보라며. 내가 원해서 하는 거라고."

바람이 불어왔다. 우리를 장식해 주듯. 바람은 우리를 더 가깝게 해주었다. 아, 이런 게 자연의 힘이라는 건가?

"그러니까 나 때문에 피하는 거라면 그러지 않아도 된다고."

시간이 멈춘 듯했다. 말보다 먼저 마음이 닿는 그의 목소리. 그 목소리가 나를 붙잡았다.

주변 공기는 습했다. 하지만 그 습한 공기와 후덥지근한 온도는 우리를 더 긴장하게 만들었다. 초여름이 우리를 긴장

시켰다.

"왜 굳이 그렇게까지 하는 거야? 정말 시간 낭비일 수도 있고 너한테 득 될 것도 없잖아."

속에도 없는 말을 내뱉으며 나의 감정을 애써 외면했다.

그러나 그가 건넨 말에 내 생각들이 무너졌다. 그것도 아주 처참히.

"더 보고 싶으니까. 그리고 같이 있고 싶으니까."

*

더 보고 싶으니까.

그런 말을 들은 건 처음이었다. 그래서일까? 그 한마디가 아직도 귓가에 맴돈다. 집에 도착해서 저녁이 될 때까지 그 말을 곱씹고 또 곱씹었다. 그 기억을 상기시킬수록 머릿속이 복잡해지는 한마디였다.

"하…. 진짜 미쳤어. 왜 그런 말을 해가지고는."

잊으려고 오만 가지 수를 다 써봐도 계속 그 장면이 리플레이되고 그의 모습이 내 주변에 아른거린다.

"야, 유하늘."

불청객이 또 나타났다. 오빠였다.

"왜?"

"네 컴퓨터 좀 쓴다?"

"뭐 하게?"

"학교 과제."

"근데 왜 내 컴퓨터로 해? 오빠 컴퓨터 있잖아."

"네 컴퓨터가 더 성능이 좋잖아."

"빨리하고 나가."

"근데 넌 왜 아까부터 죄 없는 베개만 때리고 있냐?"

"내 방에 CCTV라도 달아놨어?"

"들어오기 전에 퍽퍽 소리가 내 방까지 들리더라. 얼마나 세게 때렸으면, 죄 없는 베개가 불쌍하지."

"컴퓨터 꺼버린다?"

"그건 안 되지."

"오빠 근데 있잖아."

분명 오빠에게 말했다간 놀림당할 게 뻔하지만 그래도 이런 고민을 털어놓기엔 오빠만 한 사람이 없었다.

"불러놓고 왜 말을 안 해?"

"분명 친구인데 가끔 막…. 이상한 기분이 들거나 생각이 많아지는 건 도대체 뭘까?"

"뭔 소리야. 자세히 얘기해야 알지."

"아 진짜. 못 알아들었으면 말아."

"너 좋아하는 애 생겼냐?"

"아니거든?"

"엄마, 유하늘 좋아하는 사람 생겼대."

"아 아니라고."

*

체육대회가 있는 날이었다. 반에서 미리 정한 반티를 입고 잘 하지 않는 화장을 하고 등교했다.

"어? 왔다. 하늘아!"

저 멀리서 나를 부르던 유림이에게 다가갔다.

"오 뭐야. 오늘 유하늘 예쁜데?"

"뭐야. 평소에 있던 유하늘 맞아?"

"맞거든요? 너네도 예쁜데 뭘."

평소에 잘 꾸미지 않는 나에게는 기분 좋은 칭찬들이었다.

"머리도 땋았네?"

"응. 체육대회니까 예쁘게 하고 와야지."

가는 곳마다 친구들은 예쁘다는 말을 아끼지 않았다. 백시현과도 마주쳤다. 어색함으로 마무리 지었던 그날 이후 처음 말을 섞어보는 거였다. 무슨 말을 꺼내야 할지 감을 잡지 못했다.

"예쁘다."

사뭇 달랐다. 느낌이 달랐다. 내게 다가오는 말의 분위기가 달랐다.

"고마워."

급식을 먹고 더위를 식히기 위해 매점에서 쭈쭈바 아이스크림을 물고 운동장으로 나갔다. 태양은 저 높이 솟아올랐다. 하늘도 우리의 체육대회를 안 건지 태양은 다른 날보다 훨씬 눈부시고 뜨겁게 내리쬐었다. 하늘은 푸르렀고, 구름은 몽글몽글했다. 5월치고 좀 덥긴 했지만 그마저도 우리는 재밌게 체육대회를 즐겼다.

"오늘 날씨 죽이네."

"그러니까, 하늘 미쳤어. 엄청 파래."

"진짜 물감으로 색칠한 거 같네."

"야, 유하늘!"

고개를 돌려 유림이의 부름에 응답했다. 고개를 돌렸더니 찰칵- 하는 소리와 함께 플래시가 터졌다.

"사진 찍은 거야?"

"응. 예슬이랑 같이 있는데 둘이 너무 예뻐서."

"이런 건 또 언제 준비했어."

폴라로이드 사진을 확인했다. 유림이의 말대로 사진은 한 장의 그림 같았다.

"진짜 예쁘게 나오기는 한다."

"꼭두새벽부터 일어나서 화장한 보람이 있네."

"헐 나 늦겠다. 쌤이 나 어디 갔냐고 물어보면 치어리딩부 공연 있다고 해줘."

"응. 알았어."

"류예슬, 잘하고 와!"

"갈게. 소리 많이 질러줘."

예슬이는 치어리딩부 공연을 위해 우리에게서 멀어져 갔다.

"야 유하늘."

오빠였다. 오빠는 나에게 모자를 건네주었다. 땋아놓은 머리가 부스스해지면 다시 땋을 여유가 없을 것 같아 오빠에게 부탁해 놓았다.

"감사합니다 오라버니."

나는 90도 인사를 하며 넙죽 고개를 숙였다.

"밖에서 그러지 마. 쪽팔려."

"하여튼 예쁜 말 하나도 안 해주지."

"옆에 친구야?"

"응. 오빠도 온 김에 공연 보고 가. 곧 할 거래."

"됐어. 졸업했는데 내가 왜 봐. 나 간다? 재밌게 놀아라."

"가, 오빠."

착한 오빠는 모자만 건네주고 집으로 갔다.

"친오빠야?"

"응. 닮은 구석 하나도 없는데 어떻게 남매지? 얼굴도 엄청 다르고 성격도 완전 다른데."

구령대에서 체육 선생님의 목소리가 운동장 전체에 울려 퍼지며 치어리딩부원들이 운동장 한가운데로 모이기 시작했다.

"지금부터 치어리딩부가 무대를 선보이겠습니다. 학생분들의 많은 관심 바랍니다."

선생님의 말씀이 끝나고 음악과 함께 공연이 시작되었다.

"류예슬!!"

"예슬아!!"

나와 유림이는 목이 터져라 예슬이를 응원했다. 예슬이는 웃으며 열심히 추기 시작했다.

스피커에서 드럼 소리가 끝나자 치어리딩부의 공연도 끝이 났다.

"와 진짜 멋있다."

"그러게. 진짜 너무 잘한다."

"역시 춤은 잘 추는 사람이 해야 멋있어."

"그럼 지금부터 계주경기를 시작하겠습니다. 반에서 달리기를 제일 잘하는 남학생 여학생 각각 두 명씩 운동장 중앙으로 와주시기 바랍니다."

"야 얘들아."

계주라는 말에 선우는 또 붕붕댔다. 흥분되어 보였다. 그것도 많이, 아주 많이.

"우리 이거는 진짜 이겨야 돼. 알지?"

"계속 다 이겼는데 또 이겨?"

"이거는 계주잖아. 체육대회의 꽃이라고."

"근데 12반까지 있는데 그 반이 다 뛸 수 있어?"

"우리 저번에 체육 시간에 예선했었잖아."

"아. 그랬나?"

"우리가 올라와서 5반이랑 8반 떨어졌잖아."

"맞다. 그랬지."

"남자는 나랑 시현이가 나갈 거고."

"나 나가?"

"그럼 안 나가려고 했어?"

"하…."

백시현은 귀찮아 보였다. 하기 싫다는 말을 굳이 하지 않아도 표정에 써 있었다. 눈이 마주쳤다. 나는 잽싸게 눈을 피했다.

"여자는…. 류예슬이랑. 아 또 누구 있지? 나 달리기 잘한다 손!!"

애들은 손을 들지 않았다. 그럴만했다. 계주를 나가면 둘 중에 하나였다. 굉장한 박수를 받거나, 굉장한 욕을 먹거나. 둘 중 하나. 보통은 후자였다. 나 역시 그랬다.

"유하늘 팝스 쟀을 때 8초 중반 아니었어?"

가만히 있던 백시현이 말을 꺼냈다. 나는 벙어리처럼 말을 얼버무렸다.

"아니… 나…?"

"맞네. 그때 유하늘 류예슬 다음으로 잘 뛰었지?"

"아니… 나 잘 못 뛰는데…."

"하늘아 제발. 제발 나가줘."

선우는 자기가 뜰 수 있는 최대한 불쌍한 눈으로 나를 쳐다봤다. 선우의 그 눈빛은 강아지가 간식을 달라는 것 같았다.

"그래…."

애들이 듣지 못할 정도로 작게 말했다. 그때 예슬이가 다시 반티로 갈아입고 우리에게 다가왔다.

"그래서. 계주 누구누구 뛰어? 딱 보면 남자는 백시현이랑 나선우가 뛸 테고."

백시현은 내 개미구멍으로 들어갈 만한 목소리를 들었는지 바로 얘기해 버렸다.

"여자는 류예슬이랑 유하늘이 뛴대."

"유하늘 너 뛰어?"

"알겠다고 아까 얘기했어."

"진짜지?"

"응….”

"못 뛰면 어때. 네가 못 뛰면 내가 더 뛸게."

예슬이가 내게 어깨동무를 하며 위로를 건넸다.

"그리고 너한테 욕하는 새끼들 내가 더 욕해줄게."

"류예슬답네. 고마워."

다른 반 애들이 다 트랙 한가운데로 모였다. 학교에서 달리기 좀 한다는 애들이 다 모였다. 망했다. 이런 애들이랑 같이 뛸 수 있을까? 갑자기 자신이 없어진다.

선생님이 간단한 규칙을 설명해 주셨다. 여자 계주 두 명이 먼저 뛰고 그 뒤로 남자 계주가 뛴다고 했다. 우리 반의 순서는 예슬이, 나, 백시현, 선우였다. 스타트와 마지막은 빨라야 한다는 선우의 말을 믿기로 했다. 그런데 그렇게 따지면 백시현이 마지막이어야 되는데 왜 세 번째로 뛰는 걸까, 궁금했지만 그런 건 아무 상관이 없었다. 우리는 다 각자 자리로 갔다. 두 번째와 네 번째로 뛰는 애들은 교문과 가까운 곳으로 배치됐다.

"떨리냐?"

"그럼 안 떨리겠냐? 아 나 달리기 잘 못하는데."

"음…. 못 뛸 것 같으면 앞만 보고 달려. 옆에서 뛰는 애 신경 쓰지 말고. 너 뒤엔 나랑 백시현이 있어. 우리가 다 따라잡을 수 있어."

"고맙다."

이제 진짜 계주가 얼마 안 남았다. 달리기를 하지 않는 애들은 트랙 밖에서 구경을 하기 위해 사람이 굉장히 많았다. 그중에서 제일 눈에 띄는 건.

"11반 파이팅!!"

우리 반이었다. 그것도 배유림.

"류예슬! 나선우! 백시현! 유하늘!! 너네가 우사인 볼트보다 빨라!!"

선생님들은 응원을 잘한다면서 칭찬했다. 살짝 부끄러웠다.

저 멀리서 선생님이 손을 내리는 동시에 애들이 달렸다. 운동장 반 바퀴. 내가 뛰어야 하는 거리였다. 선우의 말만 들으면 됐다. 옆에 있는 애들 신경 쓰지 말고 그냥 앞만 보고 달리면 된다.

예슬이가 점점 가까워졌다. 나는 뒤로 손을 뻗었다. 예슬이에게서 바통을 받았다. 나는 정말 앞만 보고 달렸다. 내 앞에는 이미 다섯 명이 앞질렀다. 그래도 나는 신경 쓰지 않

봄비가 내리는 날

왔다. 그냥 마이웨이로 달릴 뿐이었다.

코너를 돌고 백시현한테 점점 가까워진다. 그를 향해 달렸다. 최선을 다해, 전속력으로. 백시현은 원래 있는 라인에서 조금 더 뒤로 왔다. 그에게 바통을 넘겼다. 중간에 넘어질 뻔했지만 그가 바로 달려와 준 덕분에 무사히 넘겼다. 이제 내가 할 할당량은 다 했다. 선우의 말대로 뒤는 백시현과 선우에게 맡겼다.

"하늘아 수고했어. 여기 물."

유림이는 내게 물부터 들이밀었다. 나는 숨을 골랐다. 물을 마시며 남은 경기를 직관했다. 그에게 바통을 준 지 얼마 안 된 것 같은데 그는 이미 코너를 돌고 있었다. 선우에게 달려갔다. 분명 내가 뛰었을 때는 내 앞에 두 명이 있었다. 이제 백시현의 앞에는 아무도 없었다. 역시 계주는 남자애들이 있어야 재밌구나.

바통이 선우에게 넘어갔다. 선우는 정말 미친놈처럼 달렸다. 어느새 격차는 많이 벌어졌다.

선우가 넘어지지 않는 이상 1등은 우리였다. 선생님이 결승선 테이프를 들고 서 계셨다. 선생님이 들고 계시자 애들 투기가 더욱 불타올라 보였다. 선우 바로 뒤에 있는 남자애가 선우를 따라잡을 것 같았다.

"선우 뒤에 있는 남자애 몇 반이야?"

"2반 같은데? 쟤 개빠르네. 나선우 지지 마!!"

우리는 목청을 바쳐 그를 응원했다. 선우는 결승선을 향해 죽을힘을 다해 뛰었다. 심장이 쫄깃해지는 게 뭔지 체감했다.

"나선우! 파이팅!!"

"1등 하고 싶다며!!"

선우가 결승선으로 들어왔다. 그리고 동시에 2반 남자애도 들어왔다.

모두가 체육 선생님을 쳐다봤다. 판정을 기다렸다. 몇백 개의 눈이 선생님을 바라보았다. 선생님의 판단은.

"11반 승."

우리는 거의 절규하다시피 기뻐했다. 선우는 땀을 뻘뻘 흘리는 도중에도 제일 기뻐했다. 거의 울부짖었다. 2반 애들은 항의하나 싶더니 선우가 한 발이 더 빨랐다는 선생님의 판단에 인정했다.

"얘들아. 잘했어."

"우리 반 체육도 잘하는 줄은 몰랐네."

담임 선생님도 많이 신나셨는지 입꼬리가 귓가에 떨어지지 않으셨다.

"저희는 공부 빼고 다 잘해요."

"맞네 맞아."

"나 진짜 나선우 미친놈인 줄 알았어. 진짜 사냥개인 줄."

"아니 중간에 누구였는지 모르겠는데 누가 1등 얘기하니까 갑자기 승부욕이 불타올랐어."

모두가 선우에게 고생했다고 말할 때 백시현은 조용히 내게 다가왔다.

"너도 수고했어."

그는 땀을 채 닦지 않고 물을 내게 건네며 말했다.

"네가 수고했지. 나 많이 뒤처졌는데 네가 다 따라잡았잖아."

"그런가?"

우리 사이에 있는 거리는 아직 유효했다. 아직도 어색해 죽을 것 같다. 경기가 끝나고 선생님들은 트랙 구분을 위해 세워 놓은 고깔을 치우셨다. 다른 체육 선생님이 마이크를 잡고 말을 이어갔다.

"네, 1학년은 11반, 2학년 3반, 3학년은 8반이 계주 부문에서 우승했습니다. 축하드립니다."

우리는 아름다운 승부를 끝맺기 위해 우승 반만이 아닌 전체에게 박수를 치며 계주경기를 마무리했다.

"그리고 각 반 앞에 물총이 놓여 있습니다. 그동안 공부 때문에 받은 스트레스를 오늘 한번 시원하게 날려보도록 합시다!"

선생님의 말씀이 끝나고 곳곳에 숨어 있던 선생님들과

학생회 학생들이 우리에게 물을 줬다.

"애들아, 나 잡아봐라!"

"선생님이 먼저 시작하신 거예요."

"아, 얘들아. 잠깐만!"

"뭐야, 나도 쏠래!"

친구들은 물총을 가지고 선생님께 쏘고, 친구들에게 물을 뿌려대기 시작했다. 시원한 물줄기가 우리를 더 푸르게 만들었고 자신에게 향하는 물을 피하지 않고 맞으며 우리는 점점 체육대회라는 묘미에 빠져들었다.

한참 친구들과 물을 뿌리며 놀고 있을 때 유림이의 카메라가 나를 향하는 것을 알아채고 미소를 지었다.

"역시 유하늘. 카메라 엄청 잘 찾아. 아이돌 해야겠어."

"나 한번 봐볼래."

인화된 폴라로이드에는 나만 사진에 담겨 있는 게 아니었다. 백시현이 내 옆에 있었다. 그것도 내가 놀고 있는 모습을 자신의 눈으로 담아내듯이.

"오, 뭐야. 백시현은 또 언제 찍혔대?"

"근데 둘이 진짜 잘 어울린다."

"생각 안 해봤는데 진짜 그러네?"

선우의 말에 이어 유림이가 대꾸를 하듯 선우의 장난을 받아쳤다. 그 때문에 반 친구들도 그 말장난에 합류했다.

"저 새끼, 또 시작이네."

"또 시작이다, 배유림."

"아, 왜. 재밌잖아."

"그래. 친구들 엮는 것만큼 재밌는 것도 없지."

선우와 유림이는 죽이 척척 맞았다.

"그럼 너도 물총 맞아볼래? 이리 와, 배유림."

"앗, 차가워."

유림이의 뒤를 쫓으며 물을 쏘기에 바빴다. 기분 탓인지는 모르겠지만 백시현은 나와 유림이가 놀고 있는 모습을 지켜보았다.

"계속 그렇게 보기만 할 거야? 그러면 너 다 젖는다?"

나는 그에게 다가가 물을 뿌리고 도망쳤다. 어색해진 우리의 관계를 풀어내기 위한 내 노력이었다. 그리고 그 노력에 대한 결과는.

"딱 기다려, 유하늘."

성공인 것 같다. 우리는 가장 예쁜 나이에 추억을 하나 기록해 청춘이라는 책의 한 페이지를 장식했다.

*

체육대회 때 너무 열심히 놀았다. 평소에 잘 걸리지 않던 감기몸살에 걸려버렸다. 여름감기는 개도 안 걸린다는데. 어젯밤과 오늘 아침에 거의 앓아누웠다. 학교도 못 갔다.

휴대폰이 울렸다. 유림이와 예슬이에게 영상통화가 왔다.

"여보세요?"

[유하늘! 너 어떻게 된 거야? 괜찮아? 많이 아파?]

"그냥 가벼운 감기몸살이야. 괜찮아."

[어제 그렇게 놀더니. 못 살아.]

[목소리가 맛이 갔네. 뭘 괜찮대. 열 엄청 나겠네.]

"별로 안 나. 괜찮아."

[약 먹고 많이 자. 아플 땐 많이 자야 돼.]

[그래. 학교도 안 나왔으면 많이 자둬야지. 아플 때 잠이 보약이야.]

"알았어. 그나저나 너희 종 안 쳤어?"

[아직 안 쳤는데 곧 칠 거 같아.]

[야 쌤 들어왔어. 유하늘 너 잘 쉬고 내일은 꼭 학교 와야 돼.]

"알겠어. 내일 학교에서 봐."

[끊어.]

전화를 끊자마자 오빠가 방에 들어왔다.

"잘한다. 그렇게 물을 뿌리면서 놀아대더니. 골골 앓아 눕네."

"원래 체육대회는 그렇게 노는 거야."

"목부터 낫고 얘기하던가. 목소리 다 쉬어가지고는. 약이나 먹어."

"챙겨줄 거면서 말은 또 엄청 틱틱대."

"뭐래. 모과차니까 다 마시고. 나갈 테니까 더 자라."

말하는 것조차 힘이 들어 고개를 끄덕이는 걸로 대답을 대신했다.

"아 추워."

한 명의 연락을 기다리고 있었다. 반 애들한테 연락이 많이 왔다. 정작 기다리고 있는 사람은 안 오고…. 몰라. 그냥 자야겠다. 친구들 말대로 아플 땐 자는 게 최고의 보약이니까.

한숨 자고 일어났더니 하늘이 어둑어둑해졌다. 분명히 잠에 들 때는 오후 1시쯤이었는데. 눈살을 찌푸린 채로 휴대폰을 켰다. 저녁 7시가 넘었다. 자는 사이에 유림이와 예슬이에게 연락이 엄청 많이 와 있었다.

배유림

[하늘아, 지금은 괜찮아?]

[아플 때는 많이 먹고 많이 자고 많이 쉬어야 돼]

[알지?]

–

류예슬

[야, 하늘아. 많이 아파?]

[배유림이랑 체육 하고 나오는 중]

[사진을 보냈습니다.]

[너도 와서 같이 농구 해야지]

–

나선우

[야]

[ㄱㅊ음??]

  자는 사이 친구들한테 온 연락에 다 답장했다. 나선우한테도 연락이 왔는데 한 명만 연락이 오지 않았다. 내심 서운했다. 그래도 오늘 중으로 연락이 오겠지 했는데.

"일어났냐?"

  오빠가 들어왔다. 불을 켜느라 미간이 한데 모아지고 눈을 찡그렸다. 기지개를 켜며 침대에서 몸을 일으켰다. 성큼성큼 들어오더니 내 이마에 손을 댔다.

"열 많이 내렸네."

"나 너무 잘 잔 거 같아."

"그래 보여. 얼굴 팅팅 부었어."

"어쩐지 몸이 가볍더라. 엄마랑 아빠는?"

"부부 동반 모임 갔어. 이제 괜찮냐?"

"응. 확실히 아플 때는 잠을 자야 돼."

초인종이 울렸다.

"누구지? 올 사람 없는데. 택배인가?"

"택배가 이 시간에 와?"

"안 올 텐데."

오빠가 방을 나갔다. 나는 오빠가 들어올 때 가져다준 보리차를 마시며 정신을 차렸다.

"아 너무 잘 잤나? 허리 아프네."

앉아 있는 상태로 허리를 돌렸다. 너무 오래 잤다.

"야 유하늘. 미친."

오빠는 놀란 눈으로 내 방으로 뛰어 들어왔다.

"왜? 누군데?"

"너 빨리 밖에 나가봐."

"누군데?"

"저번에 비 올 때 너 데려다준 남자애."

"뭐?"

"빨리 나가봐."

나는 모자를 푹 눌러쓰고 후드집업을 위에 걸친 채 현관문을 열고 밖으로 나갔다.

"백시현?"

정말 백시현이었다. 오빠가 장난을 치거나 사람을 잘 못 봤다고 생각했다. 그런데 진짜 백시현이라니.

"네가 여긴 왜 왔어?"

"걱정돼서. 몸은 괜찮아?"

"응. 약 먹고 푹 잤더니 괜찮아졌어."

"다행이다. 그럼 마저 쉬어."

알 수 없는 아쉬움과 서운함이 나를 덮쳤다.

"잠깐만."

그의 옷소매를 붙잡았다. 이렇게 보내면 안 될 것 같았다. 걱정이 되어서 왔다고 하는 그를 이렇게 매정하게 보내면 안 될 것 같았다.

"잠깐 걸을래?"

내가 던진 말에 그는 놀란 것처럼 보였다.

"아니 여기까지 와줬는데 그냥 가기엔 너무 아쉽잖아. 안 그래?"

"그래도 돼? 몸 괜찮아?"

"다녀와. 너도 오늘 하루 종일 집에만 있었잖아, 바깥바람도 좀 쐬어야지."

뒤에 서 있던 오빠를 향해 고개를 돌렸다. 갔다 오라는 거였다.

"들었지? 가자."

후덥지근하면서도 시원한 밤길을 걸었다. 더운 바람이 불었다. 이제 정말 여름이 다가오긴 하나 보다. 낮만큼 밤도 이렇게 더운 걸 보면. 우리 뒤를 따라오는 것 같은 쏩쏠한 풀 냄새, 사랑을 애타게 찾고 열렬히 사랑 고백을 하는 귀뚜라미의 울음소리. 그 모든 것이 아름답게 보이고, 아름답게 들렸다. 이게 여름밤만의 매력이었다.

"배유림이 네 걱정 엄청 하던데? 너희 집까지 찾아갈 기세였어."
"원래 그러잖아. 너는 체육대회 때 물 맞고 감기 안 걸렸어?"
"응. 원래 감기 잘 안 걸리는 체질이라."
"그렇구나. 여기야. 이 동네에서 내가 제일 좋아하는 곳."

그와 내가 도착한 이곳은 동네 작은 공원의 작은 놀이터였다. 옛날에는 낮이든 밤이든 사람이 많았지만 시간이 지나면서 점점 외딴곳으로 변해갔다. 그럼에도 아직까지 발길을 끊지 않은 나 같은 애들이 몇몇 있었다. 어릴 때의 추억에 사로잡힌 애들.

조금 더 안쪽에는 사람들이 모여서 즐기라고 마루 평판이 있는 정자가 있었다. 공원 깊숙이 있는 놀이터여서 그런가. 괜한 소음 때문에 머리가 아파지는 일도 없었다. 여름에 생각이 많을 때면 그네에 앉아 매미 울음소리를 들으며 하늘을 올려다보았다.

"외진 곳이라 좀 그렇긴 한데 그래도 이 동네에서 내가 제일 좋아하는 곳이야."

"괜찮은데?"

"그렇지?"

"여기 자주 와?"

"응. 어렸을 때부터 자주 왔었어."

"그렇구나."

"그런데 나랑 있는 거 어머니가 아셔? 일찍 들어가 봐야 되는 거 아니야?"

"괜찮아. 애초에 엄마는 내가 공부하는 거 말고는 관심이 없어."

그는 쓸쓸한 표정을 지었다. 그동안 외로웠다고 말하는 것 같았다. 밝은 모범생이라고 생각했던 백시현도 이런 면이 있었구나. 새삼 깨닫게 된다.

"근데 아까 보니까 오빠분이랑 사이 되게 좋아 보이던데."

"아, 그래?"

"오빠랑 몇 살 차이야?"

"세 살. 딱 싸우기 좋지."

"오빠랑 사이좋은 편이야?"

"글쎄. 좋다 그러기엔 서로 엄청 틱틱대는 편이고, 나쁘다 그러기엔 서로 챙겨줄 건 또 엄청 잘 챙겨줘서. 그냥 진짜 딱 현실 남매 같은 남매야."

그는 말없이 바나나우유를 쪽 빨아들이며 고개를 위아래로 흔들었다.

"너는 형제 있어?"

"누나가 있었어."

있었어? 왜 과거형이지? 그를 향해 고개를 돌렸다. 공허하고 허전한 눈으로 담담히 말을 내뱉었다. 하늘에 멍때리는 그 눈. 그 순간 백시현이 나를 향해 싱긋 웃어 보였다. 그의 말을 알아챘다.

아. 이 세상에 없구나.

"누나는 엄마의 소모품이었어."

묵직한 목소리, 덤덤한 말투. 그를 보며 묘한 기분을 느꼈다.

"엄마의 욕심 때문에 누나 인생은 없었어."

그의 말 한마디, 한마디에 누나에 대한 그리움이 섞였다.

"그러다가 의대 입학했다는 연락 듣고 엄마는 좋아서 날아다녔어. 정작 합격한 누나는 죽을 것 같은 표정이었는데. 그러다가 대학 입학식 날에 누나가…. 베란다에서 떨어졌어."

힘들었던 지난 기억을 상기시키는 게 얼마나 힘든 일인지 알았다. 나는 그저 묵묵히 그의 말을 들어주는 것밖에 할 수 있는 게 없었다.

"엄마에 대한 복수인 거지. 처음이자 마지막으로 자신의 의지로 선택한 게 자살이야."

그의 심정이 어땠을지 상상이 된다. 아니, 안 된다고 해야 할까? 자신이 정말 잘 따랐던 누나였을 텐데, 기댈 사람이라고는 누나밖에 없었을 텐데 어릴 때 가족을 잃은 슬픔을 내가 공감할 수 있을까?

"근데 누나의 복수 방식이 옳은 건지 모르겠어. 그런 거 말고도 다른 방법이 있었을 텐데."

외로운 기억을 깊은 곳에 계속 자리 잡게 해놓으면 안 된다. 그 기억은 마음이 되어 썩어 문드러지는 것을 난 안다. 끄집어내야 한다. 울분을 토하며 다 털어낼 수 있도록. 그래서 마음이 청소될 수 있도록.

"…누나가 많이 그리워?"

"글쎄. 그나마 의지하고 기대면서 지내던 게 누나였어서. 그립기도 한데 한편으로는 그냥 누나가 미운 것 같아. 왜 나만 두고 떠났을까."

그는 툭 치면 울음이 터져 나올 것 같았다. 내가 백시현을 위로할 수 있는 최선의 방법은.

"나도 할머니가 얼마 전에 돌아가셨어."

봄비가 내리는 날

백시현이 느꼈던 감정을 공감하는 것과 그에 따른 위로뿐이었다.

"내가 중학교 3학년 때 암을 진단받으셨는데 나는 아직도 살날이 얼마 남지 않았다는 의사의 모습이 생생하게 기억나."

그는 나의 표정을 유심히 살폈다.

"할머니랑 추억이 많아서 할머니를 보내드려야 한다는 게 좀 많이 힘들었는데. 그래도 잊으려고 많이 노력했어."

"그래서 잊었어?"

"아니. 아무리 잊으려고 노력해도 정말 그리운 사람은 내 마음속에서 살고 있고 계속 기억하게 되더라. 그래서 그냥 그때부터는 그냥 할머니가 어디 멀리 여행 가셨다고 생각하니까 마음이 좀 편해졌어."

"할머니의 죽음을 외면하고 끝내 마음속으로 보내드리지 못해서 힘들었는데 잊으려고 노력했을 때보다 훨씬 나아졌어. 보고 싶을 때는 하루 종일 베개 적시면서 울고 계속 그리워하면서."

"그래서 괜찮아졌어?"

"응, 마음이 편해지더라."

"그렇구나."

백시현은 나를 따라 깜깜한 밤하늘을 올려다보았다.

"할머니가 보고 싶어서 막 미쳐버릴 것 같을 때는 여기에 올라와서 이렇게 밤하늘을 바라보잖아? 그러면 할머니가 저 위에서 나를 지켜주고 있다는 생각이 들어. 내가 뭘 하든, 어디에 있든 할머니가 늘 내 옆에 있다고 생각하면 마음이 놓여."

그는 바라보고 있는 밤하늘을 더 집중해서 보았다. 도시에서는 흔히 볼 수 없는 별들이 반짝였다.

"너희 누나도 똑같으실 거야."

그의 눈가가 적셔졌다. 하지만 여기에서 말을 멈추면 안 됐다.

속에 남아두었던 누나를 털어내야 한다. 그걸 털어내 주고 싶다.

"네가 보고 싶은 만큼 누나도 네가 보고 싶고, 그런 선택을 해서 남겨진 너한테 미안해하실 거야. 나는 그렇게 생각해. 내가 잘 몰라서 이런 말을 하는 걸 수도 있지만 누나를 많이 미워하지 않았으면 좋겠어. 누나도 처음이자 마지막으로 그런 선택을 하고 싶지 않으셨을 거야."

한참 동안 밤하늘만 바라보며 말을 이어온 나는 그를 향해 고개를 돌렸다. 그는 고개를 숙이며 숨죽여 눈물을 흘리고 있었다.

"괜찮아?"

그는 흐느끼며 하염없이 눈물을 쏟아냈다. 뭔가 잘 못 한 것 같았다.

"어…. 내가 미안해."

"아니 그게 아니라…. 괜찮냐고 물어봐 주는 사람이 너무 오랜만이라서…."

괜찮냐고 물어봐 주는 사람이 오랜만이라니. 그는 어떤 삶을 살아온 걸까? 아무래도 그는 사람의 온기가 절실히 필요했던 모양이다. 너무 오래전에 느끼고 온전히 사람 대 사람끼리 공유할 수 있는 감정과 생각. 그리고 그 온기. 나에게 당연하다고 생각했던 그것들이 누군가에게는 절실히 필요하다는 걸 처음 깨달았다.

그의 옆으로 다가가 안아주었다. 그러고 싶었다. 아무도 주지 못한 사람의 온기라면 내가 줘야겠다고 생각했다. 그는 정말 어린아이처럼 흐느꼈다.

"내가 물어봐 줄게. 괜찮은지, 안 괜찮은지."

울 때 맘 편히 울 수 없는 게 가장 외로운 사람이라고 생각한다. 그냥 내가 힘들어서, 슬퍼서 우는 건데 왜 어른들은 울지 말라고 하는 건지. 아직 여리고 어린 우리인데 세상은 왜 이렇게 가혹한 건지.

백시현과 나는 마음을 추스르고자 밤공기를 마시며 공원을 걸어 다녔다.

"내일 주말인데 뭐 해?"

"아무것도 안 해. 왜?"

"그러면 내일 잠깐 만날래?"

그는 나의 물음에 당황했다. 백시현이 의문이 담긴 눈으로 쳐다보자 나도 괜스레 볼이 붉어지는 것을 느꼈다.

"아니 뭐. 같이 공부도 하고 둘 다 아무것도 안 하니까 만나면 좋을 것 같아서. 심심하기도 하고…. 싫으면 말고."

"그래, 내일 만나자. 근데 만나도 되겠어? 너 몸도 안 좋은데."

"오늘도 이렇게 나왔는데 내일은 더 멀쩡하지."

"내일 어디서 만나게?"

그렇게 우리는 내일 다시 만나자는 약속을 하고 헤어졌다. 또, 왠지 모르게 설레는 밤을 보낼 것 같았다.

입하

: 여름의 시작

다음 날이 되었다. 아침 일찍 일어난 나는 지옥에 빠져들었다.

"야, 유하준!"

방에서 오빠를 불렀지만 미동도 없었다.

"오빠!"

"왜?"

"오빠라고 부르니까 나오는 것 봐."

"그래도 너보다 세 살 더 나이 먹은 사람인데. 왜?"

"이거 둘 중에 뭐가 더 나아?"

옷이라는 지옥이었다. 일찍 일어났음에도 불구하고 약속 시간보다 늦을 것 같았다.

"지금 그거 물어보려고 불렀냐?"

"아 빨리."

오른손에는 회색 후드집업과 청 반바지가, 왼손에는 후드티가 걸려 있었다.

"너 어디 가냐?"

"공부하러."

"너 데이트 가냐?"

"응 아니고."

"후드집업이 낫다."

"알았어. 나가."

"엄마, 유하늘 데이트해."

"아 진짜!"

약속 시간인 1시가 되었다.

"왔어?"

만나기로 했던 카페로 들어서니 백시현이 기다리고 있었다.

"언제 왔어?"

"한 10분 전쯤? 밖에 안 더워?"

"더워. 오는 중에 익어버릴 것 같았어. 음료는 시켰어?"

"너 오면 시키려고 아직 안 시켰어. 시키러 가자."

우리가 찾은 곳은 사장님이 개인적으로 운영하는 카페였다. 키오스크가 없었고 사장님께 직접 말씀드려야 했다. 이 카페의 사장님은 빈티지한 소품들을 좋아하시는 것 같다. 카운터만 봐도 현대에서 흔히 찾아볼 수 없는 빈티지함이 묻어나왔다.

"뭐 드릴까요?"

"음…. 청포도에이드 하나랑요, 넌 뭐 마실래?"

"아메리카노 하나 주세요."

"아이스로 드릴까요?"

"네."

"네, 카드 앞쪽에 꽂아주세요."

"의외다."

"뭐가?"

"초코라테 마실 줄 알았는데 청포도에이드를 골라서."

"아, 그냥. 어렸을 때부터 많이 먹은 거라서. 근데 너도 의외다."

"왜?"

"라테 마실 것 같은데. 아메리카노를 고를 줄은 몰랐어."

"내가 라테 마실 것처럼 생겼어?"

"뭐랄까. 그냥 인상이 그래."

"단것 별로 안 좋아해."

"그렇구나."

"카드 여기요. 그런데 학생들 커플이에요?"

"네? 아…."

카페 사장님의 당황스러운 질문에 머릿속이 로봇이 되었다.

"저희 친구예요."

에러가 걸린 나 대신 백시현이 대신 대답해 주었다.

"어머, 미안해요. 둘이 보기가 너무 좋아서 커플인 줄 알았어요."

"괜찮아요."

결제를 다 하고 맡아놓았던 자리로 향했다. 그런데 어떤 사람이 내 앞에서 의자에 걸려 넘어질 뻔했다.

쨍그랑- 하는 소리가 카페에 울렸다. 쟁반 위에 놓여 있던 컵과 접시가 깨졌다. 음료가 쏟아지고 유리 파편들이 여기저기 튀었다.

컵이 떨어지기 직전에 그가 내 손목을 잡고 나를 끌어당겼다. 덕분에 큰 사고는 모면할 수 있었다. 깜짝 놀라 눈을 동그랗게 뜬 채로 그를 올려다봤다.

"괜찮아?"

"어…. 괜찮아."

"아 죄송합니다. 안 다치셨어요?"

"아 네. 괜찮아요."

"손님 이건 제가 치울게요."

다행히 카페 사장님이 오셔서 상황은 좋게 흘러갔다. 그런데 피할 때도 유리 조각이 스친 건지 손이 살짝 따가워 확인해 보자 손등에 살짝 상처가 났다. 검붉은색의 피가 상처를 가리고 있었다.

"가방에 밴드 있어. 그거 붙이자."

볼까 봐 애써 가려보았지만 이미 그는 눈치챘다.

"나 괜찮은데, 이거 진짜 별거 아니야."

"내가 안 괜찮아."

자리로 돌아온 후 그는 자신의 가방에서 밴드를 꺼내 붙여주었다. 그와 손이 살짝씩 맞닿았다. 불에 덴 듯 뜨겁게 느껴졌다. 왜인지 모르겠다. 세밀하게 신경 써주는 그의 모습에 내 볼은 빨갛게 물들어 갔다. 내 의지와는 다르게.

"그만 봐. 얼굴 뚫리겠다."

"너 본 거 아니야. 근데 너는 안 다쳤어?"

"부딪힐 뻔한 건 너면서."

"너도 긁혔을까 봐…."

"걱정해 주는 거야?"

"어?"

"아니야. 다 됐다. 복습은 했어? 안 했지?"

이 와중에 공부 얘기라니. 이럴 때마다 내가 고등학생이라는 걸 다시 한번 자각한다.

"이번 주에 몸살 때문에 앓아누웠잖아."

"알았어. 다음부터는 꼭 해 와야 돼?"

"알겠어."

카페에서 한바탕 소동이 일어난 후 우리는 카페 안으로

들어오는 햇살을 맞으며 다음 기말고사 성적 향상을 목표로 공부에 매진했다.

*

주말이 지나고 월요일이 다가왔다.

덥다. 선풍기를 틀지 않으면 잠을 자는 동안 땀으로 샤워를 한 것처럼 방 안이 열기로 가득 찼다.

"학교 다녀오겠습니다."

"잘 다녀와."

오빠와 함께 현관문을 열고 집을 나섰다.

"데이트는 잘했냐?"

"데이트?"

"토요일에 늦게 오던데 둘이 뭐 했냐?"

장난스러운 표정으로 묻는 오빠의 얼굴에 주먹을 하나 내리찍고 싶었다.

"뭐 하긴, 공부했지."

"천하의 유하늘께서 공부를 하셨다고? 공부 핑계로 다른 거 한 거 아니고?"

"그냥 입을 좀 다무는 게 어때?"

"사람 입 막으면 큰일 나."

"오빠 근데 어디 가?"

"어디 가긴. 학교 가지."

"학교를 이렇게 빨리?"

"그러게. 월요일 1교시라니…. 내가 수강 신청을 왜 이렇게 했을까."

"근데 오빠도 어제 늦게 왔잖아, 뭐 했냐?"

"과 애들이랑 술 마셨는데?"

"어떻게 오빠가 스무 살이야? 이해가 안 돼."

"나도 안 믿긴다. 내가 스무 살이라니."

"근데 군대는 언제 가?"

"그래도 1년 정도는 학교를 다니고 가야 되지 않겠냐?"

"그냥 빨리 가줘."

티격태격하며 대화를 하다 보니 오빠와는 지하철역에서 헤어지게 되었다.

"간다."

"사고 치지 말고 잘 가."

오빠는 대충 손을 흔들며 지하철역 안으로 들어갔다.

이제 진짜 혼자였다. 유선이어폰을 귀에 꽂은 채 음악을 틀고 길을 걸었다. 아침에 일어나는 건 정말 힘들지만 가끔씩 이렇게 일찍 일어나 노래를 들으며 걷는 건 나의 소소한 낙이었다.

"유하늘!"

반에 도착해 교실 문을 열었다. 어디서 튀어나왔는지 유림이와 예슬이가 코앞에 나타났다.

"너무 오랜만이잖아."

유림이는 나에게 애교를 부르며 안겼다.

"나 무슨 전쟁 갔다 왔어? 잠깐 아팠던 건데 뭐."

"금요일에 통화하고 주말 내내 소식이 없으니까 그렇지."

"예슬이 웬일로 일찍 왔어? 맨날 정각에 맞춰 오잖아."

"엄마가 학교 좀 일찍 다니라고 해서. 너는 이제 좀 괜찮아?"

"응. 사흘 동안 푹 쉬었더니 멀쩡해."

오랜만에 교실 책상에 앉았다. 창가 자리이기 때문에 나는 여름 햇살과 아침 바람을 맞았다. 기분이 상쾌해졌다.

"이 몸이 왔다."

"나선우 너는 아침 댓바람부터 매점이냐?"

"늦잠 자느라 아침 안 먹고 와서 그렇다 왜. 그리고 오늘 다른 날보다 기분이 좋거든요."

"왜?"

"열 번 찍어 안 넘어가는 나무 없다더니. 우리 백시현 군께서 같이 매점을 가주셨거든."

"오버한다."

"열 번이 뭐냐, 입학하고 나서 처음으로 같이 가준 거 아니야. 역시 속담은 괜히 있는 말이 아니야. 조상님들의 지혜가 담긴 말이라니까."

"그게 그러라고 있는 말이 아닐 텐데…."

"시끄러운 새끼."

백시현과 나선우의 말다툼하는 걸 보니 괜스레 웃음을 흘렸다. 그런 나를 보며 백시현은 나에게 무언가를 건넸다. 그것은.

"피크닉?"

매점에 파는 피크닉 청포도맛이었다.

"나선우 매점만 같이 가주려고 했는데 진열대에 있길래. 너 생각 나서."

"고마워."

그는 웃음을 지었다. 보기 좋은 웃음이었다.

"어머? 지금 이 핑크빛 기류 뭔가요?"

"그러게. 너네 둘이 뭐 해?"

"또 시작이다. 너희는 지겹지도 않냐? 당사자가 아니라는데?"

"예슬아. 원래 남의 연애가 제일 재밌는 거야."

"남 연애 관찰할 시간에 네 연애 좀 하지?"

"어떻게 그렇게 슬픈 말을 할 수가 있어?"

나선우는 눈물을 훔치는 척하며 예슬이에게 살짝 서운하다는 걸 어필했다.

사흘 만에 온 학교는 기분 탓인지는 모르겠지만 전보다 더 시끌벅적했다.

*

고대하고 고대하던 기말고사가 끝나고 성적표가 나오는 날이었다.

"아, 제발 제발."

"그렇게 떨려?"

"그럼 떨리지. 이렇게 공부해 본 게 거의 처음인데."

"열심히 했잖아. 노력은 배신하지 않으니까 좋게 나올 거야."

그의 눈을 바라봤다. 마치 내가 블랙홀 바로 옆에 있는 작은 별 같았다. 한없이 반짝이지만 가까이하면 빠져들 것 같았다.

"자, 이름 부르면 차례로 나와. 강유빈, 권도훈, …나선우."

"헐, 미친."

"왜?"

"나 등급 올랐어."

"웬일이냐? 나선우가 성적이 오르고."

"이게 다 피나는 노력 아니겠냐."

"류예슬."

"난 한결같네. 8등급."

"배유림."

"아, 영어 한 문제만 더 맞으면 2등급인데…."

"백시현."

"와…. 역시 백시현이다. 어떻게 올백이냐."

앞번호부터 번호가 불리기 시작했고.

"유하늘."

드디어 내 차례가 다가왔다. 떨리는 마음으로 받아보는 성적표. 태어나서 이렇게 떨리는 순간은 손에 꼽을 정도였다.

"아 나 못 보겠어."

"내가 먼저 봐줄게."

유림이에게 성적표를 넘겼고 유림이와 예슬이, 선우는 가까이에서 내 성적표만 바라보았다.

"야…. 이거 맞아?"

"왜? 더 떨어졌어?"

"그게 아니라…."

유림이와 예슬이는 서로의 눈을 보며 어찌 말해야 될지 모르겠는 눈치였다.

"그대로구나…. 괜찮아, 방학 때 더 열심히 해서 2학기 중간고사 때 올리면 되지."

"아니 그게 아니라. 하늘아 너 성적 올랐어! 너 평균 5등급이야!"

"뭐?"

너무 기쁜 나머지 큰 소리를 내버렸다.

"진짜로?"

"응. 이것 봐."

내 눈으로 보고 있지만 내 성적표가 아닌 것 같았다. 분명히 저번 중간고사까지만 해도 다 7등급이었는데. 다른 애들은 그 등급이 뭐냐고 그러겠지. 그렇지만 나는 상관없었다. 백시현 말이 맞았다. 노력은 배신하지 않는다.

"헐. 나 어떡해. 이런 성적 처음 봐."

"축하해 유하늘. 이제 더 올라갈 일만 남았어."

백시현이 이런 말을 한 적이 있다.

성적이 낮다고 해서 우울할 필요가 있을까? 긍정적으로 생각해. 바닥을 쳤으니까 이제 올라갈 일만 남았다고. 넌 할 수 있어.

"고마워. 백시현."

"고맙긴. 내가 한 게 뭐 있다고."

시험 기간이었음에도 불구하고 마냥 힘겹고 고달프지만은 않았다. 힘든 날보다 웃는 날이 더 많았다. 그건 아무래도 누군가의 도움 덕분인 것 같다. 이 일을 계기로 한 발짝 더 가까이 다가간 것 같다. 나만 이렇게 생각하는 걸까? 너도 그럴까?

*

기말고사가 끝나고 우리는 드디어 방학을 맞이했다.

"방학 때 엎어져 가지고 잠만 자지 말고 공부도 해야 돼. 알았지?"

"네."

"이상, 종례 끝. 방학 잘 보내고 와라."

선생님의 말씀이 끝나기 무섭게 친구들과 함께 즉시 학교를 탈출했다.

"아 드디어 방학이다."

"그래도 시간 좀 빨리 간 거 같지 않냐?"

"원래 재밌게 지내면 시간이 빨리 간다고 하잖아."

"그 영향은 아무래도 나한테 있겠지?"

"시끄럽게 쫑알대지 말고 네 갈 길이나 잘 가, 그러다 자

빠지면 되게 쪽팔린다?"

"오 뭐야. 우리 시현이가 나 걱정해 주는 거야?"

"괜히 말했네, 괜히 말했어."

"같이 가. 친구야."

"야 근데 오늘 왜 이렇게 뜨거워? 익겠다 익겠어."

"그러게. 오늘따라 태양 빛이 뜨겁네."

앞서가며 장난을 치던 백시현과 선우도, 셋이서 팔짱을 끼며 걷고 있던 우리도 저 높디높고 푸르른 하늘을 눈을 찡그리며 올려다보았다.

눈이 멀 정도로 눈부신 태양. 옛날에는 여름 하늘 높이 솟아올라 있는 태양이 싫었다. 그러나 우리는 모두 같은 생각을 할 거라고 생각한다. 저 높디높게 떠오른 태양이 마치 우리 같기도 했다.

"우리도 나중에 저 태양만큼 뜨거울까?"

"너 지금 되게 문학소녀 같았어."

"노후가 뜨거우려면 더 빡세게 살아야 되는데."

"얼른 가자."

"우리 오랜만에 떡볶이 먹을까? 학교 앞에 사장님이 왜 이렇게 안 오냐고 우리 기다리시던데."

"배유림, 네가 먹고 싶은 건 아니고?"

"들켰다. 빨리 먹으러 가자!"

우리는 학교 근처에 있는 작은 분식집에 들어갔다.

"오랜만에 왔네?"

"안녕하세요."

"그래, 뭐 줄까?"

"저희 떡볶이 3인분이랑 순대 2인분, 튀김 2인분. 아, 어묵이랑 김밥도 두 줄 주세요."

"그렇게 많이 먹어?"

"에이, 저희 성장기잖아요."

"남으면 포장하면 되죠."

"알겠다. 금방 해줄게."

"유림아 너무 많이 시키는 거 아니야?"

"엥? 이게 많아?"

"다 합치면 거의 8인분인데?"

"다 먹을 수 있어?"

"얘들아, 아까도 말했지만 우리는 성장기잖니? 그럼 뭐야. 그만큼 많이 먹겠지?"

"아무리 그래도 우리끼리 8인분은…."

"괜찮아. 남은 건 나선우가 먹을 거야."

"야 내가 잔반 처리기냐?"

"잘 먹잖아. 좋은 거야."

"칭찬 맞지?"

"아마도?"

"저걸 확 그냥."

"너네 또 왜 싸워."

"초딩이냐?"

유치한 장난으로 옥신각신 떠들 때쯤 사장님께서 음식을 가지고 우리의 테이블로 오셨다.

"주문하신 음식 나왔습니다. 많이들 먹어라."

"잘 먹겠습니다."

"오냐, 맛있게 먹어라."

학교에 입학할 때부터 거의 이 분식집만 다녔다. 그래서 그런지 정든 맛들이 내 혀를 감쌌다.

"역시 사장님이에요. 진짜 맛있어."

"천천히 먹어라. 그러다 체한다."

유림이는 사장님께 엄지를 내세우고는 사장님이 고개를 한 번 끄덕이자 다시 떡볶이에 집중했다.

"나는 진짜 떡볶이는 3인분 먹을 수 있을 거 같아. 진짜 너무 맛있어."

"그렇게 먹으면 물리지 않아?"

"떡볶이가 어떻게 물려?"

"그래도 뭐든지 오래 먹으면 물리잖아."

"떡볶이는 최고의 음식이야. 내 버킷리스트 중에 하나가

뭔지 알아? 한국에 있는 떡볶이를 다 먹어보는 거야."

"왜 한국이야? 전 세계에 있는 떡볶이를 먹어보지?"

"외국 떡볶이는 별로 맛이 없대."

"그걸 또 찾아봤어?"

"대단하다."

"그냥 진로를 떡볶이 쪽으로 하는 거 어때? 그냥 떡볶이 사업을 해."

"안 그래도 엄마한테 장난식으로 그렇게 말했는데 엄마가 떡볶이 사업하라고 나 그렇게 공부시킨 거 아니래."

"어머님 말씀도 일리가 있네."

우리는 끊이지 않는 떡볶이 논쟁으로 얼마나 떠들었는지 모르겠다.

"잘 먹었습니다."

"이제 방학이지?"

"네."

"한동안은 얼굴 못 보겠네."

"사장님 걱정하지 마세요. 개학하고 나면 또 맨날 올 거니까."

"그래, 내 떡볶이는 유림이가 다 팔아주는구나. 방학 잘 보내라."

"네 감사합니다."

"뭐야. 아직 3시밖에 안 됐어?"

"지금 집 가면 너무 애매한데."

"야, 우리 한강 갈래?"

"좋은데?"

"뭐야 이렇게 갑자기? 느닷없이?"

"우리가 언제 계획하고 놀았던 적 있어?"

"새삼스럽게 왜 놀라. 얼른 가자."

얼떨결에 가게 된 한강은 날씨가 너무 좋았고 파릇파릇했다.

"우와. 오늘 날씨 미쳤다."

"그러게. 하늘 진짜 파랗다."

"우리 자전거 탈까?"

"자전거? 빌릴 수 있어?"

"한강이잖아. 없는 게 없지."

자전거 정류장에 있는 자전거를 발견했고 QR코드를 이용해 자전거를 탈 수 있게 가입했다.

"야 내기할래?"

"무슨 내기?"

"뭐가 있을까?"

"음…. 꼴등으로 들어오는 애가 개학 날에 매점 쏘기?"

"콜. 하자."

"근데 나 자전거 못 타는데…."

"그럼 누구랑 한 명 같이 타."

"나는 누가 뒤에 타면 내가 중심을 못 잡아서…."

"그럼 내 뒤에 타."

자신의 뒤에 타라고 하는 백시현. 그는 눈짓으로 자신이 탈 자전거 안장을 가리켰다.

"그래, 그럼 유하늘은 백시현 뒤에 타는 걸로 하자."

백시현은 자전거 안장에 올라탔다.

"안 탈 거야?"

그가 앉아 있는 안장 뒤에 앉았다. 그의 허리춤에 있는 옷깃을 살짝 잡았다.

"그렇게 잡았다가 떨어지면 난 모른다."

갑자기 출발하느라 그의 허리를 안고 그의 등에 얼굴이 파묻혔다.

"야. 그렇게 갑자기 출발하면 어떡해."

"그러니까 꽉 잡으라고. 떨어지면 다치니까."

"어이, 거기 둘이 연애하지 말고. 근데 쟤네 둘이 꼴등으로 들어오면 누가 내?"

"둘이 가위바위보로 정하든가 해야지."

"너희 지금 우리가 질 거라고 생각하는 거야?"

"에이, 우리가 이기지."

"꼴등 했다고 우는 나선우 얼굴 보기 좋겠네."

"두고 보자. 친구야."

"어디까지 갈 거야?"

"그냥 한강 한 바퀴 돌자."

"그럼 먼저 간다~"

유림이가 먼저 앞질렀고 그에 이어 예슬이, 선우, 백시현과 내가 뒤따랐다.

"뭐야, 배유림 왜 이렇게 빨라."

"잡을 수 있으면 잡아보시든가."

"유하늘."

"응?"

"꽉 잡아."

백시현은 다리에 힘을 실어 바퀴를 굴렸다. 그의 승부욕이 불타올랐다. 그러자 금세 유림이를 따라잡았다. 바람을 가로지르는 탓에 머리카락이 흩날렸고 기분 좋은 상쾌함이 내 코 끝을 스쳤다.

"쟤네 왜 저렇게 빨라?"

"아 맞다. 쟤 백시현이었지."

"그니까 왜 까부냐?"

격차는 벌어졌다. 우리는 내기보다는 지금 이 순간을 만끽하자는 듯 조금 천천히 자전거를 타기 시작했다. 자전거를 타며 강에 있던 물의 움직임을 조금씩 흘겨봤다. 내가 느낄 수 있는 모든 감각들이 살아나는 것 같았다. 특유의 계절 냄새가 있다. 그리웠던 여름 냄새가 내 코를 자극한다.

"예쁘다."

나무가 우거지고 강물이 흐르며 정말 생명력이 가득한 여름 분위기를 지어냈다.

"꽉 잡아."

백시현은 그 한마디를 내던지고는 다시 페달을 밟기 시작했다. 그의 허리를 더 꽉 잡을 수밖에 없었다. 교복 치마가 좀 불편하긴 했지만 상쾌한 바람이 나를 맞이해 그런 건 잊고 있었다.

"야, 백시현. 좀 같이 가!"

뒤에서 나선우가 소리 질렀다. 이미 한참 거리가 멀어졌고 우리가 꼴등이 될 확률이 현저히 적어졌다.

"좀만 기다릴까?"

"언제 또 따라잡을지 몰라. 도착지에서 기다려도 안 늦어."

"그게 아니라. 너 계속 페달 밟고 있으니까 다리 아플 것 같아서."

"괜찮아."

덤덤히 계속 자전거를 굴리고 있는 백시현을 물끄러미 바라보았다. 백시현의 뒤에서 자전거를 타고 내 코로 들어오는 이 여름 향기가 앞으로도 잔향처럼 남았으면 좋겠다. 그래서 지금 이 순간을 계속 기억할 수 있도록.

"도착."

"우리가 1등인 거네?"

"너네 너무 빠른 거 아니야?"

"그러니까. 좀 천천히 오지."

우리에 뒤따라 유림이와 예슬이가 들어왔고 꼴등은⋯.

"너네 진짜 치사하다. 내기라고 했더니 매정하게 그렇게 쌩쌩 가냐?"

선우는 구시렁대며 힘겹게 자전거를 끌고 왔다.

"내기라며. 그러면 이겨야지."

"그럼 개학할 때 나선우가 매점 쏘는 거야?"

"저래 놓고 발뺌하는 게 나선우 특기이긴 하지."

"나 그래도 한번 한 약속은 잘 지키거든?"

"그럼 까먹지 말고 쏴라?"

"아 이게 다 너네 때문이야."

말이 많은 선우를 제치고 우리는 강을 바라보았다.

"되게⋯. 뭐라 그래야 되지?"

"힐링된다."

"맞아."

고요한 물소리가 귓가에 스며들었고 높은 하늘을 우러러보았다.

"이러니까 진짜 고딩 된 거 실감 난다."

"배유림이 고딩이라고 하기엔 좀 그렇지."

"왜 나한테 그래."

"우리 나중에 바다 갈까?"

"헐. 바다 완전 좋아."

"언제 갈까?"

"이번 주 주말 어때?"

"나 이번 주말에 약속 있어."

"그러면 다음 주 화요일?"

"그때는 나 학원 보강 있어…"

"시간 조율하기 힘드네."

"그럼 다음 주 주말은?"

"좋아. 다음 주 주말."

"오케이. 그러면 다음 주 주말에 가는 거다?"

"빠지는 사람 없지?"

우리는 다음에 바다를 가자는 약속을 하고 헤어졌다. 한강도 이렇게 재밌었는데 바다는 또 얼마나 재미있을까? 벌써부터 기대가 된다.

"그나저나 옷은 뭐 입지?"

애들과 헤어졌다. 역시 남는 건 나와 백시현뿐이었다. 우리는 잠시 놀이터에 들렀다. 숲 사이에 있는 놀이터라서 그런지 많이 덥지는 않았다. 평소에 못 보던 아이들이 몇 명 있었다. 다섯 살 정도로 보였다. 아이와 눈이 마주쳤다. 아이는 활짝 웃어주었다. 나도 덩달아 웃었다.

"너무 귀엽다."

"애들 좋아하나 보네."

"보기만 해도 힐링되잖아."

그 아이는 또 다른 아이와 모래성을 쌓았다. 몸에는 흙과 모래로 뒤덮였다.

"얘들아. 이제 가자. 저녁 먹어야지."

아이들의 어머니처럼 보이는 여성분은 물티슈로 아이들의 얼굴과 손을 닦아주셨다. 그 여성분과 눈이 마주쳤다. 내가 아이들을 보고 있는 게 너무 노골적이었나. 그 여성분은 웃어주셨다.

"안녕 인사해."

그 여성분은 아이들이 우리에게 인사를 하도록 했다. 아이들은 90도 인사를 했다.

"안녕하세여."

"안녕."

그렇게 아이들은 어머니의 손을 잡고 놀이터를 떠났다.

"아 너무 귀여워."

우리는 그네에 앉았다.

"옛날에는 여기에서 진짜 많이 놀았는데."

내 시선은 모래성에 머물렀다. 휴대폰으로 모래성 사진을 찍었다. 별다른 이유는 없었다. 아이들의 순수함이 묻은 그 모래성을 추억하고 싶어서. 그냥 그래서.

"일로 와봐."

그는 그 모래성 앞으로 갔고 나를 불렀다. 나도 그네에서 일어났다. 그의 앞에 섰다.

"휴대폰 들어봐."

그의 말대로 휴대폰을 들었다. 그는 내 자세를 조금 고쳐주었다. 휴대폰으로 카메라를 켜고 그를 찍었다. 그리고 백시현은 그런 나를 찍었다.

"뭐 하는 거야?"

"이러면 동시에 기억할 수 있잖아."

"뭘?"

"너랑 나, 그리고 여기."

그는 나를 카메라에 담아냈다. 나 역시 그랬다. 나도 모르게 내 휴대폰 카메라는 그를 담고 있었다.

이곳엔 우리밖에 없었다. 있다고 해도 불어오는 바람? 계속 이 자리를 머물고 있는 나무? 그뿐이었다. 눈을 떼지 않았다. 카메라 화면에 보이는 그의 모습이 워낙 예뻐서, 계속 눈에 담고 싶어서. 바람이 앞머리를 헝클어뜨렸다. 그 모습이 찍히는데도 나는 가만히 있었다. 머리가 만신창이가 되어도 여름이 주는 이 분위기가, 이 설렘이, 이 감정이 너무 좋아서.

"나 사진 봐볼래."

우리는 서로의 휴대폰 갤러리를 열어 서로의 모습을 확인했다. 우리는 자연 속에 물들여, 지나간 시간 속에 물들여 있었다. 낡은 그네와 미끄럼틀이 지나간 세월을 말해줬다.

"잘 나왔네. 예쁘다."

이래서 여름이 좋았다. 더워도 이런 더위에 버금가는, 여름이 주는 추억이 너무 좋았다. 이 여름이 지나가지 않았으면 좋겠다.

*

약속했던 바다를 가기로 한 날이 다가왔다. 역시나 나는 아침 댓바람부터 옷 지옥에 빠졌다.

"아 이렇게 입으면 너무 더우려나?"

"바다니까 괜찮을 거 같은데? 근데 너 바다 어디로 가냐? 강원도?"

"우리가 강원도를 어떻게 가. 을왕리 가."

"거기 사람 많을 텐데."

"요즘에는 어디를 가나 사람이 많아. 아 진짜 뭐 입지?"

"저거 예쁘네."

"뭐가?"

"이거."

오빠가 손으로 가리킨 건 흰색 민소매 원피스였다.

"오 예쁜데? 그럼 이거랑 위에 카디건 걸치고 가야겠다."

"뭐 먹을 때 묻히지 마라."

"웬일로 걱정을 해준대?"

"너 맨날 뭐 찔찔 흘리니까."

"아니거든? 언제 적 얘기를 하고 있어."

"갈 때 어떻게 가? 버스?"

"지하철. 헐 늦었다. 나 갈게."

"너는 언제쯤 안 늦을래?"

"또 시비다. 엄마 나 바다 갔다 올게."

"너무 늦지 말고. 조심해."

"응!"

"엄마 용돈 조금 보냈으니까 친구들이랑 맛있는 거 사 먹고."

"엄마 짱이야! 연락할게."

대문을 열고 나오자 누군가 문 앞에 있었다.

"아 깜짝이야…"

중심을 못 잡고 그대로 바닥으로 넘어질 뻔했다. 다행히 백시현 덕분에 안 넘어졌다.

"너는 무슨 사람 보자마자 넘어지려고 해."

"간 떨어질 뻔했네. 근데 네가 왜 여기 있어?"

"그냥. 같이 가려고."

"애들이랑 연락했어?"

"셋이서 같이 온대."

"지하철역까지?"

"응. 우리도 같이 가자."

"그래."

매미가 울었다. 기분이 좋아서 그런지 원래 같았으면 그만 울라고 소리를 질렀을 텐데 지금은 이 소리도 그냥 좋다.

"잘 잤어?"

"응. 일찍 잠들어서 푹 잤어. 너는?"

"나는 한숨도 못 잤어."

"왜?"

갸우뚱한 표정으로 그에게 물었다. 하지만 돌아오는 답이 애매했다.

"기대했나 봐."

"하긴. 한강 갔을 때 재밌긴 했어."

지하철역에 도착하자 친구들을 바로 만났다.

"뭐야, 둘이 왜 같이 와?"

"오다가 만났어."

"너희는 왜 같이 왔어?"

"몰라. 갑자기 어제 새벽에 나선우가 같이 가자고 조르는 바람에."

"야 내가 언제 졸랐다고. 그래 놓고 바로 그래! 하고 답장 보낸 건 너였잖아 배유림."

"그거는 네가 그냥 혼자 올까 봐 그런 거고."

"아 가기 전부터 싸우냐? 오늘 가관이겠네."

예슬이의 한마디에 선우와 유림이가 시든 시금치처럼 쭈글쭈글했다.

"에이 좋은 날인데 뭘 그렇게까지. 어쨌든 다들 누구랑 같이 와서 좋지. 이제 가자."

우리는 지하철에 올라탔고 앉을 자리가 부족했다. 유림이와 선우는 잽싸게 붙어 있는 두 자리에 앉았고 예슬이는 이어폰을 끼며 혼자 앉았다. 왠지 백시현과 내가 버림받은 기분이었다.

유림이를 슬쩍 쳐다보자 유림이는 엄지척을 날리며 입꼬리를 올렸다. 저게 무슨 뜻일까?

두 정거장이 지났다. 우리 앞에 앉을 자리가 하나 생겼다.

"너 앉아."

"됐어. 너 앉아. 피곤할 텐데."

"그냥 너 앉아."

백시현은 큰 키로 내 어깨를 잡고 그대로 앉혀버렸다.

"너 앉으라니까."

"됐어. 괜히 손잡이 잡았다가 어디 자빠지지 말고."

"누가 보면 나 맨날 넘어지는 애로 보겠다?"

"맨날 넘어지잖아. 어디 걸려서 넘어지고 누구랑 부딪혀서 넘어지고 누구한테 놀라서 넘어지고."

"야 그건 내 잘못이 아니거든? 그냥 나는 내 갈 길 가고 있었는데 그냥 방해물이었어."

"네네. 어련하시겠어요."

"진짠데…."

백시현과 얘기하며 가더니 한 세 정거장 지났나? 내 옆자리에 있던 사람이 정차한 역에서 내렸고 사람들이 타기 시작했다.

"사람 와서 앉기 전에 빨리 앉아."

"됐어. 이게 편해."

"고집부리지 말고."

그가 계속 고집을 부리자 그의 손목을 잡고 그냥 냅다 내 옆자리에 앉혔다.

"어떻게 앉아 있는 것보다 서 있는 게 더 편해?"

휴대폰을 켜 앞으로 남은 거리를 확인했다.

"아직도 많이 남았네."

"얼마나 남았는데?"

"거의 1시간?"

계속 말하니까 심심하진 않지만 대화 소재가 떨어지면 어색함을 견디지 못했다.

"노래 들을래?"

백시현에게 이어폰 한쪽을 건넸다. 안 낄 것처럼 안 가져가더니 그는 내가 준 이어폰을 귀에 꽂았다.

내가 요즘 듣는 플레이리스트를 재생했다. 내가 요즘 꽂혀 있는 노래들이었다.

"인디 음악 좋아하네?"

"응. 잔잔해서 듣기 좋아."

"발라드는?"

"너무 우울해."

그는 고개를 끄덕였다. 그렇게 우리는 잔잔한 노랫소리를 감상하며 기대를 안고 을왕리로 향했다. 백시현은 피곤했는지 노래를 튼 지 10분 만에 곯아떨어졌다. 내가 억지로 앉히지 않았다면 서 있는 채로 졸았을 거다.

주위를 둘러보아 친구들이 각자 무엇을 하는지 살폈다. 유림이와 선우는 계속 투닥댔고 예슬이도 이어폰을 끼고 고개를 젖히며 잠에 들었다. 이제 혼자 고요함을 즐길 시간이다. 휴대폰을 켜 가족들이 보낸 연락들을 확인했다.

엄마
[너무 늦게 들어오지 말고]
[재밌게 놀아~]
[이모티콘을 보냈습니다.]
-
아빠
[딸. 재밌게 놀고 올 때 지하철역 도착하면 전화해]
[아빠가 데리러 갈게]
-
오빠
[야]
[가서 재밌게 놀고 와]
[조개껍데기 좀 그만 줍고]

가족들에게 온 연락에 답장을 하고 지금 지나치고 있는 역을 확인했다. 아직도 많이 남았다. 유튜브나 봐야겠다. 한참 페이스북을 보고 있는데 어깨 위로 무거운 게 툭 하고 떨어졌다. 백시현의 머리였다.

하도 고개를 젖히길래 일어나면 목 아프겠다 싶더니 그냥 아예 내 어깨에 머리를 떨구었다. 불편한 자세를 고쳐 편하게 어깨를 내어주었다. 백시현도 이 자세가 더 편한 것 같았다. 찌푸렸던 미간이 서서히 풀렸다.

"잘 자네."

그가 깨지 않게 작게 기지개를 켰다. 오래 앉아 있어서 그런지 너무 일찍 일어난 건지 몸이 굳은 것 같다. 슬슬 감겨오는 눈과 졸음에 항복하고 백시현의 머리에 내 머리를 기댔다.

그 후론 기억이 안 난다. 일어나 보니 백시현이 나를 깨우고 있었고 내 머리는 백시현의 어깨에 있었다.

"유하늘. 일어나."

"여기 어디야?"

비몽사몽인 상태로 웅얼거리며 물었다.

"다음 역에서 내려야 돼."

"애들은?"

"류예슬은 자기가 알아서 일어났고 쟤네도 깨워야 돼."

고개를 돌리니 유림이와 선우가 남매처럼 같이 머리를 떨구고 잠에 들었다.

"쟤네 저러고 있으니까 되게 웃기네."

휴대폰을 들어 그들이 자고 있는 모습을 사진으로 남겼다. 찰칵- 하는 소리가 무의식중에서도 들렸는지 유림이가 잠에서 깨어났다. 유림이가 일어나자 선우도 금세 일어났다.

"뭐야…. 나 찍었어?"

역시나 비몽사몽인 상태로 물었다.

"웅. 너네 자는 거 진짜 웃겨."

"사진 봐봐."

유림이에게 자고 있는 사진을 보여줬다. 유림이는 거의 쓰러지다시피 웃었다.

"이게 나라고? 아 진짜 웃기네."

"그니까. 진짜 웃겨. 일단 내리자."

약 1시간이 넘게 탔던 지하철에서 드디어 내렸다.

"아…. 허리 아파."

"엉덩이 납작해질 것 같아."

"그래도 탔을 때 바로 앉아서 다행이다."

"서서 왔으면 진짜 힘들었을 듯."

역에서 내리자 점점 가슴이 설레기 시작했다.

"나 벌써부터 설레."

"내가 사진 왕창 찍어줄게. 얼른 가자!"

우리는 남은 거리를 버스를 타고 해수욕장에 도착했다. 오빠 말대로 휴가 시즌이라서 그런지 사람이 바글바글했다.

"사람 많네."

"그래도 생각했던 것보다 없어서 다행이다."

"오빠가 원래 이런 데 와서는 조개구이에 소주 마시는 거랬는데."

"그건 우리 스무 살 넘어서 하자."

"일단 발부터 담그자. 쪄 죽을 것 같아."

우리는 뜨거운 모래 위에 발을 얹었다.

"앗 뜨거. 나 발에 화상 입는 거 아니지?"

"저기 가서 벗을까?"

"그러는 게 낫겠다. 진짜 발에서 불나기 직전이야."

급하게 다시 신발을 신고 물에 더 가까이 다가갔다. 바다에 왔을 때만 느낄 수 있는 이 짠 내. 그리웠다. 바다에 온 지 너무 오래돼서 이 냄새를 잊을 뻔했다.

"근데 역시 바다라서 그런지 바람 엄청 분다."

"그러게. 근데 오히려 그렇게 안 더워서 다행이다."

"햇빛은 뜨거운데 바닷물이 차가우면 그만큼 기분 좋은 건 없지."

"야, 오늘 누가 한 명 빠져야지."

"뭐래. 너나 빠져."

"나 옷 안 가지고 왔어."

"말리면 되지. 이것도 추억이야."

"그냥 나선우 들고 저기에 던져버릴까?"

"진행시켜."

"너네 그렇게 무서운 말 하는 거 아니다?"

"그럼 그만 말하고 발이나 담가."

바닷물에 가까워질수록 시원함이 우리를 감싸안았다.

"신발 젖으면 큰일 나는데."

"여기에 놓으면 누가 안 가져가겠지?"

"괜찮아. 나 달리기 엄청 빨라. 잡을 수 있어."

드디어 신발과 양말을 벗고 바닷물의 시원함을 느꼈다.

"아 차가워."

시원하단 것보다 차갑다고 하는 게 더 맞는 표현인 것 같다. 기분 나쁜 차가움은 아니었다.

"아 시원해."

우리는 조심스럽게 발길질을 하며 옷에 젖지 않게 서로에게 물을 튀겼다.

"어어. 야 위에는 안 돼. 나 흰색이야."

"어차피 하늘이 원피스니까 다리 젖어도 되겠네."

유림이가 말을 끝내자 더 열심히 발길질을 하기 시작한다. 나도 당하고만 있을 수는 없지.

"쟤네 저러고 있으니까 되게 귀엽다."
"열일곱 살이 아니라 그냥 일곱 살 같은데?"
"너도 똑같아."
"너네 우리 욕하냐?"
"아니야. 재밌게 놀아."
"근데 너희는 왜 안 들어와?"
"귀찮아. 젖는 거 싫어."
"양말도 벗었는데 뭐가 귀찮아."
"그냥 들어와. 얼마 안 젖어."
"닦아야 되는 거 귀찮아."
"놀면 제일 열심히 놀 거 같은 놈이 뭐라는 거야."
"나 원래 판 깔아주면 잘 못해."
"선우야."
"응?"
"너 안 들어가면 내가 던져버린다?"
선우는 꼬리를 내리고 물 안으로 들어왔다.
"아 차가워! 야, 이렇게 차가워도 돼?"
"괜찮아. 안 죽어."
"예슬아 너도 들어와."
"백시현 너는 안 들어가냐?"
"나는 그냥…."

"너 안 들어오면 내가 너 던진다?"

내가 백시현을 던진다는 말에 모두가 웃었다. 뭔가 머쓱했다.

"왜…."

"와 진짜 현실성 없어."

"죽을래?"

"아니 그렇잖아. 시현이가 너를 들어도 모자랄 판에 너 재 절대 못 들어."

"말이 그렇다는 거잖아. 안 들어올 거야?"

"알았어. 들어갈게."

우리는 다섯 명이서 전부 바다에 발을 담갔다. 시원함과 청량함을 만끽했다. 무더위를 싹 날려버릴 듯한 시원함이었다.

"근데 이러면 우리 갈 때 엄청 덥겠는데?"

"해 지면 가자."

"그래."

한참 재밌게 놀고 있었는데 이놈의 배꼽시계가 눈치가 없었다.

"유하늘 꼬르륵거리는 게 저기 동해에서도 들리겠다."

"놀리지 마라. 안 그래도 쪽팔리거든?"

"일단 뭐부터 먹고 놀자. 밥시간 지나긴 했어."

"역시 예슬이가 짱이야."

우리는 근처 조개구이집으로 들어갔다.

"해산물 못 먹는 사람 없지?"

"해산물 환장하지."

"사장님. 저희 주문할게요."

"네. 뭐 드릴까요?"

"저희 조개구이 대 자 하나랑 너네 또 먹고 싶은 거 있어?"

"새우구이 소 자 하나 주세요."

"조개구이 대 자 하나랑 새우구이 소 자 하나요."

"네 그렇게 주세요."

"네. 준비해 드릴게요."

"음료는 안 시켜?"

"아 그렇네. 저희 콜라랑 사이다도 하나씩 주세요."

"네."

"감사합니다."

직원은 곧바로 음료를 테이블로 가져다주고 주방으로 사라졌다.

"맛있겠다. 기대돼."

"아니 근데 아까 나선우 안 들어간다더니 자기가 제일 재밌게 놀고 있던데?"

"막상 들어가니까 재밌더라. 누구 배꼽시계 때문에 분위기 깨긴 했지만."

"밥시간 안 놓치고 좋지, 뭐."

"그건 그래."

"너넨 방학 때 뭐 할 거야?"

"나는 그냥 계속 학원 뺑뺑이 돌고 있지 않을까?"

"하긴, 학원 특강 하느라 정신없지."

"대한민국 고딩의 일상 중 하나야."

"나도 그냥 이리저리 댄스 수업 다니러 갈 것 같은데?"

"나중에 예슬이 엄청 유명해지는 거 아니야?"

"막 스튜디오도 열고."

"한 10년 뒤에나 생길 말일 거 같은데?"

"하늘이는 방학 때 뭐 할 예정이야?"

"나? 글쎄. 딱히 나도 학원을 다니는 건 아니라서. 그냥 가볍게 어디 놀러 가고 그러지 않을까? 학교 공부 틈틈이 하면서."

"너 백시현이랑 공부하는 건 잘돼?"

"켁…. 어?"

목으로 넘어가던 음료수가 코로 나올 뻔했다. 애네한테 말한 적이 없는데 어떻게 안 거지? 벌써 학교에 소문이 난 건가? 백시현과 눈빛을 주고받고 있는 사이 친구들이 웃음을 흘겼다.

"저번에 우리 야자하고 있는 사이에 예슬이가 반에 뭐 놓고 왔다고 해서 우연히 봤어. 아무도 없는 교실에서 너희 둘이 공부하고 있는 거."

"아 그게…. 말 안 해서 미안해. 학교에 소문날까 봐 말 못 했어. 가뜩이나 학교 소문이 엄청 빨라서."

"우리 엄마가 알면 진짜 큰일 나거든."

"됐어. 우리 같았어도 그랬을 거야."

"근데 꽤나 오래 하나 보다? 얼마나 됐어?"

"지금까지 3개월?"

"그래? 생각보다 오래 했네."

"주문하신 음식 나왔습니다."

직원이 무겁게 들고 온 조개와 새우는 입이 떡 벌어질 만큼의 양이었다.

"야 이거 너무 많은 거 아니야?"

"에이. 원래 해산물은 별로 배 안 차."

"보통 다섯 명이면 이 정도로 먹어요?"

"보통 술안주로 드셔서 이 정도는 안 드시는데. 식사로 드시는 거면 이만큼은 드실 수 있을 거예요."

"다행이다. 감사합니다."

"맛있게 드세요."

"근데 진짜 많다."

"이거 다 배유림 배로 들어간다에 한 표."

"야. 내가 그렇게 많이 먹지는 않거든?"

"내가 봤을 때는 네가 우리 다섯 명 먹는 것만큼 먹어."

"아니거든?"

"야, 너네 계속 싸울 거면 다른 테이블 앉아. 시끄러워 죽겠어."

배고파서 예민한 예슬이의 가시 돋은 말에 유림이와 선우는 기가 바짝 죽었다.

"안 싸우겠습니다."

"화해하자. 유림아."

악수를 하며 화해하는 모습에 연신 웃음을 터트린다.

"야. 근데 조개 진짜 맛있는데?"

"역시 바다 근처에서 먹는 조개는 뭔가 다르다니까?"

"감칠맛이 미쳤어."

"네가 감칠맛이 뭔지 알기는 하냐?"

"나 너무 무지렁이 취급하는 거 아니야?"

수다를 떨며 먹어서 그런가. 쉴 새 없이 들어갔다. 입에 모터 달린 것처럼 계속 움직였다. 사장님이 잘 먹는 게 보기 좋다며 서비스 주신 것까지 야무지게 먹었다.

"사장님 잘 먹었습니다."

"맛있게 먹었어요?"

"네. 너무너무 맛있어요."

"우리 다음에 성인 되면 또 오자."

"아, 학생이에요?"

"네. 학생이에요."

"아 그렇구나. 다들 너무 예쁘고 멋있어서 20대 초반인 줄 알았는데."

"아, 진짜요?"

"우리 가게는 술이랑 먹어야 제맛인데. 나중에 성인 되면 꼭 우리 가게 또 와줘요."

"당연하죠. 진짜 맛있어서 계속 생각날 거 같아요."

"맛있게 잘 먹어줘서 고마워요. 안녕히 가세요."

"잘 먹었습니다."

"안녕히 계세요."

오랫동안 많이 먹어서 그런지 시간은 벌써 4시를 가리키고 있었다. 우리가 여기에 도착했을 때보다 사람이 두 배는 많아진 것 같다.

"사람들 엄청 많다."

"그러게. 저기에서 더 오는데?"

"5시나 6시 넘으면 슬슬 빠질 거야."

"그때까지 뭐 해야 되나?"

"카페 가서 앉아 있을까?"

"좋다. 어? 이 근처에 설빙 있지 않아?"

"요새 그거 완전 유행이잖아."

"가서 인절미 빙수 먹어보자!"

"가자."

식당에서 그렇게 많이 먹었는데도 우리한테는 빈 공간이 남았나 보다. 우리는 거의 폭주했다.

"와 개맛있는데?"

"그니까. 엄청 고소하고 달달해."

"완전 맛있어."

"유행하는 이유를 알겠네."

유림이가 재미있는 이야기를 꺼냈다.

"아니 그래서 8반에 강유진이랑 최수현이 썸 타고 있대."

"진짜? 걔네 같은 중학교라고 하지 않았어?"

"초등학교도 같이 나왔을걸?"

"심지어 엄청 친하대. 부모님들끼리 알 정도로."

"그럼 남사친 여사친이 썸 타고 있는 거야?"

"와…. 미쳤다. 이래서 남녀 사이에 친구 없는 거야."

"여기에서 흑심 품는 애들 다 나가는 거야. 알았지?"

"이미 나가야 되는 애들 저기 같이 앉아 있네."

"누구? 우리?"

선우가 손가락으로 가리키고 있는 사람은 나와 백시현이었다.

"친구라고."

"응⋯."

"선우야. 내가 늘 말하지만 너나 잘해. 너 네 여친은 어떻게 됐냐? 잘 만나기나 해?"

"그렇게 정곡을 찌르냐? 얼마 전에 헤어졌다."

"뭐? 어쩌다?"

"내가 좀 지겹대. 맨날 똑같은 데이트에, 맨날 똑같이 잘생긴 얼굴에."

"너 그럴 줄 알았다."

"하⋯. 그래도 나는 좀 더 갈 줄 알았는데."

"너네는 거기까지가 끝인 거야."

한참 열띤 연애 토론을 펼친 후 시간을 확인하니 카페에 처음 앉은 지 3시간이 지난 후였다. 시계는 저녁 7시를 가리키고 있었다.

"야, 우리 뭐 했다고 3시간이 지났냐?"

"사람 많이 빠졌다."

"다시 갈까?"

"가자!"

카페를 나서고 다시 신발과 양말을 벗어 모래사장에 발을 디뎠다. 해가 저물고 있어서 그런지 불덩이 같던 모래가 서서히 식은 게 느껴졌다.

"야 이제 모래 안 뜨거워."

"딱 좋다."

"아 맞다. 나 이거 가져왔는데 이걸 안 썼네."

백시현이 가방에서 주섬주섬 뭘 꺼내 들었다. 디지털카메라였다.

"헐. 야 너 왜 얘기 안 했어."

"까먹고 있었어."

"동네 가는 지하철에서 말 안 한 게 어디야. 야, 그러면 우리 찍어도 돼?"

"어허. 원래 이런 데는 휴대폰으로 많이 찍고 그다음에 디카로 찍는 거야."

"오 뭐야. 류예슬 왜 많이 알아?"

"어렸을 때부터 가족들이랑 많이 와봐서 좀 알아."

친구들은 휴대폰으로 사진 찍기 삼매경에 빠졌다.

"너는 안 찍어?"

멀뚱멀뚱 친구들만 보고 있는 백시현이 답답하게 느껴졌다.

"나는 사진 찍히는 거 별로 안 좋아해."

"그럼 누구 찍어주면 되잖아."

"찍을 사람이 없는데 누굴 찍어. 저기는 자기들 찍느라 바쁜데."

백시현 말대로 세 명은 자기들을 찍느라 정신없었다. 우리가 사라져도 모를 눈치였다.

"그럼 나 찍어줘. 나는 디카로 가지게."

그에게서 점점 멀어지고 바다에 더 가까이했다.

"얼른. 나 찍어줘."

백시현이 카메라를 들었다.

하나, 둘, 셋 하며 들려오는 카메라 소리가 들렸다.

"나 볼래."

카메라 버튼을 누르며 그가 찍어준 사진을 확인했다. 바다와 하늘을 구분 짓지 못할 정도의 푸르름과 그 한가운데에 내가 있었다.

"되게 잘 나오네. 아니다. 사진작가가 잘 찍은 건가?"

"아마도?"

"너 거기서 카메라 들고 있어봐."

나는 휴대폰을 가지고 카메라를 들고 있는 그의 모습을 찍었다.

"이게 뭐야?"

"너도 나 찍는 척해 봐."

우리는 서로가 카메라를 들고 있는 모습을 찍었다.

"봐봐."

"잘 나왔다."

그가 있는 쪽이 모래와 건물이 있는 쪽이라서 좀 걱정했는데 생각했던 것보다 잘 나왔다.

"나 이거 보내줘."

"알았어."

우리는 바다의 묘미를 즐겼다.

"얘들아. 우리 단체 사진 찍자."

언제 또 저기까지 간 건지. 유림이가 큰 소리를 내며 우리를 불러들였다.

"우와, 진짜 시원하네."

"진짜 말 그대로 힐링된다."

끝이 없고 넓은 바다는 우리의 다섯 가지 감각을 일깨워 준다.

드넓고 광활한 바다를 유독 좋아하는 사람들의 모습, 파도가 칠 때마다 스멀스멀하게 풍겨오는 짭짤한 파도의 냄새, 포말에서 올라오는 바다의 기포소리, 쪄 죽을 것 같았지만 해가 저물고 밤이 되자 내 피부에 붙은 선선해진 바다의 공기, 그리고 서로의 손을 맞잡으며 그 모든 것을 지켜보는 우리.

낮에는 정말 여름이 왔다고 깨닫게 되고 밤에는 바다 인근에서 불꽃놀이를 보는 맛이 있다. 사람들의 웃음소리가 끊이질 않는다. 밤이 되어 혼을 쏙 빼놓고 멍하니 바다를 바라보고 있으면 기분이 오묘하다. 저 바다에 끝이 어딜까? 아니, 끝이 있긴 한 걸까?

한여름 밤의 바다에서 보는 불꽃놀이는 내 마음에 불을 피워낸다. 어릴 때 오빠와 함께 야심 찬 밤에 불꽃놀이를 했던 기억이 난다. 하늘을 향해 높이 쏘아 올리는 저 불꽃놀이는 나의 마음까지 밝게 밝혀주는 반딧불이가 되고, 저 요동치는 파도는 내 마음까지 일렁이게 만들었다.

우리는 파도가 치며 만들어지는 저 포말을 닮은 것 같다는 생각이 든다. 수없이 계속 만들어지지만 언제나 사라지기 마련이다. 너도나도 할 것 없이 누가 모래에 더 먼저 닿나, 누가 모래에 더 멀리 닿나 경쟁하는 것처럼. 과연 우리도 그럴까?

경쟁에 한없이 지치고 이 시간들을 그리워하며 지친 삶을 버티는, 그런 사람이 될까?

"우리 꼭 스무 살 되면 다시 오자."

"3년 뒤 기억해라. 알았지?"

"그때 가서 딴말하기 없기다?"

열일곱. 3년만 지나면 벌써 성인이다. 뭐 했다고? 아직 별로 즐기지도 못했는데 벌써 성인이라고? 믿기지 않는다. 시간은 우리를 배려해 주지 않는다. 그저 냉정하고 매정하게 우리가 좋았던 시간들을 추억으로 만들어 줄 뿐. 하지만 그 추억들은 우리가 가장 예뻤을 당시를 다시 떠올리게끔 만들어 준다. 그런 추억으로 앞으로를 살아갈 수 있게.

"우리 진짜 성인 되면 또 오자."

"그때는 아까 사장님 말씀처럼 조개구이에 소주 한 잔 곁들이자."

우리는 밤바다를 바라보며 자신의 미래의 모습을 예상했다. 다음을 기약하며 또 하루를 마무리했다.

"이제 가자."

"그래."

"뭐 놓고 가는 거 없는지 잘 봐."

"어어. 내 삼각대!"

"저럴 줄 알았다."

"아 잠깐만!"

나는 모래사장에서 조개껍데기 몇 개를 주웠다. 옆에서 보고 있던 유림이가 같이 쭈그려 앉아 물었다.

"웬 조개껍데기?"

"그냥. 바다 가면 맨날 조개껍데기 주워 와. 약간 기념품 느낌?"

"그래? 얼른 가자."

너무 알차게 놀았는지 다들 지하철에서 곯아떨어졌다. 나도 물론 팔다리가 다 빠질 만큼 열심히 놀아서 그런지 몸에 힘이 들어가지 않았다. 체력을 길러야겠다.

"아…. 힘들어."

"너 그래가지고 나중에 어떻게 놀러 다니려고 그래?"

"그건 그때 가서 생각해야지. 근데 아까 디카 사진 그거 하나만 찍었어?"

"응. 더 찍을 걸 그랬나?"

"됐어. 네 카메라인데 내 사진이 더 많아서 뭐 해."

"너 가지면 되지."

"그렇게 많은 사진은 필요 없거든?"

"근데 쟤네 엄청 잘 자네."

유림이와 예슬이는 팔짱을 끼고 서로의 머리를 기댄 채 곤히 잠들었고 선우의 머리는 정말 떨어지기 일보 직전이었다.

"나선우 자고 일어나면 목 되게 아프겠는데?"

"너도 아까 목 꺾일 뻔했어. 내가 기대게 해줬으니까 다행이지."

"고맙네."

"근데 아까 조개구이집 진짜 맛있지 않았어?"

"그니까. 진짜 성인 돼서 술이랑 마시면 진짜 맛있을 것 같아."

"나중에 진짜 가봐야겠다."

그때 휴대폰에서 진동이 울렸다. 한번 울리기 시작하니 연이어 계속 진동이 울린다.

"뭐지?"

휴대폰을 들어 연락 온 상대를 확인해 보니 오빠였다.

오빠
[야]
[맛있는 거 샀냐?]

코웃음이 저절로 났다. 급하게 부르길래 정말 급한 일이라도 난 줄 알았는데 뭐? 맛있는 거 안 샀냐고? 사람은 안 변한다더니 진짜였다.
"무슨 맛있는 거 찾는 거에 귀신 들렸나? 왜 이래."
"오빠야?"
"응. 대뜸 맛있는 거 사 왔냬. 자기가 좀 사지. 맨날 나를 시켜."
"그래도 가족들 선물 하나씩 샀잖아."
"이 인간은 키링 같은 것보다 먹는 걸 더 좋아해서 막 그렇게 좋아하지도 않을걸?"
"그래도 가족들이랑 사이좋아 보인다."
쓸쓸한 표정으로 가족 얘기를 하는 백시현이 눈에 아른거린다.
"알았어. 이런 얘기 안 할게."
"왠지 네가 이런 얘기 하면 더 슬프단 말이야."

"왜?"

"그냥…. 그래 보여."

"알았어. 앞으로 얘기 안 할게."

말이 너무 많은 나 때문인가? 얘기를 하며 와서 그런지 금방 동네로 도착했다. 도착했다고 아빠에게 문자를 넣고 친구들과 서서히 헤어졌다.

"잘 가고 내일 몸살 걸리지 말고."

"유하늘 너 특히 조심해. 뭐만 하면 몸살 걸려."

"체력 더 단련해서 올게. 조심히 들어가."

"시현아 잘 가렴."

"옆에 묻은 침이나 닦고 얘기해. 얼마나 잘 잤으면 침까지 흘리냐."

"그런 건 귓속말로 할 수가 없지?"

"헛소리하지 말고 오기나 해. 진짜 갈게, 안녕!"

유림이와 예슬이, 선우는 셋이서 골목으로 들어갔고 나와 백시현만 남았다.

"너는 어떻게 가?"

"아빠가 데리러 오기로 했어. 너는 어떻게 가?"

"버스 타고 가야지. 언제 오신대?"

"글쎄. 아까 역 안에서 출발한다고 했으니까 좀 있으면 오지 않을까?"

말이 끝나기 무섭게 익숙한 차 번호가 눈앞에 스쳐 지나간다. 아빠 차 번호였다.

"하늘아. 얼른 타."

"조심히 가. 유하늘."

"너도 조심히 가. 다음에 만나는 건 카톡해!"

백시현에게 가볍게 손을 흔들었고 그는 고개 끄덕임으로 대답을 대신했다.

"다녀왔습니다."

"딸. 재밌게 놀았어?"

"응, 너무 재밌었어. 근데 오빠는 왜 여기 있는 거야?"

"술 마시고 아빠가 데리러 와줬어."

"술을 또 얼마나 퍼마셨길래?"

"너 왜 내 카톡 읽씹하냐?"

"오빠가 자꾸 먹을 거 얘기만 하니까."

"내가 무슨 먹을 거 얘기만 했어."

"자꾸 뭐 맛있는 거 사 오라고 했잖아. 용돈 쓰는 동생한테 그런 말이 나와?"

"그래. 그건 하준이 네가 잘못한 거다. 너는 알바도 하고 있잖아."

"아니 그래서 아무것도 안 사 왔다고?"

"아무것도 안 산 건 아니고 소품들 몇 개 샀어."

"그냥 아예 소품 숍 차리는 건 어때?"
"그만 놀려. 술이나 그만 마셔. 어떻게 그렇게 맨날 마셔?"
"야 집 들어가면 오빠 매실 좀 타줘. 진하게 알지?"
"내가 오빠 전용 매실 바텐더야?"
"하이고 그만 좀 싸워라. 어떻게 맨날 싸우냐."

벌써 나흘이 지났다. 방학이라고 해서 함부로 시간을 낭비하지 않았다. 백시현 말대로 성적을 한 번 올려보니 욕심이 나기 시작했다. 공부도 소홀히 하지 않았다. 약속을 잡을 때면 일사불란한 아침을 맞이했다. 그리고 집 앞에서 기다리고 있는 백시현 때문에 마음이 더 급해졌다.
"야 유하늘. 네 친구 기다린다."
"아 알았어. 금방 나갈 거야."
"너 솔직히 말해봐. 너 쟤랑 사귀지?"
"응 아니야."
"너한테는 연애, 사랑, 뭐 이런 감정이 이 세상에 존재하지가 않냐?"
"아침부터 뭐라는 거야. 엄마 나 간다?"
오빠의 말을 가볍게 무시하고 집을 나섰다. 현관문을 열자 백시현이 기다리고 있었다.
"미안. 내가 너무 늦게 나왔지?"

"아냐, 나도 방금 왔어. 갈까?"

"날씨가 더 더워지네."

"그러게."

허공을 바라봤다. 구체적으로 말하자면 하늘이었다. 푸른 하늘. 하늘에 구름이 뭉게뭉게 피어났다.

"무슨 생각 해?"

"아무 생각도 안 하는데. 그냥 하늘이 너무 예뻐서."

백시현도 하늘을 올려다보았다.

"그렇네. 하늘이 예쁘네."

한 학기 동안 거의 매일같이 드나들었던 카페에 들어섰다.

"어서오세요, 어? 학생들 또 왔네."

"안녕하셨어요."

"시험 끝났나 보네? 자주 안 오더니."

"네. 시험 끝나고 방학했어요."

"그래, 오늘은 뭐 줄까?"

"저희 늘 시키던 걸로 주세요."

"청포도에이드랑 아이스 아메리카노 맞지?"

"네."

우리는 처음 이곳을 왔을 때부터 한결같이 그 두 메뉴만 주문했다. 이제는 사장님도 외울 정도였다.

"두 개 해서 6,700원."

내가 카드를 꽂으려고 했지만 백시현이 나보다 한발 빨랐다.

"맨날 너만 내잖아."

"그걸 세고 있었어?"

사장님은 우리가 귀엽다는 듯이 웃으셨다.

"결제됐어요. 쿠키는 서비스로 줄게."

"안 그러셔도 되는데."

"뇌물이야. 맨날 우리 가게로 오라고."

"안 그래도 맨날 올 거예요."

"금방 만들어 줄게."

우리는 주문을 하고 늘 앉던 자리에 앉았다. 가방에서 여러 문제집과 태블릿을 꺼냈다.

"많이 했어?"

"응. 숙제로 내준 건 다 했어."

"오 진짜 다 했네."

"내가 또 한다면 하는 성격이잖아."

"이러면 다음까지 중학교 과정 끝낼 수 있겠다."

"다행이다. 그래도 많이 안 늦어져서."

"스펀지처럼 잘 빨아들여서 오래 안 걸린 거야. 잘했어."

"음료 나왔어요. 이건 아까 말했던 서비스 쿠키."

나는 계산대로 가, 음료를 받았다.

"감사합니다."

"근데 둘이 사귀는 사이는 아니지?"

"네?"

"아니 그냥. 처음 왔을 때부터 둘이 사귀는 것 같아서."

"저희 그냥 친구예요. 아시잖아요."

"알지. 근데 저 친구는 너한테 조금 관심이 있는 것 같은데."

"아 엄마 그만해. 어린애들 붙잡고 뭐 하는 거야."

주방에서 조용히 설거지하고 있던 어떤 여성이 언성을 높였다. 사장님을 엄마라고 칭하는 걸 보니 아무래도 사장님의 딸 되시는 분 같았다.

"이 기집애가 왜 소리를 질러. 엄마는 보기 좋아서 그렇지."

"미안해요. 엄마가 가끔 이래요. 다른 사람 꽁냥꽁냥대는 거 보는 거 엄청 좋아해요."

"네가 시집이나 가 봐라. 엄마가 이러고 있나."

"나 이제 스물다섯이다. 뭘 벌써 시집을 가."

"야 나 때는 어? 스물다섯이면 이미 첫째는 낳았어. 어? 라테 주문 들어왔네?"

"아 엄마 진짜."

흔한 모녀 싸움에 슬쩍 자리를 피해 도망 왔다.

"사장님 화나셨어?"

"흔한 모녀 싸움이지."

"너도 집에서 엄마랑 많이 싸워?"

"엄마랑은 안 싸우고 오빠랑."

"어떻게?"

"오빠가 내 옷 입거나 내가 오빠 옷 입거나. 오빠가 내가 사 온 간식 훔쳐먹거나. 이럴 때?"

"되게 사소한 거 가지고 많이 싸우네."

"대한민국 남매 특징이지."

"남매들은 원래 다 그런가?"

"거의 그렇지? 제발 빨리 군대나 갔으면 좋겠네. 근데 오늘은 어디부터 어디까지 풀어?"

"일단 여기부터 여기까지 풀어봐. 모르거나 헷갈리는 거 있으면 말하고."

고개를 끄덕이며 문제에 집중했다. 백시현은 가방에서 노트북을 꺼내 타이핑을 하기 시작했다.

"뭐 쓰는 거야?"

"2학년 영어 예습."

"우리 지금 1학년인데? 벌써 2학년을 준비해?"

"1학년은 이미 다 했어."

"대단하다…."

"얼른 풀어. 1시간 안에 못 풀면 각오해."

"이 많은 걸 어떻게 1시간 안에 풀어."

"그러면 빨리 풀어야지."

"이씨…."

씩씩거리며 다시 문제를 향해 고개를 돌렸다. 같이 있으면 항상 내가 지는 것 같은 기분이 들었다.

백시현이 풀라는 문제는 생각보다 짧게 풀었고 늘 그랬듯 백시현의 가르침 아래에서 수업을 진행했다.

1시간 정도 지났다.

"다 풀었어?"

"응. 방금."

"1시간 안에는 그래도 풀었네."

"내가 푼다고 했잖아."

"이해 안 되는 건?"

"딱히 없었어."

"그러면 여기까지 더 풀어봐."

"알았어."

내가 문제를 풀고 있으면 그는 블루라이트 차단 안경을 끼고 노트북만 들여다보고 있었다. 빠르게 타이핑도 했고 인강도 들었다. 문제를 풀다가도 계속 그에게 시선이 옮겨 갔다. 왜 여자애들이 미치고 팔짝 뛰는지 알 것 같았다. 그래서 그런지 오늘은 영 집중이 안 되는 것 같다.

"집중 안 되는 거 같은데. 오늘은 여기에서 그만할까?"

귀신 같은 놈. 얘는 독심술을 하는 게 분명해.

"너 솔직히 말해봐. 너 사람 속마음 읽을 수 있지?"

"내가?"

"아니 내가 생각하고 있는 걸 네가 그대로 말하니까 약간 소름 돋아서."

"'속마음을 읽는다'라…. 그랬으면 좋겠다."

"만약에 읽을 수 있다면 누구를 읽고 싶어?"

"너무 현실성이 없는데?"

"아니, 만약에. 만약에 말이야."

백시현은 노트북과 여러 프린트들을 가방에 넣다 말고 곰곰이 생각하는 모양이었다.

"너."

"응?"

"너 읽고 싶어."

덤덤한 말투 속 작은 알맹이가 나를 헷갈리게 했다. 무슨 뜻이지?

혼자 가만히 서서 생각하고 있었다. 그의 한마디가 나를 현실로 돌려보냈다.

"안 갈 거야?"

"어? 아 가야지."

우리는 그렇게 카페를 나오고 버스를 탔다. 의자에 앉아 창밖을 구경하니 세상이 초록색이었다. 마치 제주도에 여행 온 것처럼 도시에서 이런 풍경을 볼 수 있음에 감사했다.

"진짜 여름이구나. 해 엄청 쨍쨍하네."

"바다에 있을 때는 물이랑 가까워서 시원했던 거구나."

"좀 있으면 비도 많이 오겠다."

"비 오는 거 싫어해?"

"아니, 좋아해."

"보통은 싫어하지 않나?"

"비 오면 뭔가 씻겨내려 가는 것 같잖아."

백시현은 의아하다는 듯이 고개를 갸우뚱거렸다. 버스에서 나오는 에어컨과 버스 밖에서 불어오는 상쾌한 바람이 만나 기분 좋은 온도가 되었다. 이럴 때 들으면 기분 좋은 음악이 있었다.

"음악 같이 들을래?"

"응. 들을래."

그에게 유선이어폰 한쪽을 건넸다. 이어폰 안으로 노래가 흘러나왔다. 딱 여름에 어울리는 노래였다.

"노래 좋다."

"다행이다."

"그러고 보면 너 인디 음악 엄청 좋아하는 것 같아. 다 들어보면 이런 장르네."

"이런 노래 들으면 나를 위로해 주는 것 같아서 듣기 좋아."

잔잔한 멜로디와 와닿는 가사. 나를 위로해 주는 것 같았다. 그때부터 듣기 시작했다.

"그렇구나."

백시현을 뒤로한 채 창문 너머의 풍경을 바라보았다. 세상을 초록색으로 덧칠한 것 같았다. 거리를 한적하게 해주는 나무들의 잎사귀가 초록초록했고 그 중간중간에 햇빛이 비쳐 포인트가 되었다. 곧바로 휴대폰을 들었다. 이 풍경을, 이 시간을 두고두고 간직하고 싶었다. 연이어 들려오는 찰칵- 소리는 이어폰으로 전달됐다.

"풍경 사진 많이 찍네."

"응. 이렇게 예쁜 걸 눈으로만 담기엔 아쉬워서."

그에게 말하고 있지만 시선은 창문 너머로 향했다.

"왜 있잖아. 아이돌 팬들이 자기가 좋아하는 아이돌 사진을 찍는다던가, 자기 반려견이 너무 예뻐서 반려견 사진을 찍는다던가. 그거랑 비슷한 개념이야."

"그럼 넌 풍경 사진 중에 뭘 제일 좋아하는데?"

"바다랑 하늘 사진."

순간적으로 정차하는 바람에 중심을 잡지 못하고 앞으로 쏠릴 뻔한 그때. 백시현이 나를 잡아준 덕에 넘어질 뻔한 사고를 모면할 수 있었다.

"아이고, 죄송합니다. 천천히 가겠습니다."

백시현은 내 어깨를 놓지 않았다.

"너 뭐 해?"

"나도 하늘 좀 보려고."

내 뒤에 광활하게 펼쳐져 있는 하늘, 정말 하늘 풍경을 보려는 건가. 아무래도 그건 아닌 듯했다. 그의 눈이 내 등 너머가 아닌 내 눈을 향하고 있었으니까.

귀가 익어버릴 것만 같았다. 빠르게 몸을 일으켜 에어컨 바람 방향을 나에게로 틀었다. 그럼에도 불구하고 더위가 가시지 않았다.

"기사님. 여기 에어컨 좀 더 틀어주세요!"

백시현은 뭐가 웃긴지 계속 웃음을 참을 뿐이었다.

"왜 웃어?"

"방금 나온 노래 가사랑 지금 네 모습이랑 딱 맞아서."

방금 나왔다던 노래 가사를 자세히 들여다봤다.

> 창가에 앉아 푸른 하늘을 바라보는 너
> 그리고 그 푸른 하늘 속 구름 같은 너
> 그 구름 속에서 태양처럼 빛나는 너

구름 같다는 거야, 태양 같다는 거야?

에이 모르겠다. 지금 나오는 버스 방송을 들어보니 다음 정류장에서 내려야 한다.

"다음 정류장에서 내려야 돼. 일어나자."

안쪽 의자에서 나오는 중간에도 버스가 덜컹거리자 넘어질 뻔한 걸 백시현이 또 잡아주었다.

"상습범이네. 유하늘."

"상습범은 무슨. 옆에 손잡이 잡으려고 했거든?"

부끄러운 탓에 괜히 성질을 부려본다. 그마저도 백시현은 코웃음을 쳤다.

정류장에서 내려 땅에 발을 디뎠다. 이 정류장을 기점으로 가는 길이 완전히 다른 방향이기 때문에 여기서 헤어져야 했다.

"그래. 조심히 잘 가고. 다음 약속은 연락으로 하고. 안녕."

뭐야 유하늘? 로봇처럼 뚝딱대는 거 실화야? 티 다 나잖아.

창피한 마음에 걸을수록 더 빠른 걸음으로 걸어갔고 마지막에는 거의 뛰다시피 속도를 냈다.

집에 도착했다. 나는 가방을 내팽개치고 집 소파에 그냥 흘러내리다시피 누웠다.

"와… 진짜."

"왜 또 오자마자 난리야."

"아니 오빠. 제멋대로 막 심장이 쿵쾅대면 이거 좀 문제가 있는 거지?"

"뭐? 여태까지 누구랑 있었는데."

"누구긴 누구야. 백시현이지."

"맨날 집 앞에서 너 기다리는 남자애?"

"응."

"너 그거 걔 좋아하는 거야. 이제 인정 좀 해라."

"아니야, 이건 좋아하는 거랑 뭔가 다른 느낌이야."

"언제까지 부정할래. 너 그러면 나중에 놓친다?"

"오빠도 연애 안 해봤잖아."

"비슷한 걸 해보긴 했지. 나 간다."

"또 어디 가는데."

"과 애들이랑 술 마시러."

"종강하지 않았어?"

"사회에서 만난 친구들의 만남은 빠지는 게 아니라고 어머니께서 그러셨어."

"언제부터 엄마 말을 얼마나 잘 들었다고."

"야. 요즘에는 나 사고 안 치거든?"

"어이구. 그래서 술 마시고 아빠가 데리러 갔는데 가다가 도중에 내려서 토했어요?"

"아빠가 그건 봐줬거든?"

"하여튼 대학 가서는 이제 술이 문제야."

"너 뭐 먹고 싶은 거 있냐?"

"뭐야? 사 주게?"

"아니? 그럴 리가. 진짜 간다."

"아 진짜 사람 설레게 해놓고!"

집을 나가는 오빠를 보며 소리를 지르는 사이에 백시현에게서 카톡이 왔다.

백시현

[좀 이따 나올래?]

[공원 갈 건데]

[같이 가자]

백시현에게 '그래'라는 문자를 남기고 바로 오빠에게 전화를 걸었다.

[왜?]

"오빠. 그 까만색 후드집업 어디 있어?"

[내 옷장 안쪽에 있을걸? 아니면 안방 장롱에 있거나]

"아 여기 있다."

[근데 그건 왜?]

"나 이거 저녁에 좀 입을게."

[그래라. 뭐 묻히고 오면 알지?]

"웬일이래. 바로 알았다고 하고."

[안 된다고 하면 네가 안 입냐?]

"그건 아니지. 입을게~"

시간이 훌쩍 지나고 약속 시간이 다가왔다. 여름이라서 그런지 이제는 저녁 8시가 넘어야 노을이 진다.

원래 산책하는 걸 좋아하는 나로서 백시현의 제안은 나에게 반가웠다.

흰 티에 후드집업을 걸치고 편한 반바지 차림으로 현관문을 열고 나갔다. 귀에서는 감미로운 노랫소리가 흘러 들어왔고 얼마 지나지 않아 약속한 공원에 도착했다. 백시현이 기다리고 있었다.

"언제 왔어?"

"10분 전? 같까?"

공원에는 사람이 많았다. 강아지와 함께 산책하는 보호자도 있었고, 연인끼리 함께 산책하는 사람도 있었다.

어색한 공기는 더웠지만 바람은 솔솔 불어왔다. 앞머리가 정신을 못 차린다. 스프레이라도 뿌리고 나올걸.

"날씨 좋다."

"그러게. 덥긴 한데 바람도 많이 부네."

시시콜콜한 얘기를 주고받고 발을 맞추며 걸었다. 살짝씩 스치는 손 때문에 어색해 죽는 줄 알았다.

"잠깐 쉬었다 갈까?"

"그래."

우리가 간 공원은 호수공원이었기 때문에 좀 산책을 하다 호수가 한눈에 보이는 벤치에 앉았다.

물 위로 인조적인 불빛과 하늘에서 내비치는 달빛들이 반사되어 나도 모르게 멍을 때리게 됐다.

"물 위에 비치는 달 예쁘다."

그는 달이 예쁘다고 했다. 하늘에서 홀로 빛나는 달을 보며 물었다.

"달 좋아해?"

"응. 어릴 때부터 해보다 달을 더 좋아했어."

"다들 달보다 해를 더 좋아하던데."

"그냥. 어둠 속에서 혼자 밝게 빛나는 달이 예뻐서."

백시현은 호수를 애달프게 바라보았다. 어둠 속에서 혼자 밝게 보이는 달이 예쁘다니…. 아름다운 말이라고 생각했다.

"별도 있는데 달을 더 좋아해?"

"어릴 때는 별을 더 좋아했는데 별은 도시에서 잘 안 보이잖아. 달은 어디에서나 볼 수 있고."

"오늘 어릴 때로 돌아갈 수 있겠다."

"어?"

"하늘 봐봐."

백시현은 내 말을 따라 하늘을 향해 고개를 올렸다. 나도 방금 봤지만 하늘 위에 희미하게 별이 보였다.

"저거 인공위성 아니지?"

"아니야. 별이야."

나도 처음에는 인공위성인 줄 알았지만 그렇다고 하기엔 수도 없이 많았고 반짝거렸다. 빛이 나기도 했지만 어둠에 숨어버리기도 했다. 왜 사람들이 별을 보면 기분이 좋은지 이제야 알겠다. 반짝거리는 별들을 세면 내가 지금 이 현실에서 살고 있는지 의문이 든다.

별을 더 자세히 보고 싶어서 언덕을 올랐다. 자리를 옮겨 대 자로 누울 수 있는 마루 평판으로 갔다. 누워서 하늘을 바라보는 게 이렇게 좋을 수가.

"너도 와봐. 기분이 이상해."

"좋은 의미로, 나쁜 의미로?"

"좋은 의미로."

그는 입꼬리를 올리며 웃더니 내 옆으로 와 누웠다. 고개를 젖히고 올려다보는 것보다는 이게 나았다.

"도시에서 별을 볼 수 있다니."

아무도 없는 한적한 곳에서 백시현과 나, 우리 둘만 있었다. 사람들도 잘 모르는 곳 같았다.

"어때? 어릴 때로 돌아간 거 같은 기분이?"

"좋아."

좋다고 말하는 백시현은 웃고 있었다.

"아무것도 모르던 순수한 때로 돌아간 것 같아서."

도시에서의 밤하늘이 이렇게나 아름다울 줄 몰랐다. 달 옆에서 은은히 빛나는 별들을 바라보니 기분이 묘했다. 나도 어릴 때는 시골집에서나 보았던 별이 도시에서도 보이니까.

고개를 돌려 그를 바라보았더니 눈이 마주쳤다. 곁에 함께 누워 빛나는 밤하늘을 함께 바라보고 서로의 눈을 마주보며 했던 이야기.

"무슨 생각해?"

"이상해서."

"뭐가?"

"너랑 누워서 같이 밤하늘 보는 기분이."

풀벌레 울음소리를 음미하고 쌀쌀한 밤공기를 들이마시며 너와 함께 느꼈던 여름밤. 아름다웠다. 여름과 네가 함께 공존해서.

*

시간은 금방 흘렀고 우리는 개학을 맞이했다. 한 달 만에 가는 학교는 익숙하지만 무언가 어색했다. 개학하는 날마저 정상수업이라니. 참 매정한 학교다.

"다 왔지? 안 온 사람?"

선생님은 안 온 사람이 있나 없나 유심히 관찰하셨다. 한 자리가 비었다. 예슬이의 자리였다.

"류예슬. 또 지각이야? 이거 이거 지각비 걷어야겠는데?"

그때 누군가가 교실 문밖에서 힐끔힐끔 쳐다보고 있는 사람이 있었다. 나랑 눈이 마주쳤다. 지각한 장본인, 예슬이었다.

예슬이는 슬금슬금 교실 문을 열어 선생님의 눈을 피해 자리에 앉으려고 했다. 그러나 매 같은 선생님의 레이더를 피할 수는 없었다.

"류예슬. 1학기 때도 맨날 지각하더니. 개학 날부터 이러기야?"

"아니…. 어제 잠을 늦게 자버려 가지고 오늘 아침에 좀 늦게 일어나 버렸지 뭐예요?"

"에휴…. 널 누가 말리니. 빨리 가서 앉아."

"넵."

선생님은 못마땅하다는 얼굴로 출석부로 시선을 옮기셨다.

"아, 맞다. 우리 반 오늘 나랑 수업 몇 교시지?"

"3교시입니다. 선생님."

"오늘 3교시에 4반이랑 12반이랑 피구 경기한다는데."

"헐, 진짜요?"

"저희 보러 가면 안 돼요?"

"너희 수업 안 하냐?"

"저희 오늘 개학했잖아요. 오늘 하루 정도는 괜찮지 않을까요?"

반 애들은 자신이 최대한 지을 수 있는 예쁜 표정으로 선생님을 바라보았다.

"흠…. 그래. 내가 체육쌤한테 여쭤보고 구경해도 된다고 하면 가자."

"오예!"

친구들은 다 환호를 질렀다.

"야. 근데 4반이랑 12반이랑 하면 누가 이길 거 같냐?"

"12반이 이기지 않을까?"

"그니까. 걔네 공부도 제일 잘하잖아."

"근데 1학년 중에 제일 운동 잘하는 건 4반 아니야?"

"무슨 소리!"

선우가 책상을 쾅- 치며 자리에서 일어났다.

"1학년 중에 운동을 제일 잘하는 건 바로 우리 반이라고. 우리 반 체육대회도 1등 했잖아."

"우리 반 잘하는 애들은 엄청 잘하는데 못하는 애들은 또 엄청 못하잖아."

"다 괜찮아, 우리한테는 시현이가 있잖아."

"내가 뭐."

"농구, 축구, 배구 뭐 못하는 게 뭐야."

"오버한다. 그만해."

"근데 너희 방학 때도 거의 맨날 만난 것 같더라?"

유림이가 가리키는 건 늘 그렇듯 나와 백시현이었다.

"아…. 그 공부 때문에 좀 자주 만나긴 했지."

"단둘이 데이트한 건 아니고?"

"그냥 넌 이 반에서 나가라. 나선우…."

우리는 늘 그렇듯 한동안은 사이가 좋았다가 또 어떨 때는 티격태격하기도 했다.

딩동댕동-

선생님은 단톡방에 체육쌤이 허락을 하셨다는 연락을 남겨놓으셨다. 그 때문인지 애들은 종이 치자마자 체육관으로 다 달려들기 시작했다.

"야, 우리도 빨리 가자."

"아직 종 치려면 많이 남았잖아."

"늦게 가면 좋은 자리 놓친다고."

"맞아. 우리 체육관 안 그래도 좁아서 애들 많이 못 들어가."

체육관에 들어왔다. 역시나 우리 반만 있는 건 아니었다. 같이 피구 경기를 하는 4반과 12반. 그리고 우리 반을 포함해 구경 온 사람들이 북적였다.

"사람이 꽤 많네?"

"반 대항전 피구는 개꿀잼이니까."

체육 선생님이 간단한 규칙을 설명한 후 요란한 호루라기 소리와 함께 피구 시합이 시작됐다.

피구는 남자애들의 던지기와 여자애들의 피하기 게임이었다. 남자애들이 던지는 공을 맞으면 어디 한 군데 부러져도 이상하지 않았다. 시간이 조금 지난 후 4반이 더 많은 인원이 남아서 이기게 되었다.

"이번 게임은 4반 승!"

4반 애들은 환호했다. 그때 선생님이 마이크를 들었다.

"4반과의 피구 경기를 희망하는 반은 회장과 상의하여 지금 바로 무대 위로 올라와 주시기 바랍니다."

이긴 반인 4반과 제대로 붙어볼 공식적인 기회였다. 그중에서도 제일 날뛰는 건 나선우였다.

"야야 우리 나가야지. 가서 4반 이겨야지."

"반 회장이 나가라잖아. 그럼 백시현이 나가야지."

"시현아. 가위바위보 하면 무조건 이겨야 돼. 알지? 우리 반의 명예가 달려 있다고."

"아 알았다고."

선우는 주인 따라가는 강아지처럼 펄쩍펄쩍 뛰며 백시현의 뒤를 따라갔다.

"저렇게 좋을까."

체육관 무대 위에서 남학생들의 가위바위보 소리가 들려왔다. 누구는 환호를 하고 누구는 절규했다. 마지막 가위바위보를 하는 소리가 들려왔다. 누군가의 목소리가 체육관이 떠나가라 크게 울렸다. 아마 나선우의 목소리인 것 같다. 그게 희망의 뜻인지 절망의 뜻인지는 모르겠다.

빨빨거리며 뛰어오는 걸 보니 우리 반이 4반과 붙는 것 같다.

"야, 내가 다 죽여줄게."

"이런 애가 제일 먼저 죽어."

"쌤 저희 이기면 매점에서 뭐 사 주세요."

"너네가 쟤네 이길 수나 있겠어? 보니까 주원이랑 현우도 잘하던데. 수아도 잘 잡고."

"와 쌤. 저희가 보여드릴게요."

"아 너네 진다니까."

"저희 진짜 이긴다니까요?"

"좋아. 너네 4반 이기면 내가 반에 매점에서 아이스크림 쏜다."

"오케이!"

남자애들이 환호와 기합을 넣었다. 어지간히도 이기고 싶은가보다.

선생님이 마이크 헤드 부분을 톡톡 치며 말을 이었다.

"4반과 11반은 경기 라인으로 와주시기 바랍니다."

12반 애들이 들어오고 우리가 들어갔다.

"경기 규칙은 아까 설명해 줬으니까 알지?"

"네."

애들이 우렁차게 대답했다. 아까와 마찬가지로 호루라기 소리와 함께 피구 경기가 시작됐다.

남자애들이 던지는 공은 부스터를 달았는지 정말 빠르게 획획 지나갔다. 맞은 여자애들은 어딘가를 부여잡고 라인 밖으로 나갔다. 얼마나 이기고 싶으면 저럴까?

"야 패스 패스."

연이은 공격으로 우리가 4반보다 압도적으로 수가 많았다. 하지만 우리 반도 여러 명이 아웃됐다.

앞에서 나대다가 일찍 아웃된 나선우는 외야에서 내야로 힘 있게 던졌다. 유림이도 빠른 공에 못 이겨 아웃되어 버리고 말았다.

적은 인원 탓인지 4반은 승부욕에 못 이겨 처음 던진 공의 속도보다 훨씬 더 빠르게 공을 던졌다. 맞으면 최소한 골절일 것 같았다.

가까스로 피했지만 아슬아슬했다. 빠른 공과 4반의 단합력으로 우리 반도 많이 아웃되었다. 남은 건 나와 예슬이, 백시현 외에 세 명뿐이었다.

긴장감 넘치는 피구 경기에 다른 반 학생들도 흥분의 도가니였다. 누군가가 아웃될 때마다 아쉬운 탄성을 질렀다.

우리 반 담임 선생님은 "야, 얘들아. 좀 살살해. 내 지갑 거덜 나겠다."라는 말을 덧붙이며 말했다. 외야에 있는 나선우는 "선생님께 아이스크림 뜯어먹을 수 있는 절호의 기회다!"라며 크게 소리쳤다. 저런 나선우를 누가 말릴까.

"아, 나선우. 좀 닥치고 아웃 좀 시켜봐."

선우는 예슬이의 말에 바로 꼬리를 깨갱 하며 내렸다. 나도 모르게 피식 웃음을 흘렸다.

그때였다. 방심하던 탓에 나도 모르게 4반 남자애가 던진 공에 얼굴을 맞아버렸다. 분위기는 금세 싸해졌다. 그도 그럴 것이 그 남자애가 던진 공의 속도가 다른 친구와 범접할 수 없을 만큼 빨랐다. 그런 공에 정통으로 맞았으니 모두가 놀랄 수밖에. 그런 동시에 나도 놀랐다.

"하늘아 너 괜찮아?"

잠깐 멍해졌지만 정신은 멀쩡했다. 모두가 나를 쳐다보는 게 약간 부담스러웠다.

"야…. 괜찮아?"

공을 던진 남자애가 나에게 다가와 물었다. 나는 괜찮다며 신경 쓸 것 없다고 말을 덧붙였다.

그때 바닥으로 빨간 무언가가 떨어졌다. 코피였다. 검붉은 피가 뚝뚝 떨어져 바닥으로 떨어졌다. 코피가 처음 났던 나로서는 어떻게 대처해야 할지 머릿속에서 굴러가지 않았다.

"고개 뒤로 젖히면 역류해서 큰일 나."

백시현이 내 뒤에서 나타나 지혈을 해주었다. 그는 무엇 때문인지 한껏 예민해져 있었다. 나를 지혈해 주며 공을 던진 남학생에게 따가운 눈초리를 보냈다.

"사과 안 하냐?"

"어…? 아 미안해."

얼어 있던 그 남자애는 백시현의 말 한마디에 얼버무리며 나에게 사과를 건넸다. 나는 괜찮다고 말했다. 코피가 멎지 않아 백시현은 선생님께 말씀을 드려 나를 데리고 보건실로 향했다.

"나 보건실 갈 정도는 아니야."

"그냥 가. 너 얼굴도 긁혀서 상처도 났어."

"아…."

공에 붙어 있던 아주 작은 돌멩이가 내 얼굴을 스쳤나 보다. 보건실에 들어갔다. 선생님은 수업 중이신지 안 계셨다.

"선생님 안 계신다. 그냥 가는 게…."

"앉아 봐."

그의 말투 때문에 눈치가 보여 그의 앞에 있는 의자에 앉았다. 그는 내가 더 이상 피가 안 나는지 확인하고, 휴지를 돌돌 말아 내 코에 끼워 넣어주었다.

그는 언제부터 가지고 다녔는지 주머니에서 연고와 밴드를 꺼냈다.

"언제부터 그런 걸 가지고 다녔어?"

"맨날 다치고 다니니까."

무심한 듯 툭 뱉은 백시현의 말에 나는 또 심장이 요동친다.

백시현은 연고를 손에 조금 짜 눈 밑에 난 상처에 조심스레 발라주었다. 그의 신경은 온통 내 상처에 집중되어 있었다. 내 착각일까? 그는 밴드 날개 부분을 떼고 조심스럽게 상처 난 곳에 붙여주었다.

눈이 마주쳤다. 간질거리고 오묘한 분위기가 우리를 맴돌았다. 나는 그의 눈 속으로 이끌렸다. 한 번 빠지면 헤어날 수 없는 깊은 심해 바다의 눈을 그려 넣은 것 같았다. 그의 긴 속눈썹이 눈매를 더 또렷하게 만들어 주었다. 더 깊이 있는 눈으로 만들었다.

솔솔 불어오는 바람에 커튼이 흔들렸다. 우리의 머리카락까지 흩날리게 되었다. 여름 바람은 뜨거우면서도 낭만이 있었다. 그 낭만이 우리를 더 단단히 옭아맸다.

수업 시간이 끝났음을 알리는 종이 울렸다. 우리는 유림이에게 피구 경기가 끝났다는 연락을 받고 반으로 돌아갔다. 앞문을 열고 들어가니 애들은 다 신이 나 있었다.
"애들 왜 이렇게 신이 났어?"
"우리가 4반 이겼거든!"
"진짜? 어떻게?"
"너네 나가고 분위기가 싸해졌는데 다시 경기 시작하니까 나선우 막 날아다니더라고. 그래서 이겼어."
선우는 내게 어깨동무를 하며 말했다.
"친한 친구가 얼굴에 공을 맞았다는데 내가 나서야지. 안 그러냐?"
"손은 좀 떼고 말해라."
백시현은 내 어깨에서 선우의 팔을 떨어뜨렸다. 선우는 뭐라고 말하는지 모를 특유의 구시렁대는 말투로 중얼거렸다.
담임 선생님이 들어오셨다. 선생님이 들어오시자 친구들은 다 환호를 질렀다. 그게 선생님 때문은 아닌 것 같다. 커다란 박스들을 들고 선생님의 뒤를 따라오는 애들을 보며 소리쳤다.

"우리 반이 이길 줄은 정말 꿈에도 몰랐다."

"저희도 몰랐어요."

"약속은 약속이니까 아이스크림이랑 이것저것 사 왔으니까 많이들 먹어라. 쓰레기 이상하게 버리면 내가 그놈 끝까지 쫓아간다."

"감사합니다!"

애들은 우르르 박스에서 아이스크림과 여러 간식들을 주섬주섬 챙기기 시작했다. 거기에 우리도 예외는 아니었다.

"하늘아. 괜찮아?"

"뭐가?"

"너 아까 얼굴 맞은 거…."

"아 완전 괜찮아. 그냥 놀라서 잠깐 멍했던 거였어."

"다행이다."

친구들은 한 명씩 와서 나에게 괜찮냐고 물었다. 관심을 이렇게 많이 받아보긴 또 처음이었다. 하나둘씩 친구들의 질문들이 지나갔고 드디어 아이스크림을 개봉할 시간이었다.

아이스크림 꽁다리를 이로 꽉 깨물어 그 안에 든 달달한 아이스크림을 먹었다.

"이거 먹을 사람?"

"동작 그만."

비범하게 목소리를 내는 선우의 말에 모두가 깜짝 놀랐다.

"아오 깜짝이야. 또 왜."

"지금 배유림이 쭈쭈바 꽁다리를 안 먹어?"

쟤는 또 저걸 뭐 저렇게 심각하게 받아들이는지. 진짜 무슨 큰일이라도 난 줄 알았다. 하긴 먹는 걸 너무나 좋아하는 배유림이라면 놀랄 만할까?

"그냥 안 먹는 거야. 어릴 때부터 잘 안 먹었어."

"왜. 그냥 암 걸린다고 하지?"

"왜 저래."

"너 안 먹을 거면 나 줘."

나는 유림이에게 아이스크림 꽁다리를 받았다. 이상하게 이게 또 별미란 말이지.

"근데 배유림 의외이긴 하다. 이것도 먹을 줄 알았는데."

"날 너무 돼지라고 생각하지 마. 나도 안 먹는 게 있다고."

"너 웬만한 호불호 음식들은 다 먹잖아."

"그렇긴 해."

*

동아리 날이었다. 우리는 동아리 활동으로 벽화 그리기를 하기로 했다. 학교 인근 골목에 그리기로 했다. 담쟁이넝

쿨이 몇몇 벽들을 덮고 있었다. 벽에는 아무것도 느껴지지 않았다. 이 자리를 수십 년째 지키고 있었을 텐데 굉장히 차갑게만 느껴졌다.

"애들아. 오늘 우리의 목표는 이 골목을 사람들의 발길이 끊이지 않는 핫플레이스로 만드는 거야. 준비됐지?"

"네."

각자 붓을 들었다. 학교에서 이미 그려 놓은 시안이 있었기 때문에 오래 걸리지는 않을 것 같았다. 밑그림을 그리는 조와 채색을 하는 조로 나누어 작업을 진행했다. 아직 여름이 다 가지 않아서 그런지 우리는 땀으로 샤워를 했다.

"아 진짜 개더운데."

"그니까. 아이스크림 먹고 싶어."

장난치는 애들도 나왔다. 붓으로 칼싸움을 하는 애들은 뭘까. 서로 얼굴에 묻혀버린다며 위협했다.

"이지수, 안영서! 빨리 안 해? 밑그림 망치면 너희 탓이야."

선우가 한마디 했다. 지수와 영서는 구시렁대며 제 할 일을 마무리했다.

"우리 노래 들으면서 하자."

다른 애는 블루투스 스피커를 꺼냈고 노래를 빵빵하게 틀었다. 노래에 맞춰 춤을 추는 애들도 있었다. 우선이와 예슬이는 같이 춤을 추기 시작했다. 선생님은 "일은 안 하고 신바람 났네."라고 하시며 자기도 춤을 추기 시작했다.

"쌤 저희 진짜 해야 될 거 같아요. 해 다 지고 끝내겠어요."

반장인 백시현의 말에 선생님은 머쓱해하며 다시 그림을 그리기 시작했다. 근처에 거주하시는 할머니, 할아버지들이 우리에게 기특하다고 하셨다.

"아이고, 그림들을 잘 그리네."

"그러게나 말이유. 칙칙한 골목에 꽃들이 활짝 피었네."

"저희가 예쁘게 그려드릴게요."

"아휴. 고맙네."

어르신들의 얼굴에도 웃음이 피어났다. 우리는 그런 어르신들을 위해서라도 더 열심히 그렸다.

3시간 동안 지속된 작업은 하늘이 주황빛이 되어서야 끝이 났다. 벽에는 꽃이 피었고 나비들이 날아다녔다. 다 완성된 그림을 보았다. 굉장히 뿌듯했다.

"예쁘다."

"그러게. 우리 좀 잘했는데?"

담쟁이넝쿨이 벽을 뒤덮어도 이상하지 않았다. 오히려 잘 어울렸다. 어느새 이 골목은 생기를 되찾았다. 이 골목은 우리끼리 만든 하나의 추억이 깃든 그런 골목이 되었다.

*

그 이후 평범하디 평범한 날들의 연속이었다. 길었던 여름이 지나 가을이 다가오고 있다. 무더운 여름이 우리의 청춘을 더 과열시키고 우리를 더 성장하게 했던 것 같다. 어느덧 축제가 코앞까지 다가왔다. 유림이는 방송부여서 아침과 점심시간, 방과후까지 다 방송부에게 시간을 뺏겼다. 백시현도 학생회였기 때문에 방과후에는 축제 준비로 바쁘게 보냈다. 예슬이 또한 치어리딩부 공연이 있었기에 나와 선우는 거의 2주가량 수업 시간과 쉬는 시간을 빼면 둘이 있는 시간이 많았다.

"다들 바쁘네."

"그러게…"

힘없는 말투와 목소리로 초코우유를 마시며 말했다.

"애들은 잘하고 있으려나."

"잘하겠지. 각자 잘하는 애들이니까."

"우리 다음 시간 뭐냐?"

"국어일걸?"

"우리 수행평가 아니야?"

"맞아. 진로 관련해서 뉴스 기사 쓰기였는데."

"너는 진로 뭔데?"

"몰라. 아직 안 정했어. 그러는 너는?"

"재활이나 물리치료 생각 중. 근데 공부를 너무 못해서 갈 수 있으려나 모르겠다."

"성적 올리면 되지."

"말이 쉽지. 그게 하루아침에 되는 게 아니잖아."

"너 운동은 잘하잖아."

"운동만 잘해서 그렇지. 근데 너는 진로 아직 못 정했어?"

"응. 딱히 잘하는 게 없어서."

"진로를 굳이 잘하는 걸로만 고집하는 건 요즘 시대에 안 맞지."

"어?"

"네가 하고 싶은 걸 찾아. 네가 재밌게 할 수 있는 거. 그러면 그게 잘하는 게 돼."

"어떻게 그게 잘하는 게 돼?"

"좋아하는 걸 하면 열심히 하니까. 열심히 하면 잘하게 되는 거잖아."

선우의 말에 누가 머리를 한 대 콩 쥐어박은 것 같았다. 마침 종이 쳤다.

"수행평가 잘 봐라."

얼마 안 지나 유림이와 백시현, 예슬이가 차례로 들어왔다.

"너네 셋이 세트냐?"

"축제 때문에 바쁜 걸 어떡해."

"축제가 뭐 별거라고."

"와. 너 진짜 방송부 1일 체험 같은 거 안 할래? 그런 말 나오나 안 나오나 보자."

"안 돼. 하면 내가 너무 잘해서 스카우트당해."

"지랄."

예슬이의 간단하지만 무거운 한마디에 선우는 상처받은 듯한 표정을 지었다. 역시 그것도 장난이었다.

국어 선생님이 들어오셨다. 선생님은 들어오자마자 종이를 한 장씩 나눠주셨다. 그 뒤에 말을 덧붙였다.

"자. 선생님이 미리 공지해 뒀었지? 오늘이랑 다음 시간 연달아서 진로 관련해서 뉴스 기사 쓰기 수행평가 할 건데 시간 넉넉히 주는 만큼 성의 있게 해야 돼. 알았지?"

"네."

종이를 받고 펜을 들었다. 먼저 제일 위에 있는 이름 적는 칸에 이름과 학번을 쓰고 머리를 골똘히 굴렸다. 내가 하고 싶은 것, 내가 좋아하는 게 무엇일까?

그때 머릿속에 무엇 하나가 스쳐 지나갔다.

사진, 유일한 내 취미였다. 사실 취미라고 말하기에는 또 뭐하다. 학기 초에 벚꽃 나무 앞에서 찍은 사진, 바다에서 찍은 사진, 할머니가 돌아가시기 전 병원에서 찍은 할머니와의 마지막 사진.

사진은 추억 저장소이다. 사진을 찍으면 '이땐 그랬지, 저

땐 그랬지' 하고 잊고 있던 추억과 기억들이 떠오른다. 그게 내가 사진을 좋아하는 이유였다. 추억이 내 머릿속 메모리카드 저 안쪽 깊숙한 곳에 저장되어 있어 기억하지 못할 때 사진이 그때를 떠올리게 해주는 유일한 USB였다.

좋아하는 게 무엇인지 생각해 보라는, 무심코 던진 선우에게 너무 고마웠다. 나중에 선우에게 밥 한 끼라도 사야 되나? 매점을 살까? 아무튼 선우에게 더할 나위 없이 고마웠다.

종이 쳐 쉬는 시간이 되었다. 서둘러 수행평가 종이를 교탁에 내고 나는 휴대폰에 있는 갤러리를 들여다보았다. 역시 사진은 추억 저장소라는 내 생각이 맞았다. 잊고 있던 추억들이 문득문득 떠올랐다.

"갑자기 갤러리는 왜?"

자신의 팔을 베고 누워 있는 백시현이 내게 물었다.

"나 찾은 거 같아."

"뭐를?"

"내 진로."

백시현은 웃었다. 백시현은 곧 찾을 줄 알았다며 웃었다.

"근데 갑자기 찾은 거야?"

"아까 선우가 그랬거든. 내가 좋아하는 걸 찾아보라고."

"그게 사진이야?"

"응. 사진이 잊고 있던 추억을 담아주잖아. 기억하지 못해도 사진으로 남기면 언제든 다시 볼 수 있고."

"좋네. 너한테 어울린다."

"근데 보니까 애들이랑 찍은 사진 되게 많다."

갤러리를 뒤지다 보니 은근히 찍은 사진들이 많았다. 백시현과 같이 여태까지 학교에서 찍은 사진들을 보았다. 선우의 웃긴 사진, 나와 유림이와 예슬이의 사진, 다섯 명이서 찍은 거울 샷. 굉장히 많았다.

갤러리를 보며 기억을 회상하고 있는 사이, 애들이 다가왔다.

"뭘 그렇게 나를 배시시 웃으면서 보고 있어? 나 불안해."

"선우야!"

기쁜 마음에 선우에게 달려가 어깨동무를 했다.

"네 덕분에 나 진로를 찾았다. 고맙다 진짜."

"진짜? 어쩌다?"

"내가 좋아하는 거 찾았어."

"정말? 잘됐네!"

선우와 나는 손뼉을 치며 더없이 좋아했다.

"내가 빠른 시일 내에 매점 쏠게."

"아싸. 많이 사야지."

"저렇게 좋을까."

"냅둬. 꿈을 어렵게 찾은 사람은 어떤 걸로도 표현이 안 되니까."

대서

: 1년 중 가장 더운 날

나흘 뒤, 드디어 축제가 다가왔다. 애들은 기대에 찬 상태로 축제를 맞이했다. 날씨가 흐려 햇빛은 보이지 않았다.

동아리는 여러 부스들을 운영했고 유림이와 백시현은 바쁜 게 눈에 보였다.

학부모님들이 한곳에서 저렴하게 판매하는 떡볶이와 파전도 기가 막히게 맛있었다. 뜨거워서 잘 못 먹어 선우랑 예슬이가 다 먹은 게 한이 맺혔다.

우리 학교는 축제의 꽃인 2부에 있을 장기자랑이라고 한다. 예고에서 열리는 장기자랑만큼은 아니지만 그에 못지 않게 재밌다는 선배들의 소문을 들었다.

"예슬아. 너 장기자랑 몇 번째야?"

"네 번째랑…. 잠깐만."

예슬이는 먹다 말고 휴대폰을 집었다.

"아 미친놈아. 천천히 먹어."

선우는 그때를 틈타 허겁지겁 먹기 시작했다.

"와 진짜 개맛있어."

"그러다가 이제 혓바닥이랑 입천장 다 데지."

"맛있는 걸 어떡해."

"유림이도 이거 좋아하는데."

"아, 네 번째랑 뒤에서 두 번째."

"오. 기대되는데?"

"소리 개많이 질러라. 내가 지켜본다."

"걱정 마. 나 소리 지르면 목소리 짱 커."

"넌 좀 덜 지르고."

선우는 먹다 말고 입술이 삐쭉 튀어나왔다. 그때 유림이가 눈에 보였다. 나는 이쑤시개에 전을 꽂고 유림이에게 달려갔다.

"야 유하늘. 너 어디 가."

선우와 예슬이도 내 뒤를 따라 뛰었다.

"유림아. 아 해."

"뭐야?"

"빨리."

급하게 달려간 것 치고 유림이는 맛있게 먹었다.

"이거 뭐야? 개맛있어."

"그치? 저기서 부모님들이 만들어 주신 건데 너 바빠서 못 사 먹을 거 같아서. 이거 들고 다니면서 먹어."

"헐, 미친. 고마워."

"유림아. 와서 이것 좀 도와줄래?"

"네 언니. 저 가요. 그럼 이따 봐."

유림이는 손을 흔들고 다시 사라졌다.

"근데 장기자랑은 아직 남지 않았어? 방송부가 부스에 왜 필요해?"

"유림이 버스킹 담당이래. 저기 스피커 있는 거 보이지? 저기에서 버스킹하나 봐. 그리고 장기자랑 때는 유림이 우리랑 같이 볼 수 있대."

"다행이다."

그때 내 눈에 또 누군가가 포착됐다. 급하게 파전을 사 들고 전속력으로 달렸다.

"쟤 또 어디 가."

"야, 말 좀 하고 가."

"백시현!"

저 멀리서 현수막을 달고 있는 백시현이 눈에 띄었다. 그에게 허겁지겁 달려갔다.

"뭐야, 갑자기?"

"빨리 입 벌려."

영문을 모른 채 입을 벌리는 그에게 전 하나를 입안에 넣었다. 오물오물 씹으며 맛을 음미했다.

"뭐야? 맛있네."

"그치! 너 아무것도 못 먹고 있을까 봐 특급 배달 왔어. 먹으면서 해."

그의 손에 전이 든 종이컵을 쥐어 주었다. 그는 웃었다. 큼지막한 손을 내 머리 위에 갖다 대었다.

"고마워 잘 먹을게."

"일 열심히 해. 우리 간다?"

우리는 다시 여러 부스를 돌아다니며 축제의 묘미를 즐겼다.

"아 피곤해. 아침부터 너무 기 빨려."

구령대에서 마이크 소리가 들려왔다.

"아아."

생활복을 입은 학생회 두 명이 마이크에 대고 말했다.

"지금부터 백야제 버스킹을 시작하겠습니다."

박수와 환호 소리가 적나라하게 들렸다. 첫 번째 순서로 나온 참가자는 발라드곡을 불렀다. 감미로운 멜로디와 깊은 목소리로 관중들의 고막을 사로잡았다.

"잘 부른다."

"2학년 선배 중에 제일 잘 부른다고 소문났잖아."

"그래?"

"왜 몰랐지?"

내 눈에는 기계 앞에서 신중히 음향을 조절하는 유림이밖에 보이지 않았다. 가끔씩 눈이 마주치면 유림이는 활짝 웃어주었다.

두 세곡 정도 노래를 부르고 슬슬 질려서 금세 자리를 떴다. 유림이의 일이 끝날 때까지는 운동장에 남아 있기로 애들과 약속했다.

백시현은 잘하고 있으려나?

걱정한 게 무색해질 정도로 그는 열심히 하고 있었다. 그도 역시 눈이 마주치면 나에게 웃음을 지어주었다.

묘했다. 유림이가 지어준 웃음 하고는 사뭇 다른 느낌이었다.

열심히 돌아다니다가 버스킹이 끝나 유림이가 뒷정리를 하고 있었다.

"유림아!"

"왔어?"

"고생했네."

"내가 방송부를 왜 들어갔을까…."

"다 들린다."

옆에 있던 방송부 선배가 장난스러운 눈빛으로 유림이를 쳐다보았다.

"그만큼 좋다는 뜻이죠!"

"오늘 수고했어. 이제 가서 놀아. 뒷정리는 내가 할게."

"어떻게 그래요. 제가 후배인데…."

"내가 지각해서 세팅도 다 네가 했잖아. 진짜 괜찮으니까 얼른 가. 마침 다른 애들도 오네."

"아무리 그래도…."

선우가 유림이의 근처로 다가가 복화술로 속삭였다.

"이럴 때는 그냥 가는 게 답이야."

유림이는 선우의 말뜻을 이해하고 들고 있던 장비를 내려놓았다.

"그럼 선배님. 저는 이만 가보겠습니다. 수고하세요!"

"그래. 고생했어 유림아."

유림이는 꾸벅 인사를 하고 그곳에서 빠져나왔다.

"날이 점점 흐려지네."

"그러게. 이러다 진짜 비 오는 거 아니야?"

"어허. 말조심. 안 온다 해야 비가 안 오는 거야."

"너네 여기에서 뭐 하냐?"

그때 백시현이 아무 말 없이 내 뒤에서 나타났다.

"엄마, 깜짝아!"

나는 들고 있던 휴대폰을 떨굴 뻔했다. 다행히 선우가 떨어질 뻔한 휴대폰을 잡아줘서 다행이었다.

"나이스 캐치!"

"깜짝이야. 인기척 좀 내라. 귀신처럼 뒤에서 튀어나와…."

"놀랐어?"

"말이라고 해? 간 떨어질 뻔했네. 그리고 너희는 왜 아무 말도 안 해."

"너 반응 보려고."

"우씨…."

"근데 너 왜 지금 와? 일 안 해?"

"이 새끼 농땡이 피우네."

"뭐래. 합법적인 쉬는 시간인데."

"쉬는 시간?"

"응. 선배들이 아침부터 지금까지 나만 계속 일해서 조금 쉬라고 자유 시간 주셨어."

"다행이네."

"내가 준 건 다 먹었어?"

"그 자리에서 다 먹었는데."

"잘했네."

그때 위에서 빗방울이 떨어졌다. 갑자기 내린 소나기였다. 비를 피하기 위해 각 부스에 설치된 천막으로 들어섰다. 전교생이 천막 안으로 들어갔다. 갑자기 이렇게 소나기가 내리다니. 참 날씨는 알 수 없다. 빗줄기는 조금씩 거세졌다. 옅은 바람 때문에 비가 사선으로 내렸다.

5초 사이에 앞머리가 젖어버렸다. 비가 사선으로 내렸다. 치마도 조금씩 젖기 시작했다. 치마에 물방울이 튀긴 걸 보는 사이 내 손목을 보았다.

손목에 이상한 감각이 들었다. 누군가 나를 잡고 있는 감각이었다.

백시현이었다. 또 눈이 마주쳤다. 빗소리와 습한 공기가 우리를 더 긴장시키게 만들었다. 모든 신경은 내 손목과 그를 바라보는 눈으로 향했다. 그 외에는 아무것도 생각나지 않는다. 시간이 멈춘 것 같았다. 지금 이 공간에 우리만 있는 것 같았다. 이것 역시 내 환상이라는 건 잘 안다. 하지만 환상이라는 바다가 나를 저 밑바닥까지 끌어당긴다. 깨고 싶다는 생각은 딱히 들지 않는다. 다만 손으로 전해져 오는 이 온기가 계속됐으면 좋겠다.

비는 생각보다 금방 그쳤다. 땅을 밟을 때마다 질퍽질퍽했다. 먹구름이 걷히고 햇살이 비쳤다. 날씨는 이상하다는 표현보다 요상하다는 말이 더 어울렸다.

"날씨가 오락가락하네."

"내 말이 맞지? 비 올 수도 있다니까."

그때 백시현의 휴대폰에서 띠링- 하고 진동이 울렸다.

"나 간다. 잘 놀아."

"바쁜 학생회…. 안 들어가길 잘했어."

"안 들어간 거야? 못 들어간 거 아니고?"

"내가 면접만 보면 그냥 바로 통과야."

"면접은커녕 서류에서 탈락할 거 같은데."

"너는 뭐 그러냐. 세상이 다 부정적이야."

"맘대로 생각해. 하늘아, 우리 저기 가보자. 타로 봐준대."

점심시간이 지나가고 드디어 축제의 하이라이트인 장기자랑 시간이 되었다. 1학년과 2학년이 체육관을 꽉 채웠다. 한 학년 아래라는 이유로 우리는 의자가 있는 2층으로 올라갔다. 오히려 좋았다.

"우리 학교 학생들이 많구나. 새삼 느끼네."

"많긴 하다. 예슬이 어디 있지?"

"예슬이 몇 번째 순서래?"

"네 번째랑 뒤에서 두 번째라는데?"

예슬이는 치어리딩부, 백시현은 학생회 때문에 같이 보지 못했다. 관객석에서 우리 셋이 보는 수밖에 없었다. 그때 나오고 있던 음악이 꺼지고 단정히 교복을 입은 두 학생이 무대 중앙으로 나왔다. 학생회인 것 같았다.

"안녕하세요. 지금부터 축제의 하이라이트인 장기자랑을 시작하겠습니다."

학생회장으로 보이는 선배의 말이 끝나자 학생들은 환호

와 박수로 그들을 맞이했다. 중학교 때의 축제도 이 정도 규모는 아니었던 것 같다. 이렇게 제대로 된 축제를 한 게 처음이라서 그런지 설렜다.

"첫 번째 무대는 작년에도 무대를 씹어먹었던 2학년들의 무대입니다."

"큰 박수로 맞이해 주세요."

두 사람이 무대에서 나갔다. 멋있는 옷을 입은 사람들이 우르르 무대에 올라갔다.

"야."

익숙한 목소리가 들려 옆을 돌아보니 백시현이 있었다.

"뭐야? 너 여기 있어도 돼?"

꽤 큰 음악 소리에 잘 안 들렸는지 그가 내 얼굴로 가까이 다가왔다. 갑작스럽게 다가와 조금 놀랐다.

"너 여기 있어도 되냐고."

"어차피 학생들 잘 보고 있나 감시해야 돼. 그래서 그냥 이리로 왔어."

"우리 여기 있는 건 어떻게 알았어?"

"너랑 배유림 머리띠 보고 왔어."

장기자랑을 제대로 즐기기 위해 어두워도 밝게 빛나는 야광 머리띠를 머리에 꽂았다. 백시현의 말로는 100m 옆에서도 우리인지 알 수 있었다고 한다. 어쩔 수 없다. 조금 쑥스

럽긴 했지만 그래도 축제를 즐기려면 이 정도는 해야 한다.

한 무대가 끝나면 사람들은 힘찬 박수와 열렬한 목소리로 무대가 끝났음을 알렸다. 노래도 부르고 춤도 추고 랩도 하고, 심지어 비트박스를 하는 팀도 있었다. 비트박스를 하는 사람들은 서툴기는 했어도 관객들의 호응에 힘입어 계속 이어나갔다.

"예슬이 언제 나와?"

"잠깐만. 봐볼게."

유림이는 휴대폰을 켜 큐시트를 확인했다.

"이거 다음이네."

유림이의 말이 끝나기 무섭게 드디어 예슬이 차례였다. 무대에는 예슬이와 같은 옷을 입은 사람들이 가득했다.

"류예슬! 파이팅!"

"다 씹어먹어!"

"파이팅!!"

선우의 목소리는 건너편에서도 들릴 만큼 우렁찼다. 우리의 목소리를 들었는지 누가 우리 쪽으로 손을 흔들어 준 것 같다. 아마 예슬이었을 것이다.

요란한 비트와 함께 무대 위에 있는 애들이 몸을 움직이기 시작했다. 저 애들은 관절이 없나 보다. 어떻게 저렇게 몸을 움직일 수가 있지?

"와, 진짜 개멋있다."

"그니까. 어떻게 저렇게 움직이지?"

"나도 해볼까?"

유림이도 음악에 맞춰 앉아서 몸을 움직였다.

"야. 오징어냐? 흐물흐물대."

"뭐라 했냐?"

선우의 말에 유림이가 제대로 긁힌 것 같다.

나는 휴대폰을 들어 카메라로 예슬이를 찾아다녔다. 멀리 있어도 단번에 알 수 있었다. 춤선이 그냥 류예슬이라고 말해주는 것 같았다.

무대가 마무리되었다. 역시 댄서 지망생들은 다르다는 걸 새삼 느꼈다.

친구들이 무대에서 하나둘씩 내려왔다. 그러고는 우리 앞을 지나갔다. 우리는 혹시나 예슬이가 있을까 하고 공연이 시작하기 전에 받은 야광 팔찌를 흔들었다. 역시 예슬이가 있었다. 예슬이는 우선이와 지민이와 함께 우리가 야광 팔찌를 흔드는 걸 영상으로 찍었다. 그러고는 우리를 향해 엄지를 들었다.

"야. 진짜 개멋있었어!"

유림이는 흥분을 가라앉히지 못하고 아까 예슬이가 했던 동작을 따라 했다. 옆에 있던 선우가 유림이에게 그만하라는 듯이 얘기했다.

연이은 공연과 너무 잘 논 탓에 좀 지친 듯하다. 장기자랑은 이제 막바지에 들어섰다. 두세 곡 정도만 남은 상황이다.

"여러분. 많이 지치시죠?"

"네!"

나만 그렇게 생각한 건 아닌 것 같다. 전교생 모두가 힘차게 대답했다.

"그럼 이제 마지막 팀만이 남은 상황인데요. 세은 씨, 다음에는 어떤 분들이죠?"

"축제에서 이 팀을 빼놓을 수가 없죠. 우리 학교의 자랑인 밴드부만이 기다리고 있습니다."

밴드부라는 말에 사람들은 언제 지쳤냐는 듯이 다시 소리를 질렀다. 우리 학교 밴드부는 이 동네에서도 꽤 유명하다고 한다. 다른 학교의 찬조도 가고 홍대에서 버스킹도 많이 하는 것 같다.

"밴드부가 여러분께 청춘과 낭만을 선물한다고 하는데요. 큰 박수로 맞이하겠습니다."

학생회 두 명이 나가고 여러 악기들과 사람들이 무대에 새로 올라왔다. 밴드부 하면 빠지지 않는 드럼과 베이스, 일렉기타, 심지어 저 한구석에는 키보드도 있었다.

포지션이 보컬인 듯한 남학생이 마이크를 들었다.

"안녕하세요. 밴드부 섬광입니다."

무대에 있는 학생들은 공손히 사람들에게 고개를 숙여 인사했다.

"저희가 마지막 팀인 것 같은데 여러분 오늘 힘드셨죠?"

"네."

"저희가 그동안 받은 스트레스를 다 날려드리겠습니다. 여러분께 이 순간이 청춘과 낭만이 가득한 순간이길 바라겠습니다."

학생의 말이 끝나기 무섭게 사람들은 환호를 질렀다. 마지막 팀이 밴드부여서 그런지 다들 기대하고 있었다.

그런 생각을 하기 무섭게 드러머가 드럼을 치기 시작했다. 경쾌한 음악이 내 심장을 뛰게 했다. 이게 밴드의 묘미인가?

사람들은 얼마 안 듣다 전부 일어났다. 함께 즐겼다. 그것도 다 같이. 다 같이 즐기는 축제가 처음이라서 그런지 심장이 요동쳤다. 설렜다. 설렌다기보다 벅차다고 하는 게 더 맞는 표현인 것 같다. 함께 놀고 함께 즐기고 그런 것이 처음이었다.

사람들은 흥에 못 이겨 전부 다 일어서 떼창을 하기 시작했다. 나는 그 모습 또한 사진에 담아냈다. 더할 나위 없이 아름다웠다. 조금 전 밴드부 선배가 공연이 시작하기 전 했던 말들을 곱씹었다. 우리에게 청춘과 낭만을 선물하겠다고. 그 말들에 가슴이 벅찼다.

지금 이 순간만큼은 고민과 걱정 따위는 다 날려버리고 오로지 이 순간과 이 음악, 이 분위기만 즐길 수 있으니까. 그게 좋았다. 이 모습을 내 머릿속에 영원히 기억하고 싶었다. 잊히지 않도록. 사람마다 다 기억하고 싶은 순간이 있는 법이니까. 나도 지금 그렇다. 설레고 벅찬 이 순간들을 한순간도 빼놓지 않고 꾸밈없이 기억하고 싶다. 그저 그러고 싶다. 이 순간이 앞으로 살아갈 내 인생의 버팀목이 될 수 있도록.

*

축제가 끝났으니 본격적인 시험 기간이 우리에게 다가왔다.

대한민국의 10대는 공부와의 전쟁이다. 시험 기간만 되면 애들이 피폐해진다. 과도한 스트레스를 받는 친구들을 보면 괜히 마음이 쓰인다. 애초에 사회가 경쟁 구도인데 어느 한 분야에 특출난 재능이 있지 않고서는 살아남을 수 없다.

"애들아. 시험 2주 남았다. 우리 반 저번에 피구 경기 때문에 난리 났는데 반 평균도 1등 해야지?"

1등만 기억되고, 나머지는 그냥 잊히는 존재. 사회가 어린 애들한테 이렇게나 매정해도 되는 걸까. 물론 노력의 차이가 있겠지만 아직 꿈을 꾸는 아이들에게 점수를 매기고, 등급을 부여하고, 그 등급에 따라 우리가 받는 대우는 천차만별이 되는데. 이게 정말 맞는 세상일까?

"선생님. 저희가 반 평균 1등을 어떻게 합니까?"

"왜 못 해. 할 수 있어."

"어떻게요?"

"내가 응원하니까."

반 아이들이 야유했다. 선생님도 그런 애들 모습에 웃음을 지으셨다.

"엄살 부리지 말고. 12반만 이겨보자. 알겠지?"

애들은 힘없는 목소리로 "네." 하고 대답했다. 선생님이 교실을 나가자마자 분위기는 평소와 달리 사뭇 조용했다.

"얘들아, 매점 가자. 머리 썼더니 머리 아파."

"매점이 일상이냐?"

"내가 늘 말했지. 너는 매점 오려고 학교 오냐고."

"시끄럽고. 나선우 너 안 가?"

"나선우 무조건 간다에 내 손목 건다."

"너 손목 내놔."

"뭐야. 진짜 안 가?"

"아니? 가야지."

영혼의 단짝인 듯 유림이와 선우는 매점으로 향했다.

"아 졸려."

예슬이도 기지개를 한번 켜더니 다시 엎드렸다.

"뭐 했다고 시험이 2주밖에 안 남았냐."

"뭘 많이 하긴 했지. 근데 너는 웬일로 매점 안 가?"

"잠이 배고픔을 이겼어."

피식 웃더니 예슬이는 그대로 얼굴을 파묻으며 잠을 청했다.

시간이 좀 지나고 애들이 손이 모자랄 정도로 매점을 싹 쓸이해 왔다.

"매점에 있는 간식들 다 쓸어온 거 아니지?"

"비슷하긴 해."

"좀 있으면 밥 먹을 텐데 그거 먹고 밥이 또 들어가?"

"밥 배랑 간식 배랑 다르다고."

"보통 밥을 먼저 먹고 간식을 나중에 먹지 않나?"

역시나 우리는 오늘도 먹는 거 가지고 티격태격하는 고등학생일 뿐이다.

"오늘 급식 뭐야?"

"전복솥밥이었나? 오늘 콘셉트가 제주도라는데."

"오, 야 현무암치킨 나온다."

유림이는 빵을 입에 문 채로 급식표를 확인했다.

"망고용과샐러드? 나 개많이 먹는다."

"애는 과일을 너무 좋아해."

예슬이는 배시시 웃었다. 급식이 맛있는 날에만 볼 수 있는 예슬이의 저 표정. 저건 예슬이가 진짜 행복할 때만 나오는 표정이었다.

"진짜 오늘 밥 1등으로 먹는다."

"그러면 뭐 해. 3학년, 2학년 먹어야 우리가 먹는데."

"아 진짜. 오늘 밥 맛있어서 다 먹으러 올 텐데."

"쌤이 안 불러도 우리 먼저 줄 서 있자."

"그래."

"아. 맛있겠다."

*

어느새 2주라는 시간이 지났다. 중간고사의 D-1이 지워지고 칠판에는 D-day라고 쓰여 있었다.

반 친구들의 시험지 넘기는 소리와 함께 시험이 시작됐고 천천히 문제를 풀어나가기 시작했다. 그렇게 나흘이 지나서야 비로소 시험이 끝났다.

"야. 3번에 답 뭐냐?"

"그걸 나한테 물어보면 어떡해. 답을 확인해."

"너 저번 9모 때 국영수 통틀어서 3개 틀렸잖아. 알파고 백시현 좀 써먹자."

"싫어. 그냥 가채점하든가, 정오표 확인해."

"야, 시험도 끝났는데 떡볶이 먹으러 가자."

"됐어. 망한 거 같은데 무슨 떡볶이야."

"아, 사장님이 시험 끝나고 오면 두 배로 주신다고 했단 말이야. 나선우답지 않게 왜 이래?"

"너희나 가. 나는 안 가."

"그냥 잡소리 하지 말고 오기나 해."

유림이는 선우에게 억지로 어깨동무를 하고 반을 빠져나왔다. "나 그냥 한 줄로 찍고 잤는데."라고 말하는 예슬이가 뒤를 따랐다.

나도 가방을 챙기고 교실을 빠져나왔다.

"잘 본 것 같아?"

"모르겠어. 국어랑 영어는 잘 본 것 같은데 수학이 조금 애매해."

"수학 보충 필요해?"

"됐어."

"그래. 아직 1학년까지는 그렇게 목 안 매달아도 돼."

"너는 머리가 타고났으니까 그런 소리 하는 거지."

*

시험이 끝나고 며칠 뒤, 애들은 힘이 넘쳐났다. 그 이유는.

"드디어 아 기다리고 어 기다리던 수학여행이다!"

그렇다. 수학여행이 얼마 남지 않아서였다. 오늘을 기준으로 일주일 뒤가 수학여행이었다.

"애들아. 우리 수학여행 장기자랑 1등 해야지."

"아, 맞다. 장기자랑이 있었지. 근데 나 몸치인데 어떡해?"

"걱정 마. 우리한테는 예슬이가 있잖아."

"웬만한 대나무가 아닌 이상 할 수 있어."

나에게 경호원이 있다면 이런 기분을 매일 느낄 수 있었을까? 세상 든든한 느낌이었다.

장기자랑 연습을 하느라 살면서 이렇게까지 늦게 들어간 적이 손에 꼽혔다. 다들 승부욕이 활활 불타올랐다.

"예슬아. 이거 이렇게 하는 거 맞아?"

"예슬아. 우리 여기에 서는 거 맞지?"

정말 조금만 더 있으면 예슬이의 이름이 닳을 지경이었다. 그러나 예슬이는 짜증 한번 내지 않고 우리가 모르는 것이 있으면 뭐든 다 가르쳐 주었다.

"우리 다음 연습은 목요일에 하는 걸로 하자. 다들 시간 괜찮아?"

애들은 다 고개를 끄덕였다.

"그러면 내일 학교에서 보자. 잘 가 애들아."

"안녕~"

우리는 골목길 안으로 들어갔다.

"근데 진짜 신기한 게 류예슬 너는 이걸 맨날 하는 거잖아? 진짜 몸 부서질 것 같은데 어떻게 맨날 해?"

"내일 되면 진짜 다리에 근육통 올 거 같은데."

"맨날 하다 보면 그건 별것도 아니야."

나는 아까 보았다. 예슬이의 무릎에 들어 있던 온갖 멍을. 하지만 정작 예슬이는 아무렇지도 않아 보였다.

"그래도 이렇게 웃으면서 춤춰본 게 오랜만이야."

"너 맨날 연습할 때마다 친구들이랑 하는 거 아니야?"

"친구들이랑 해도 댄서들만 있는 데에서는 잘 안 웃어. 다들 예민해져 있는 상태라 웃을 틈이 없거든. 그래서 그냥 진짜 죽어라 춤만 추고 와."

"그렇구나."

"내가 장기자랑 연습할 시간을 얼마나 기다렸는데. 나도 너네 보면서 웃으려고 하는 거야. 아까 봐, 배유림이랑 나선우 웃긴 짓 하는 거. 얼마나 웃겨."

"야, 우리가 뭘 했다고."

"나선우 너는 좀 웃길 만해."

"남 말 하냐? 아까 목도리도마뱀 흉내 낼 때 얼마나 웃겼는데."

"아, 너 안 닥치냐?"

"네네. 그러세요."

역시 오늘도 조용히 가긴 틀렸다.

"야야. 좀 조용히 해. 동네 시끄러워져."

"그래. 지금 밤이잖아."

"네에."

말만 안 할 뿐이지. 옆에서 밀치고 아주 난리가 났다.

"야. 나 엄마가 데리러 온대서 먼저 가야 돼. 내일 봐."

"잘 가. 오늘 수고했어."

"예슬이 수고했어!"

예슬이는 전화를 하며 근처 지하철역 쪽으로 뛰어갔다.

큰길이 나왔고 이 근처에서 자주 놀던 우리한테는 이별의 장소였다.

"우리도 이만 가볼게. 내일 학교에서 봐."

"유림이 잘 가. 나선우랑 싸우느라 동네 시끌시끌하게 하지 말고."

"우리가 뭐 맨날 싸우는 것도 아니고."

"너네 맨날 싸워."

"우리가 뭘."

"우리 진짜 갈게. 잘 가!"

유림이는 선우의 귀를 꼬집으며 골목으로 들어섰다.

이제 우리 둘이 남았다. 이상하게 애들과 놀러 다니면 마지막에 남는 건 꼭 우리 둘인 것 같다.

"너는 어디 쪽으로 가?"

"나는…."

그때 휴대폰이 울렸다. 발신자는 오빠였다.

"여보세요?"

"나 지하철역 근천데, 왜?"

"여기를 온다고?"

"친구 한 명이랑 같이 있긴 한데."

"일단 알았어."

"왜?"

전화를 끊자 그가 궁금해하는 표정을 지었다.

"오빠가 데리러 온대."

"아. 그래?"

"너도 데려다준다는데?"

"어?"

그때 자동차 경적이 들려왔다. 익숙한 차 번호였다.

"뭐 해? 안 타?"

"타야지. 가자."

일단 백시현을 뒷자리에 태웠다. 나도 바로 조수석에 탔다.

"안녕."

"안녕하세요."

백시현의 목소리만 들어도 긴장한 게 눈에 훤했다. 나는 앞에서 웃음을 참느라 죽을 뻔했다. 세상 말도 안 되는 조합이었다. 오빠와 백시현의 만남이라니. 얼마나 웃길까.

"어디로 가면 돼?"

"근처 공원에서 내려주세요."

백시현과 오빠의 만남이라. 정말 어색한 관계다. 어색한 기류를 얼른 깨고 싶었다.

"근데 오빠. 아빠 차는 왜 갖고 나왔어?"

"아빠가 빌려줬어."

"오빠 어디 갔다 왔는데?"

"애들이랑 술 마시러."

"음주운전이야?"

아무리 코를 킁킁거려도 술 냄새는 나지 않았다.

"술 냄새는 안 나는데."

"술 안 마셨어."

"술 마시러 갔다며."

"그냥 술자리야."

백미러를 보니 창밖을 바라보고 있는 백시현이 눈에 띄었다. 여기서 백시현에게 말을 걸면 분위기가 더 어색해질 것 같아서 말을 못 걸겠다 싶을 때 오빠가 말을 꺼냈다.

"너네 수학여행은 어디로 가?"

"어? 우리 어디로 가더라?"

"제주도."

"아 맞다. 제주도."

"너는 수학여행 간다고 그렇게 설레발을 치더니 그것도 몰라?"

"왜 또 그래."

"너는 학교에 대해서 아는 게 뭐냐?"

"어떻게 학교에 대해서 다 알아?"

"1년을 다녔는데 모르는 게 더 이상하지 않아?"

"그런가?"

"에휴. 이번에 전교 1등 누구야?"

"이 차 뒷자리에 앉아 있는 애."

"너 공부 꽤 잘하나 보다?"

"네. 뭐…."

"오~"

"저희 학교 나오셨어요?"

"응. 올해 졸업했어."

"우리 오빠 이래 봬도 좋은 대학 다녀."

"이래 봬도는 좀 빼지?"

"왜? 맞잖아."

"너 까딱했다가는 확 놓고 내린다?"

"그렇게 하든가."

"너 쟤 내릴 때 같이 내려."

"아, 그건 안 돼. 오늘 후드티 하나 입어서 추워."

"그건 내 알 바 아니고."

"아 진짜."

어김없이 오빠와 대화를 하고 있는데 뒤에서 작은 웃음소리가 들려왔다.

"너 왜 웃냐?"

"맨날 그렇게 싸우는 거 상상하니까 좀 웃겨서요."

"우리 싸우는 거 아니야."

"그래. 그냥 대화야. 대화."

"오빠가 너 있다고 괜히 멋 부리는 거야. 평소엔 더 심해."

"너 진짜 확 내리게 한다?"

"어차피 마음 약해가지고 진짜 내리게 못 해."

"자꾸 뒤돌아보면 그 상태에서 앞으로 쏠린다?"

"이봐. 나 다칠까 봐 걱정하는 거야. 으아!"

그때 갑자기 초록불이 빨간불로 바뀌어서 오빠가 브레이크를 밟았다. 하마터면 뒷자리로 넘어갈 뻔했다. 다행히 백시현이 손으로 받쳐줘서 다치지 않았다.

"어…. 고마워."

"조심해야지."

"너 그러니까 그만 까불라고 했지?"

오빠가 내 가방을 잡은 채 다시 똑바로 앉혔다.

"아, 오빠가 자꾸 놀리잖아."

"그냥 아예 예고도 안 하고 그냥 막 밟아야겠네."

"아, 엄마한테 이른다?"

"엄마가 누구 편들 거 같냐?"

"이씨…."

언제 이만큼 왔는지 공원에 다다랐다. 백시현은 차 문 도어록이 열리자 금세 차 밖으로 나왔다.

"감사합니다."

"그래. 잘 가고. 미리 수학여행 잘 다녀와."

"네."

"잘 가. 내일 학교에서 봐."

보이지 않을 때까지 백시현은 손을 흔들어 우리를 배웅해 주었다.

"애가 괜찮네."

"어?"

"그냥. 괜찮은 애 같아."

"오빠가 그걸 어떻게 알아? 오늘 처음으로 말 섞어봤는데?"

"내가 또 사람 보는 눈이 있잖아."

"뭐래. 오빠 전 여친들 다 바람피워서 헤어졌잖아."

"그런 사람 보는 눈 말고."

"어련하시겠어요."

*

우리는 약 일주일을 장기자랑 연습에 매진했다. 사흘 뒤 우리는 바다 건너의 제주도로 향하기 위해 공항에 도착했다. 해도 아직 뜨지 않은 시간이었다. 시계를 보니 오전 5시도 되지 않았다.

"얘들아. 다 왔지?"

공항에 계신 선생님들은 인원 체크를 하느라 분주했다. 다행히 선생님이 미리 준비하신 귤 모양 핀이 있어서 우리 반 애들을 찾는 것에는 별문제가 없었다.

"다 있는 거 같은데요?"

"배유림 저기에서 뭐 해?"

유림이는 한쪽 구석에 앉아서 화장을 했다.

"너 오늘 3시에 일어나서 화장하고 꾸민다고 하지 않았냐?"

"3시가 뭐야. 4시에 일어나서 늦을 뻔했는데."

"미쳤네."

"조용히 해. 나 지금 집중하고 있어."

캐리어에서 급하게 파우치를 꺼내 쿠션을 두드리는 유림이의 모습을 예슬이는 배를 부여잡으며 사진으로 찍어댔다.

"아 개웃겨."

"저런 애가 어떻게 공부를 잘하지?"

"근데 너 거기에서 그러고 있으니까 좀 불쌍해 보이긴 해."

"아, 어쩔 수 없어. 제주도에 예쁘게 하고 가려면 지금 좀 불쌍해 보여도 돼."

"너 좀 추하긴 하다."

"너 뭐라 했냐?"

"마저 할 거 해."

유림이는 선우를 노려보고는 쿠션 퍼프로 얼굴을 두드렸다.

"애들아. 짐 부칠 사람은 지금 얼른 가서 짐 부치고 6시 반에 게이트 앞에서 모이는 거야. 가."

선생님의 말씀을 듣고 애들은 분주하게 움직였다. 머리 위에 달랑달랑 움직이는 귤 핀들이 귀여웠다. 그 모습을 보고 얼른 휴대폰을 들었다. 애들 뒷모습을 화면에 담았다. 그리고는 바로 셔터 버튼을 눌렀다. 결과물을 보고 흡족했다.

짐을 부치고 나오는 길에 허기가 졌다. 하지만 그건 나만

이 아닌 것 같다.

"아, 배고파."

"배가 등가죽에 붙을 거 같아."

"야, 저기에 편의점 있다."

"뭐라도 사 먹어야지."

우리는 곧장 편의점으로 향했다. 역시 공항이라서 그런지 동네 편의점보다 물량이 두세 배는 되어 보였다. 나는 허기짐을 달래줄 삼각김밥과 초코우유 하나를 집었다.

"역시 유하늘. 초코우유 귀신이라니까."

"초코우유 중에서는 이게 제일 맛있어."

"저 정도면 초코우유 감별사 될 거 같아."

"비슷하긴 해."

금방 결제를 하고 삼각김밥 겉 포장지를 뜯어 왕- 하고 입에 넣었다. 그때 휴대폰 알림이 왔다.

[입금 - 100,000원]

오빠

[옛다 용돈]

[이상한 거 사지 말고]

[올 때 제주도 초콜릿이나 마음샌드 사 와]

나는 잘못 본 것 같아 바로 오빠에게 전화를 걸었다.

[여보세요?]

"너 유하준 아니지?"

[왜 또.]

"아니, 유하준이 이렇게 순순히 돈을 줄 리가 없는데?"

[다시 보내.]

"감사히 잘 쓰겠습니다. 오라버니."

[너 내가 카톡 보낸 거 읽었어?]

"뭐, 올 때 제주도 초콜릿이나 마음샌드 사 오라고 한 거?"

[봤네?]

"어떻게 동생한테 맨날 시키냐?"

[그거 담보로 용돈 주는 거야. 꼭 사 와.]

"알았어."

[잘 놀다 와.]

"끊어. 오글거려."

[안 그래도 나도 그러려고 했어.]

급히 통화 종료 버튼을 눌렀다. 남은 삼각김밥을 오물오물 씹어먹었다.

"유하늘 진짜 개귀여워."

"너 뭐 잘못 먹었어? 갑자기 왜 이래?"

예슬이가 전면 카메라를 켜 나에게 보여주었다.

"볼이 한 바가지인데?"

그대로 유림이가 셔터 버튼을 눌렀다.

"갑자기 이 상태로 사진을 찍는다고?"

"너 지금 진짜 양손에 먹을 거 들고 볼 빵빵하니까 진짜 다람쥐 같아."

"아 진짜 제발."

친구들의 오글거리는 말에 나는 방방 뛰며 그만하라고 했다.

약속했던 6시 반이 다가오자 우리는 게이트 앞으로 향했다. 반 애들이 대부분 의자에 앉아 휴대폰을 찍거나 자기 마련이었다. 넓게 뚫려 있는 창 너머를 보니 슬슬 해가 뜨기 시작했다. 세상이 주황색으로 물든 것만 같았다.

동이 튼 풍경을 바라보고 있자 담임 선생님들이 말씀하셨다.

"얘들아. 10반부터 먼저 비행기 탈 거야. 10반 가자."

선생님께 슬쩍 물어보니 우리는 맨 마지막에 탑승한다고 한다. 눈 좀 붙일 수 있겠다. 고개를 틀어 구석을 확인하니 유림이와 예슬이가 서로에게 기대 졸고 있었다. 유림이 손에 있는 목베개를 목에 둘러주었다. 하지만 그것도 잠시였다.

"자, 9반 뒤에 바로 11반 탈 거야. 일어나."

비몽사몽인 상태로 자리에서 일어나 게이트 앞에 섰다. 그건 나뿐만이 아닌 것 같다. 다들 눈을 못 뜬 채 그냥 선생님이 시키시는 대로 움직일 뿐이었다.

비행기에 발을 딛자 어느새 피곤함은 사라지고 설렘이 찾아왔다. 하지만 비행기 안은 생각한 것보다 복잡했다. 수하물을 부치지 않은 애들이 대다수였기에 위쪽에 캐리어를 넣는 애들이 많아서 자리에 앉는 게 지연됐다.

그때였다. 다른 반 남자애가 캐리어를 위에 보관하려다 그만 내 머리 위로 캐리어가 떨어질 뻔했다. 하지만 다행히 뒤에 있던 백시현이 떨어질 뻔한 캐리어를 공중에서 잡아 큰 사고는 면했다.

"괜찮아? 안 다쳤어?"

"응. 나는 괜찮은데…. 너는 안 다쳤어?"

"응…. 괜찮아."

"아 미안. 안 다쳤지?"

"응. 안 다쳤으니까 됐어."

캐리어가 내 머리 위로 떨어질 뻔해서 놀란 건지, 아니면 다른 이유 때문에 놀란 건지. 도무지 진정이 되지 않았다.

"먼저 들어가."

헷갈리게 된다. 내 착각일까?

애매한 감정을 뒤로 한 채 드디어 자리에 앉았다. 다행히 나는 창가 자리였고 내 옆에는 유림이와 예슬이가 앉았다.

"나 설레! 비행기 오랜만에 타는 거란 말이야."

"옛날에 제주도 자주 갔는데."

"중2 이후로 처음 가는 거 같아."

유림이 자리만 세게 흔들렸다. 그걸로 우리는 뒤에 누가 있는지 알 수 있었다.

"나선우냐?"

"뭐야, 어떻게 알았냐?

"내 뒤에서 이런 짓 할 사람이 너 말고 또 있냐?"

"맞긴 해. 재밌는 비행이 되겠구만."

"한 번만 더 쳐라. 네 목을 친다."

"뭐래. 앞에나 봐."

이번 비행은 좀 재밌게 갈 수 있을 것 같았다. 선우의 옆을 보니 옆자리는 백시현이었다. 비행기 안에 한 10분 정도 있었나? 안내방송이 나오기 시작했다. 비행기 안전에 대한 방송이었다. 안전 안내방송이 끝나자 기장님의 목소리가 들려왔다.

"오늘 저희 항공사를 이용해 주셔서 대단히 감사드립니다. 제주도까지 편안하게 모시겠습니다."

연이어 들려오는 외국어에 우리는 귀를 기울이지 않았다. 그저 이륙하기까지만을 기다릴 뿐이었다. 유림이는 오랜만에 타는 비행기가 무섭다고 예슬이와 내 손을 잡았다.

"배유림. 뭐 일곱 살이냐?"

"쉿. 좀 있으면 비행기 뜬다."

이륙하기 직전 선생님께 온 단톡방 메시지를 확인했다.

[이번 수학여행은 제발 무탈하게 즐기고 오자. 도착하면 짐 찾고 모이자. 다들 잘 자]

[이모티콘을 보냈습니다.]

선생님의 메시지를 보고 대부분의 애들이 웃었다. 드디어 비행기 바퀴가 땅에서 떨어졌다. 이륙할 때 비행기가 너무 빨라서 많이 덜컹거려도, 압력 때문에 귀가 먹먹해져도 설렜다. 수학여행을 가는 이 순간이.

유림이는 여전히 화장하느라 바빴다.

"너는 언제까지 그러고 있어?"

"이거 왜 이래. 오늘 힘 빡 주려고 했는데 안 됐잖아…. 집에서 하는 것보다 더 열심히 해야지."

"그래서 공항에서보다는 좀 낫다."

"이미 화장한 나는 그만 자련다."

"그래. 잘 자."

"야 류예슬 자냐?"

뒤에서 또 선우가 말을 걸어왔다.

"잘 때 건드리면 나 진짜 문다."

예슬이는 일종의 경고를 날리고 다시 단잠에 빠져들었다. 예슬이는 한다면 하는 성격이다. 그걸 알고 있는 선우는 바로 꼬리를 내렸다. 나 역시 창에 기대 창밖의 풍경을 바라봤다.

이런 색감의 하늘은 거의 처음 보는 것 같다. 예쁜 파란색에 스펀지로 하얀색을 옅게 찍어낸 것 같았다.

그때, 새들이 고깔 모양으로 나란히 줄을 맞춰 날아갔다. 새들의 종류도 모르고 목적지도 모르지만 그저 신기할 뿐이었다.

새들은 비행기 모양으로 줄을 바꿨다. 기분 탓인지는 모르겠지만 제주도를 가는 우리에게 잘 갔다 오라고 새들이 말하는 것 같았다. 나는 얼른 휴대폰을 들어 새들의 움직임을 담아냈다. 사진으로도 찍고 영상으로도 찍었다. 그저 새들의 모습과 지금 내 기분을 한 프레임에 담아내고 싶었다.

푸르른 하늘, 스펀지로 찍어낸 것만 같은 구름, 그리고 마지막 대미를 장식해 줄 새들까지. 지금 이 풍경이 완벽했다.

새들이 눈에서 보이지 않을 때까지 나는 눈을 뗄 수 없었다. 새들이 사라지자 나는 하늘에 기대 잠을 청했다.

심하게 흔들리는 비행기 때문에 잠에서 깨버렸다.

"승객 여러분. 갑작스러운 난기류로 인해 항공기가 많이 흔들리고 있습니다."

얼굴을 찡그리며 휴대폰 시계를 봤다. 약 40분이 지났다. 옆을 보니 유림이와 예슬이는 아직 꿈나라였다. 작게 기지개를 켰다. 누가 내 어깨를 톡톡 쳤다. 순간 귀신인 줄 알았지만 뒤에 백시현이 있다는 걸 상기시키고 뒤를 돌아봤다.

"초콜릿 먹을래?"

나는 작게 고개를 끄덕이고 그에게 초콜릿을 받아먹었다. 비행기는 금방 안정을 되찾고 남은 시간은 또다시 창밖을 바라보며 멍을 때렸다.

시간이 좀 지나고 비행기가 땅에 닿았다. 빠른 속도 때문에 몸이 뒤로 기울었다. 그 때문에 정말 곤히 자고 있던 유림이와 예슬이가 깼다.

도착했다는 안내방송이 끝나고 비행기 안은 다시 또 북적였다. 친구들은 위에서 자기 짐을 꺼내기 바빴다. 시간이 조금 걸리겠구나 싶어 나는 자리에서 일어나지 않았다.

"하늘아, 너 안 내려?"

"지금 일어나 봤자 5분 동안 불편한 자세로 있어야 되잖아. 그냥 이러고 있는 게 나아."

드디어 비행기에서 내리고 수하물을 찾으러 갔다. 비슷한 캐리어들 사이에 내 걸 못 찾을 거 같아 미리 스카프를 매두었다. 엄마 말을 들은 걸 다행이라고 여겼다.

"제주도야. 제주도!"

유림이는 그 어느 때보다 신난 것 같았다.

"너 엄청 신났네?"

"당연하지. 공부에서 해방될 수 있는 합법적인 여행인데."

"야, 우리 시현이는 비행기 안에서조차 문제집 풀더라."

"그냥 입 닫아."

"네. 그나저나 배유림 뭔가 달라졌는데?"

"뭔가 예뻐졌지?"

"아니 그건 아니고. 그냥 뭔가 달라졌어."

"화장을 아주 빡세게 했네? 눈이 빤짝거려."

"렌즈 뭐 꼈냐?"

"예쁘지? 수학여행 온다고 돈 모아서 샀지."

선생님이 연락을 보냈다. 인원 파악을 위해 귤 모양 핀을 꽂으라는 연락이었다. 곳곳에서 귤 모양 핀이 보였다. 우리도 꽂았다. 약간 쪽팔리긴 했지만 '그래도 수학여행이 아니면 언제 또 이렇게 귀여운 걸 하겠어'라는 생각으로 꽂았다.

얼마 안 있다가 선생님이 오셨다. 선생님 역시 귤 핀을 꽂고 계셨다.

"쌤, 너무 귀여우신 거 아니에요?"

"내가 좀 귀엽긴 해."

"아 쌤. 그건 아닌 듯요."

"나선우 너 일로 와. 자, 애들아. 다 왔지? 가자."

캐리어 바퀴 끄는 드르륵 소리와 함께 우리는 수학여행의 여정에 첫발을 디뎠다.

우리는 관광버스가 있는 곳으로 향했고 친구들과 함께 뒷자리에 앉았다.

"어떡해! 설레!"

"얘들아. 안전벨트. 너네 안전벨트 안 매면 앞으로 고꾸라진다."

선생님의 화끈한 말과 함께 버스가 출발했다.

"자, 여러분. 앞에 볼까요?"

낯선 분의 목소리에 귀를 기울였다.

"저는 여러분의 2박 3일을 안전하게 모실 조교 정채민이라고 합니다. 만나서 반갑습니다!"

우리는 박수로 조교 선생님을 맞이했다. 어디선가 휘슬 소리가 들려왔다. 휘슬의 주인은 선우였다.

조교 선생님이 놀라신 것 같았다.

"제 개인기예요!"

"되게 잘하네? 네, 암튼 감사드리고요. 이번 여행에서 여러분이 지켜야 할 첫 번째가 뭘까요?"

"안전!"

"다들 잘 아시다시피 우리가 조심하고 조심하고 또 조심해야 하는 게 안전입니다. 우리 2박 3일 동안 잘 지킬 수 있죠?"

"네!"

조교 선생님의 간단한 안전 수칙에 대해 설명하고 첫 번째 목적지로 향했다.

"저희가 첫 번째로 가는 목적지는 해변가입니다. 가면 카페거리도 많고요. 유명한 카페도 있으니까 거기에서 즐기고 오면 될 거 같습니다."

"선생님!"

"네?"

"혹시 저희 노래 틀고 가도 되나요?"

"어…. 틀어도 돼요?"

버스 기사님이 손가락으로 오케이 표시를 만들었다. 우리는 다 같이 "감사합니다!"라고 소리쳤다.

"신청곡 받습니다."

"야, 잠깐만. 나 블루투스 스피커 있어."

유림이의 한마디에 뒷자리는 환호했다. 블루투스가 연결되었다는 연결음이 들리고 신중히 첫 곡을 골랐다. 음악 앱에 들어가 검색창에 수학여행 플레이리스트라고 검색했다.

　대중적인 음악을 골랐다. 반응은 폭발적이었다. 앞에서 졸고 계시는 선생님까지 일어나게 만드는 노래였다. 우리는 버스 안에서의 시간을 대부분 음악과 함께 보냈다. 신나고 싶을 때는 댄스 음악을, 자고 싶을 땐 자장가를 틀면서 시간을 때웠다.

　여러 관광지를 다니면서 우리는 좋은 모습들을 눈에 담았다. 애들끼리 사진 찍는 모습, 바다에 가서 물이 들어오고 나가는 모습, 포말이 자글자글 올라오는 모습, 작은 기차에서 푸른 풍경을 보는 모습 등 수학여행이라서 특별한 모습과 경험이었다.

"왜 아직 5시밖에 안 됐어?"

"그니까. 체감상 지금 밤 10시인데."

"비행기 타서 그래."

"나 일어난 지 벌써 14시간 됨."

"미쳤네."

식당에서 저녁을 먹고 드디어 숙소로 이동했다.

"여러분, 오늘 즐거우셨나요?"

"네."

"저희 점호 몇 시까지라고 했죠?"

"10시!"

"맞습니다. 10시 이후에는 방 이동이 불가능합니다. 그 전까지는 마음대로 이동이 가능하지만 호텔 밖은 안 되는 거 아시죠? 편의점 또한 10시까지입니다. 이제 올라갈게요. 방장들은 저한테 와서 방 키 받아 가세요!"

"야, 나 캐리어 좀."

"나선우, 갖고 올라가."

"미친놈아. 내가 짐 3개를 어떻게 갖고 올라가."

"꼬우면 네가 방장하든가."

"에이씨."

투덜거리며 선우는 그걸 또 들어준다.

방 키를 받고 엘리베이터를 타며 위층으로 올라간다. 애들이 최대한 많이 타려고 하다 보니 공간은 좁디좁았다.

애들은 끼리끼리 밀착했다. 백시현도 내 옆으로 더 다가왔다. 한 층 한 층 올라갈 때마다 인원이 많아져 더 붙었다. 나는 어느새 백시현한테 가둬졌다.

바깥 공기는 춥고 시렸지만 지금 이 공간은 더위로 찌들었다. 그게 사람이 많아서 때문인지, 다른 이유 때문인지는 알 수 없었다.

고개를 살짝 들었다. 그와 눈이 마주쳤다. 언제부터 보고 있었는지 모르겠다. 실시간으로 볼과 귀가 빨개진다는 것을 느꼈다. 더 이상 못 견디겠다 싶을 때 우리 방이 있는 층에 도착했다.

"문이 열립니다."라는 음성과 함께 엘리베이터 문이 열렸다. 사람들이 빠지며 다시 서늘한 공기가 내 피부를 스쳤다.

"빨리 와. 나 들어가서 쉬고 싶어."

"굼벵이야? 왜 이렇게 느려?"

"꼬우면 방장하든가."

"미친놈."

방 키를 도어록에 갖다 대자 디리릭 하는 소리와 함께 문이 열렸다.

"다라라라~"

"다라라라라라~"

흥얼거리는 노랫소리와 함께 애들과 안으로 들어갔다.

"야. 방 개좋은데?"

"미친. 개넓어."

"침대 우리 거야."

"나이스."

그때 초인종이 울렸다. 유림이가 "누구세요."라고 소리쳤고 예슬이는 "여기에 올 사람 걔네 말고 또 있냐?"라고 말했다.

"문 따고 들어와. 나가기 귀찮아."

"그러면 이거 너네가 배상해 줘야 돼."

문 너머로 들리는 말에 유림이가 급히 문을 열어주었다.

"그건 안 되지."

"왜 왔냐? 숙소 온 지 10분밖에 안 됐는데."

"심심해."

"야! 침대에 앉지 마. 죽여버릴 거야."

"아, 깜짝 놀랐네."

"너네 짐은 풀었어?"

"안 풀었지."

"우리 안 쉬냐?"

"너네 제주도까지 와서 쉬려고 했어?"

"뭐, 밤새우자고?"

"새워야지!"

"미친놈. 비행기 타고 제주도 왔는데 1일 차는 자야 되는 거 아니니?"

"참고로 점호까지 3시간 남았어."

"나 밤새울 기운은 없다."

"그럼 새벽에 우리 방으로 넘어가자."

"그러든가."

"그럼 다 씻고 8시에 다시 만나자."

"콜. 다시 간다."

8시가 되었다. 우리는 씻고 잠옷으로 갈아입고 마스크팩을 붙이고 있었다. 하지만 그 둘만 오는 건 아니었다.

"뭐야. 너네 왜 왔어?"

시온이와 지수가 우리 방으로 왔다. 시온이는 열이 받아 보였다. 지수는 그런 시온이와 함께 온 것 같다.

"이주연이랑 싸웠어."

"또? 너네 몇 번 싸우냐?"

"아니 그 미친놈이."

시온이는 우리 반에서 유일하게 미술을 하는 애였다. 그리고 유일하게 우리 반 애들끼리 사귀고 있는 커플이기도 했다.

시온이가 열에 받쳐 남친이랑 싸운 얘기를 우리에게 설명해 주었다. 결론적으로는 시온이가 다른 반 친구와 싸웠는데 이걸 남친인 이주연에게 얘기했더니 설렁설렁 대답해 줬다고 한다. 그걸로 이주연과 싸웠는데 역으로 자기한테 뭐라고 했다고 한다.

"아니. 안 그래도 걔랑 싸워서 고민 많아 죽겠는데 왜 이주연까지 그래야 되겠냐고…."

"그냥 들어봤을 땐 걔 잠 못 자서 예민해진 거 같은데."

"그냥 서로 예민해진 거야."

"하…."

그때 때마침 애들이 초인종을 눌렀다. 문을 열었더니 애들만 있는 건 아니었다.

"이주연?"

시온이가 이 방에 온 이유, 이주연이 있었다.

"쟤는 왜 왔어?"

"여친이랑 싸웠다고 우리 방으로 왔어."

"그니까 그냥 화해하라니까. 왜 여기까지 따라오고 지랄이야."

"미친놈이 말 서운하게 하네. 내가 그걸 몰랐으면 여기 있겠냐고. 뭐라고 말할지 모르겠어서 너네한테 온 거잖아."

"아, 시끄럽고. 너는 그래서 여기 왜 왔는데."

"얘네가 여기 온다고 해서. 저 방에 혼자 있기엔 좀 그렇잖아."

"그럼 여기에서 당사자끼리 풀어."

나는 몸을 비켜 이주연에게 시온이를 보여줬다. 둘 다 놀란 것 같았다.

"너 왜 여기 있어?"

"너야말로 여기 왜 왔어?"

"했던 말 계속 반복하지 말고 둘이 풀어."

"안 그러면 둘이 화장실에 가둬버린다?"

"야, 그냥 가둬."

시온이를 일으키고 이주연과 같이 그대로 화장실에 가둬

버렸다. 몇 번 꺼내달라고 소리치더니 이내 화장실은 얌전해졌다. 나와 유림이, 예슬이는 문에 귀를 기울였다.

"너네 뭐 하냐?"

"원래 남의 연애사가 제일 궁금한 거야."

"모르면 그냥 닥치고 있어."

어느새 선우도 같이 문 앞에서 듣기 시작했다. 그때 백시현이 그런 우리의 모습을 찍어주었다. 사진을 보니 우리는 정말 웃긴 상태로 문 앞에 붙어 있었다.

"우리 화해했어."

그 말 한마디에 우리는 바로 문을 열어주었다.

"화해한 거 맞지?"

"응. 맞아."

"됐어. 우리 일은 끝났어."

"우리 여기에서 좀만 더 놀고 가면 안 돼?"

"우리 한 12시나 1시까지 놀 건데 괜찮아?"

"완전 가능."

"그러면 우리 편의점에서 간식 사서 여기에서 까놓고 먹을까?"

"좋다. 재밌겠다!"

또 초인종이 울렸다. 문을 열었다.

"안 내면 진 거 가위바위보!"

갑작스러운 가위바위보에 놀랐지만 재빠르게 나는 가위를 냈다. 걸린 사람은….

"아, 짜증 나. 왜 우리가 걸리냐."
나와 지수였다.
"나선우 거 이거 맞지?"
"응. 맞을걸?"
"유림이는 이거 먹는댔고. 우리 음료수 사서 게임하면서 섞어 먹을래?"
"하늘이 넌 천재야."
우리는 오렌지주스와 콜라, 이온음료를 골랐다. 계산을 하고 엘리베이터 버튼을 눌렀다.
"근데 시온이는 이주연이랑 되게 오래 간다."
"그니까. 맨날 그렇게 싸워대면서 헤어지지는 않아."
"하…. 나도 연애하고 싶다."
"너 백시현이랑 뭐 있는 거 아니었어?"
"어? 누가 그래?"
"그냥 교실에서 하는 거 보니까 알겠던데."
"그냥 친구야. 친구."
"에이, 친구면 그런 눈으로 안 보지."
"그런 눈이라니?"

"백시현은…. 모르겠다."
"뭐야. 알려줘."
"아니야."
지수는 옆에서 킥킥대며 살짝씩 웃었다.

"우리 왔다."
"뭘 그렇게 많이 사 왔어?"
"너네가 주문한 게 많잖아?"
"뭐야? 이준서랑 정준혁은 또 왜 있어?"
"5대 5 맞추려고."
"뭐?"
"남자 5 여자 5. 이게 또 놀면 제일 재밌는 조합이지."
"아, 난 또."
"웬 음료수가 많아?"
"우리 게임하면서 이거 섞어 먹자."
"근데 오렌지주스에 콜라에, 포카리? 좀 이상한 조합 아니냐?"
"노린 거야. 벌칙으로 마시려고."
"피 보겠는데?"
"좀 시끄러워져도 난 모른다?"
"수학여행인데 뭐 어때."

우리는 여러 게임을 하며 이 분위기에 점점 분위기가 과열됐다.

"예슬이가 좋아하는 랜덤 게임! 무슨 게임?! 게임 스타트!!"

"아파트 아파트. 아파트 아파트. 아파트 아파트."

"21!"

손을 얹으며 번호를 불렀다. 이번 게임의 벌칙자는.

"아 망했다."

"유하늘. 당첨!"

나였다. 안 그래도 모든 음료수를 섞었는데 맛이 있을 리가 없었다.

"쭉 들이켜는 거 알지?"

"아, 잠깐만. 나 배부른데 한 모금도 안 돼?"

"너 아까 나 먹일 때는 그렇게 잔인하게 해놓고 되겠냐?"

"마셔라, 마셔라 마셔라. 음료가 들어간다 쭉쭉쭉!"

코를 막고 눈을 감고 그대로 괴이한 음료를 입에 털어 넣었다.

"아, 잠깐만."

이상한 맛이 내 혀를 감쌌다. 나는 마이쮸를 찾았고 내가 음료를 마시기 전부터 옆에서 사부작거리던 유림이가 내 입 속으로 마이쮸를 넣어줬다.

"야, 맛 이상해. 다음에 걸린 사람 죽었다."

우리는 계속 게임을 이어가다 진실게임으로 노선을 틀었다.

"대답 못 하는 사람 먹기."

"오케이."

"진행시켜!"

"나부터 할래."

선우가 손을 번쩍 들어 이목을 집중시켰다.

"이주연."

"왜."

"너 역사쌤이 더 좋아, 여친이 더 좋아?"

옆에서 시온이가 눈을 똘망똘망 떴다. 지을 수 있는 가장 예쁜 표정을 지었다. 좀 꼴불견이었다.

"당연히 시온이지."

"커플 다 나가라."

"그냥 커플 내보내면 안 됨?"

"그것도 나쁘지 않다고 생각해."

"나 질문하면 되지?"

이주연은 조금 고민을 하나 싶더니 말했다.

"야, 나 질문 넘겨도 돼?"

"질문할 사람?"

"나 할래."

옆에서 조용히 듣고 있던 지수가 입을 열었다. 그리고는 곧바로 나만 보이도록 작게 윙크를 했다. 저게 무슨 뜻일까?

"야, 백시현."

"뭐."

"지금 좋아하는 사람 있다? 없다?"

"오오~"

지수가 윙크를 했던 이유가 이것 때문인 거구나 싶었다. 애들의 분위기는 더욱 달아올랐다. 백시현이 입을 열기만을 기다렸다.

"너 왜 말 안 하냐?"

"말해라! 말해라!"

애들에 따라 나도 괜히 긴장됐다. 하지만 백시현은 아무 말도 하지 않고 그대로 음료를 입으로 털어 넣었다.

"아 뭐야. 노잼."

"근데 그냥 먹은 건 그냥 얘기 안 하고 싶어서잖아. 그러면 있을 수도 있겠네?"

애들은 흥분을 주체할 수 없었다. 그때 지수가 내 옆으로 슬쩍 와서 귓속말을 했다.

"난 있다에 한 표. 그리고 그 사람이 너라는 거에도 한 표."

지수는 눈웃음을 한 번 짓고 다시 이주연 옆자리에 앉았다.

"둘이 무슨 얘기 해?"

"아무것도 아니야."

"뭐야. 이래서 남 연애사가 제일 재밌다니까?"

광란의 밤이 지나가고 2일 차에 접어들었다.

"너네 어제 새벽에 방으로 갈 때 안 걸렸냐?"

"걸렸는데 그냥 쌤이 봐줬어."

"얼른 들어가서 자~ 하고 그냥 보내주시던데."

"다행이다."

"얘들아. 오늘 장기자랑 1등 해야지."

"아, 맞다. 오늘이구나."

"어떡해. 나 벌써 떨려."

"실수하는 애들 다 나한테 죽는다."

"근데 6반 진짜 잘할까?"

"괜찮아. 우리도 연습 많이 했잖아."

"100,000원 타서 우리 매점 파티 하자."

"나선우랑 배유림이 다 쓰겠구먼?"

"우리가 먹으면 뭐 얼마나 먹는다고."

"너네 생각보다 많이 먹어."

"그렇긴 해."

"나는 빼줘. 나선우만 많이 먹는 걸로."

"야, 이렇게 배신할 거야?"

"응 아니야. 하늘아, 예슬아 우리 버스로 이만 갈까?"

"허, 어이없어."

"어이없어하지 말고 그냥 조용히 따라와."

우리는 어제와 마찬가지로 비슷한 코스로 제주도를 탐방했다. 오늘 한 가지 기대되는 게 있다면 요트를 타는 것이었다. 요트를 타고 저 바다 한가운데로 나가 경치 좋은 곳을 보는 것이었다.

우리는 구명조끼를 입고 하나둘씩 요트에 올라섰다. 다행히 요트 앞자리를 점령했다. 앞자리에는 뚫려 있는 상태로 그물이 쳐져 있는 곳도 있었다.

"얘들아, 그물 있는 데가 제일 재밌어."

"어? 진짜요?"

그물이 재밌다는 말에 우리는 바로 그물에 뛰어들었다.

"그물 안에는 최대 다섯 명까지 탈 수 있어요."

우리는 백시현을 제외하고 그물에 올랐다.

"너는 안 와?"

"거기 있으면 백 퍼 바지 젖어."

"야, 시현아. 내가 던져서 젖을래. 여기 와서 젖을래?"

"퍽이나. 네가 나 던질 수는 있고?"

"와, 저게 나 무시하네."

"아 좀 앉아봐. 시끄러워 죽겠네."

늘 그렇듯 선우는 예슬이의 말에 꼬리를 내렸다. 선장님이 마이크를 잡으셨고 말 몇 마디 후에 요트는 출발했다.

선선한 바람이 기분 좋은 하루였다. 바다에서 오는 바람이 차갑게 느껴지기도 했지만 그래도 너무 좋았다. 탁 트인 바다가 내 마음속을 비워주는 것 같았다.

어릴 때부터 바다가 좋았다. 그냥 좋았다. 바다에서 파도가 출렁이는 것을 보면 괜히 멍을 때렸다. 바다가 오래, 깊이 생각하는 나를 삼켜줄 것만 같았다. 그 푸르름에 질식해 버릴 것 같았다.

바다가 주는 모든 게 좋았다. 바다에서 반짝이는 잔물결인 윤슬도 좋았고, 물끼리 부딪쳐서 생기는 포말도 좋았고, 마음을 씻는 파도 소리도 좋았다. 나는 이곳에서 한 번 더 마음이 씻기고, 생각이 씻겨 내려갔다.

애들은 휴대폰으로 풍경을 찍기 바빴다. 기록하는 게 아닌 기억하는 게 더 의미가 있다고 생각하는 나는 온몸으로 바다를 느꼈다. 눈을 감고 솔솔 불어오는 차가운 바람을, 특유의 짠 내가 매력적인 바다를 물씬 느꼈다.

약 1시간가량의 요트투어가 끝나고 녹차밭을 갔다. 정말 제주도와 어우러지는 초록초록한 것들이 많았다. 그리고 사람도 많았다.

"야, 우리 카페에서 앉아서 마실 수 있는 거지?"

"저 뒤에 있는 사람들보다 빨리 가야 돼. 뛰어!"

겨우겨우 자리를 잡은 우리는 갈라졌다. 가위바위보를 해 진 사람이 음료를 주문하러 가고, 나머지 사람들은 기념품 숍을 가기로 했다.

내가 가위바위보를 못해서 그런가? 왜 이런 것들만 내가 걸릴까? 싶었다. 그것도 백시현과 함께.

"왜 이런 건 우리만 걸릴까?"

"이 정도면 신의 계시인데."

줄을 조금 섰지만 금세 키오스크에 다다랐다.

"애들 먹고 싶다는 거 이거 다 맞지?"

"응, 맞아."

약 30분 정도 대기를 하고 드디어 음료를 가지고 애들이 있는 곳으로 갔다.

"너네 뭐 살 거는 샀어?"

"그냥 다 부모님 선물이지."

"근데 녹차 카페라서 그런가? 카페 안도 초록초록하네."

"여기에 있다가는 초록색으로 물들어 버릴 거 같아."

"왜. 난 초록색 좋은데."

"왜?"

"그냥, 뭐랄까. 초록색은 부정적인 이미지들이 별로 없잖아."

유림이의 말도 일리가 있다. 초록색을 머릿속에 펼쳐보면 나쁜 것들은 생각나지 않는다.

"아이, 잡담은 그만하고 우리 이제 먹을까?"

"먹어 먹어."

예슬이는 녹차 크레이프를 떠서 맛을 음미했다.

"어때? 맛있어? 녹차 맛 진해?"

질문폭격기처럼 유림이는 예슬이에게 물었다.

"야, 돌격해. 개맛있어."

우리는 맛있는 것을 먹으면 단체로 기분이 좋아졌다. 예민했던 기분도 풀리는 것처럼.

어젯밤에 말을 그렇게 많이 했는데도 아직도 할 말이 남았나 보다.

"아니, 우리 장기자랑 1등 할 수 있겠지?"

"연습 많이 했으니까 1등 하지 않을까?"

"그래, 우리 노래도 우리가 편집하고 춤도 예슬이가 다 짰는데 뭘 못 하겠어."

"아, 근데 견제되는 반이 있긴 한데."

"몇 반?"

"8반이 그렇게 잘한대."

"에이, 야. 내가 연습한 거 봤거든? 껌이야 껌."

"그러면 뭐 해. 우리 중에서는 배유림이 몸치 짱인데."

"너 일로 와."

유림이는 나무 포크를 든 손으로 선우에게 위협을 가했다. 뭐, 그것도 선우에게는 아무런 영향도 안 끼쳤지만.

"얘들아, 맛있어?"

"네!"

그때 담임 선생님과 조교 선생님이 지나가셨다.

"여기 갔다가 저녁 먹어야 되니까 너무 많이 먹으면 안 돼."

"네."

"야, 그래서 우리 반 장기자랑 1등 할 수 있지?"

"아 모르겠어요. 다른 반 애들이 얼마나 잘하는지 모르니까."

"너네 1등 해야 돼…. 내가 다른 반 애들한테 막 자랑했단 말이야."

"열심히 해보겠습니다!"

"그래. 맛있게 먹어."

"네."

"어째 다 우리 반을 기대하는 거 같다?"

"근데 이거 1등 하면 생기부에 써준다고 하지 않았어?"

"맞아. 그럴걸?"

"그럼 더 1등 해야겠는데?"

"특히 예슬이는 더 하지."

"쟤는 꿈이 댄서니까."

"생기부 이런 거 다 필요 없고 나는 그냥 1등 했으면 좋겠다. 그냥 우리끼리 나중에 보면서 껄껄대는 추억 하나 만드는 셈 치고."

"그게 맞긴 하지."

예슬이의 말을 듣고 살짝 생각에 빠졌다. 내가 사진을 좋아하는 이유 중에 가장 큰 이유가 저거였다. 사진을 보면 잊고 있던 추억도 다시 생각나고 그걸 보며 '이때가 예뻤지'라고 생각하는 게 좋았다. 사진을 보며 이때 무슨 일이 있었는지 정확히 알 수는 없지만 훗날에 미화될 수 있지만 그래도 나중에 친구들과 함께 웃으며 그 시절을 추억할 수 있도록.

"야. 시간 됐다. 우리 얼른 나가자."

"그래, 빨리 나가자. 더 있으면 애들 막 줄 서서 나가야 될 거 같아."

우리는 저녁을 배부르게 먹고 조금의 자유 시간을 얻어 식당 바로 앞에 있는 밤바다를 구경했다.

책이나 매체를 통해서 본 밤바다보다 훨씬 더 어둡고 으슥했다. 발 한 번 잘못 디디면 나의 수학여행은 여기서 끝이겠다 싶었다.

"야, 너무 어두운데?"

"이거 넘어지면 최소 전치 1주다."

우리는 엉금엉금 기듯이 천천히 계단을 내려가고 모래를 밟았다.

"야, 여기가 더 어두워."

"넘어질까 봐 무서워 죽겠네."

그때, 앞에 있던 작은 돌멩이에 걸려 넘어질 뻔했다.

"괜찮아?"

다행히 백시현이 잡아줘서 무탈하게 넘길 수 있었다.

"응⋯. 괜찮아."

"얘들아, 휴대폰 있잖아."

"어?"

영서가 휴대폰을 가리키며 말했다.

"휴대폰 플래시를 켜."

"아~"

"역시 넌 천재야."

영서가 어깨를 한 번 으쓱였다. 우리는 바로 플래시를 켜고 조심조심 모래를 밟으며 바다에 더 가까이 다가갔다.

11월이고, 밤이기도 해서 그런지 저번 여름에 왔을 때보다 차가운 공기가 내 코끝을 스쳤다. 어느새 코가 빨개진 걸 느꼈다. 옆에서는 루돌프라고 놀리기 시작했다.

"추위 많이 타서 그래."

우리는 다섯 명 다 같이 일렬로 서서 바다를 바라봤다. 어둠이 짙게 깔린 물에 달빛이 비쳤다. 달은 밝았다. 마치 길을 잃은 사람들에게 길을 알려주기라도 하듯이.

우리는 말을 하지 않고 되도록 오래 바다를 바라봤다. 애들이 무슨 생각을 하는지는 모르겠지만 한 가지는 확실하다.

아름답다. 우리는 자연을 보면 아름답다고 생각하는 게 똑같았다. 특히, 나와 백시현은 숨이 트이고 싶을 때 공원에 가서 야경과 함께 인근 숲을 보기도 했다. 그러면 정말 상쾌한 숨을 쉬는 것 같았다.

생각보다 오래 바다를 바라보고 있었더니 뒤에서 누군가가 우리에게 말을 걸어왔다.

"얘들아. 너네 여기에서 이러고 있는 게 너무 예뻐서 찍어봤는데 어때? 괜찮아?"

다른 반의 조교 선생님이 찍어주신 밤바다를 배경으로 한 우리였다. 적당히 올라온 파도와 포말, 그리고 마지막 장식으로 우두커니 서 있는 우리가 있었다. 정말 예뻤다. 자연과 우리가 공존하는 이 모습이. 영원히 간직하고 싶었다.

"감사합니다. 예쁜 사진 찍어주셔서."

"너네가 예쁜 거야. 사진이 예쁜 게 아니라."

그 선생님은 한 발 한 발씩 우리에게 멀어져 갔다.

"무슨 생각 해?"

나는 그 사진을 뚫어지게 쳐다봤다. 어두운 밤바다 배경과 거기에서 제일 밝게 빛나는 우리. 내가 본 사진 중에 가장 우리를 잘 표현했다고 생각한다.

"그냥. 이 사진이 우리를 제일 잘 표현한 거 같아서. 그리고 우리가 너무 예뻐서."

"얘들아, 이제 이동할게요."

더 깊게 빠져들 뻔했지만 선생님들의 목소리에 금세 정신을 차렸다.

"네."

약 15분 정도 버스를 타고 우리는 버스에서 내렸다. 기대와 긴장감이 함께 어우러져 오묘한 기분이 들었다. 우리는 강당에 들어가기 전에 화장실을 가서 후딱 옷을 갈아입고 나왔다.

"생각보다 퀄리티 좋은데?"

"나 설레!"

1학년이 다 모이기 시작했고 강당은 더 떠들썩한 분위기로 변해갔다. 1학년의 모든 반이 모였고 레크리에이션 강사분이 나타났다. 다 환호를 질렀다.

"그럼 지금부터 오늘 밤을 야심차게 꾸밀 레크리에이션을 시작하겠습니다!"

우리는 힘찬 박수와 격한 환호로 맞이했다. 몇 번의 게임을 오간 후 드디어 장기자랑 시작을 알리는 강사님의 말씀이 시작됐다.

"네, 그러면 지금부터 여러분이 가장 기다린 시간이죠. 바로 장기자랑 시간입니다! 1등 한 반에는 상금이 걸려 있는 거 아시죠?"

"네!"

"제가 선생님들께 듣기로는 유력한 우승 후보가 있다는데 어느 반이죠?"

애들은 다 자기 반이라고 소리를 질렀다.

"자, 그럼 더 이상 지체하지 않고 바로 만나보겠습니다. 장기자랑 순서는 사전에 미리 뽑았다고 들었는데 맞나요?"

"네!"

"좋습니다. 그러면 2반부터 만나보시죠!"

첫 번째로 나온 팀이라서 그런지 애들의 환호성이 장난 아니었다. 그렇게 여섯 반들의 무대가 지나가고 다음 순서가 우리 차례였다. 나와 유림이는 긴장해서 손을 벌벌 떨었고 선우는 백시현에게 안기며 엄살을 부렸다. 예슬이는 그런 우리에게 할 수 있다는 말을 반복했다.

"네, 멋진 무대였습니다. 자 그럼 계속해서 다음 반은요.

11반입니다."

우리는 무대를 올랐고 애들은 환호성을 아끼지 않았다. 우리의 콘셉트는 병맛이었기 때문에 애들이 많이 망가졌다. 그리고 그 가운데에서 예슬이의 독보적인 춤선이 눈에 띄었다. 기분 탓인지는 모르겠지만 우리가 뒷 순서여서 그런지 애들 반응이 우리가 제일 컸던 것 같다. 아무래도 선우가 제안한 이상한 가면과 3층 석탑이 애들한테는 반응이 좋았다. 밑에 받쳐주는 사람이 고생하긴 했지만….

"네, 마지막 탑이 인상적인 무대였습니다. 계속해서 4반 무대를 보시겠습니다."

내가 어떻게 춤을 췄는지, 다른 애들이 어땠는지 느낄 겨를도 없이 그냥 폭풍처럼 순식간에 시간이 지나갔다.

"아, 어떻게 했는지 기억도 안 나."

"그래도 잘했어."

"다들 고생했다."

"고생했다. 얘들아."

우리는 우리에게 수고했다고 말하며 박수를 쳤다.

"선생님! 찍으셨어요?"

"그럼. 찍었지. 야 근데 너네 진짜 잘했더라."

"진짜요? 근데 8반도 잘했어서…."

"야, 사람 일 어떻게 되는지 모르는 거야."

선생님의 위로가 담긴 한마디에 괜히 마음이 뭉클해졌다. 내가 너무 주책인가? 다른 반 애들의 무대는 하나도 눈에 들어오지 않았다. 그저 우리가 춤춘 영상을 확인할 뿐.

"야, 우리 생각보다 잘했는데?"

"그니까. 뭐야? 우리 왜 이렇게 잘했어?"

"너네 연습보다 실전파네."

"이게 다 잘 가르쳐 주신 스승님 덕분입니다."

유림이는 애교를 부리며 예슬이에게 안겼다.

"잘했어."

"얘들아. 다 좋은데 우리 앉아서 보자. 사람 지나다니는 통로야."

"네."

약 1시간이 소요된 모든 반의 무대가 끝이 났다. 강사님이 다시 마이크를 잡으셨다.

"와, 여러분. 제가 정말 강사 생활 십몇 년 중에 장기자랑에 이렇게 진심인 학교는 오랜만이에요."

"거짓말!!"

누군가가 쏘아 올린 작은 공에 애들 모두가 빵 터졌다.

"아 참, 이거 증명할 수도 없고. 자 뒤에서 담임 선생님들끼리 순위를 가리고 있거든요? 그러는 사이에 우리는 이 밤의 달이 더 높이 뜰 때까지 놀 준비 됐어요?"

"네!"

"그럼 모두 다 같이 뛰어!"

강사님과 비제이님이 모두가 알고 모두가 신나게 뛰어놀 것 같은 노래를 틀어주셨다. 그 음악에 맞춰 우리는 그 자리에서 뛰고 또 뛰며 그 분위기에 더 빠져들었다. 저 멀리에서는 헤드뱅잉을 하는 애들도 있었고, 우리 반도 질 수 없다는 듯이 애들끼리 가마를 태우기도 했다. 예슬이와 유림이는 너무 신이 나서 아주 자기들만의 세상이었다. 오죽하면 강사님이 "쟤네 술 마신 거 아니야? 선생님, 쟤네 음주 측정 좀 해봐요!"라며 장난기 가득한 말을 건넸다. 우리는 아랑곳하지 않고 우리끼리 신나게 놀았다.

몇몇 애들은 그렇게 잘 노는 우리가 신기하다는 듯이 쳐다보기도 했다. 백시현도 그중 한 명이었다. 노는 것도 놀아본 애들이 놀 줄 안다고 했던 오빠의 말을 그제야 조금 믿게 됐다.

백시현에게 말을 걸려고 했던 그때 음악이 끝나며 꺼져버렸다. 내 손은 머쓱하게 허공을 맴돌았다.

"자, 여러분. 장기자랑 결과가 나왔다고 합니다. 지금 제 손에 있는 이 종이가 바로 그 결과인데요. 궁금하신가요?"

"네!"

"좋습니다. 그럼 인기상부터 발표하겠습니다."

"애들아."

"네?"

"1등 못 해도 너네 너무 고생했으니까 야식은 내가 쏠게."

"아 쌤 불안하게 왜 그러세요."

"저희 인기상도 못 탔어요?"

"나는 모르지."

선생님은 의미심장한 말씀을 남기고는 사라지셨다.

"너무 불안한데."

"아니야. 쌤 원래 이런 걸로 겁 잘 주잖아."

"제발 겁주는 것이길."

인기상 두 팀부터 3등까지 모두 발표가 된 상황이었다. 이 중 남은 건 1등과 2등. 단 두 팀이었다. 아직 우리 반이 선정되지 않은 상황이었다.

"아, 제발…."

예슬이는 무릎을 꿇으면서까지 기도를 하며 눈을 감았다. 그런 예슬이의 옆을 지키는 나와 유림이.

"2등은 바로…. 8반입니다!"

8반 애들은 아쉬워하는 눈치였다.

"자, 대망의 1등만을 앞두고 있는데요."

앞에 있는 우리 반 애들이 1등은 당연히 우리라고 눈에 확신이 찬 채로 우리를 바라봤다. 우리도 제발 11반이라고 불렸으면 좋겠다.

"1등은….."

모두가 숨죽인 채 귀로 들리는 음성에 집중하고 있었다.

"1, 2, 3, 4, 5, 6, 7, 8, 9, 10, 11, 12 중에."

"아~"

여기저기에서 탄성이 들려올 때.

"11반입니다!"

"와!!!!!!!"

우리 반이 호명되었다. 주변이 정말 난리가 났다. 앞에 있는 우리 반 애들은 제일 좋아했다. 예슬이를 따라 상금을 받으러 무대 위로 올라갔다. 우리는 정말 좋아했다. 특히 예슬이가 정말 좋아했다. 그리고 그 모습을 영상으로 담아내는 사람이 있었다. 유림이였다.

흥분되어 있는 분위기는 식을 줄 몰랐다. 1학년 중에 제일 시끄러운 반이 1등이 되었으니 그럴 만했다.

"여러분, 오늘 재밌으셨나요?"

"네!"

애들의 목소리는 하나로 통합해 '네'라고 대답했다.

"여러분이 재밌으셨다면 저는 그걸로 됐습니다. 오늘 이 밤이 여러분에게 있어 소중한 추억이 되었으면 하는 바람으로 저는 이만 물러가도록 하겠습니다. 감사합니다!"

"강사님이 세상에서 제일 잘생기셨어요!"

강당이 떠나가라 소리 지르는 선우의 목소리에 강사님은 선우를 향해 손 하트를 날리셨다. 어째 신선하고 특이한 케미가 생긴 것 같다.

그때 1반 담임 선생님이 마이크를 잡으셨다.

"한 곡 해! 한 곡 해!"

"선생님. 노래 불러주세요!"

"자, 얘들아. 흥분한 건 알겠는데 이걸 들어야 너네가 숙소에서 편하게 자지 않겠니?"

선생님의 그 한마디에 모두가 정숙했다.

"오늘 재밌었어요?"

"네!"

"저희 오늘 고생해 주신 강사님한테 감사하다고 인사."

"감사합니다!"

모두가 박수를 치며 강사님의 마무리를 장식했다.

"장기자랑에 대해서 한마디 하자면 11반 처음에 이상한 가면 쓰고 나올 때 진짜 깜짝 놀랐어."

괜히 어깨가 올라갔다. 옆에 있는 친구들을 쳐다보려고 했더니 유림이와 선우가 그 가면을 쓴 채로 선생님을 쳐다보고 있었다.

"어우."

웃음바다가 되었다.

"우리 원래 점호가 몇 시죠?"

"10시!"

"담임 선생님들과 협의한 결과 점호 시간을 늘리는 걸로 하기로 했는데."

"우와."

여기저기서 탄성이 터지기 시작했다.

"10시 반?"

"에이~"

"그럼 11시?"

"우와!"

"12시까지 늘리기로 결정했고요."

애들은 너무 좋은 나머지 평소에 하지 않던 아부를 떨었다.

"선생님. 오늘따라 너무 잘생겨 보이십니다."

"한수현 앉아."

"넵!"

"그럼 이제 각 반 담임 선생님들의 지시에 따라서 9반부터 퇴장하겠습니다. 놓고 간 물건 없는지 다시 확인해라."

밖에 나오자 달은 더 밝게 떠올랐다. 밤이 더 깊어졌다는 뜻이었다. 우리는 버스를 기다리는 시간을 이용해 1등 했다는 증거인 상품과 팻말을 들고 사진을 찍었다.

그러는 사이 버스가 도착했고 차례대로 탑승했다.

"기사님. 저희 장기자랑 1등 했어요."

"아이구 잘했네."

우리의 흥분은 가라앉을 기미가 보이지 않았다. 그때 앞에서 누군가가 마이크를 들었다.

"그대들의 이름은 앞으로 11반이 아닌 1등."

우리는 칠 수 있는 박수 중 가장 큰 박수를 쳤다. 선우의 휘슬을 곁들여.

"진짜 너무너무 고생 많았고요. 오늘 점호 몇 시라고요?"

"12시요!"

"네 맞습니다. 편의점 이용 시간도 12시까지입니다. 가자마자 씻고, 장기자랑 했던 멤버들은 뒤풀이까지 하시면 될 거 같아요."

"네."

"나 진짜 첫 곡 끝날 때 애들 탑 쌓고 하늘이가 애들 다 밟고 위로 올라갈 때 나 소름 돋았잖아."

"저희 하늘이 그거 하려고 진짜 고생 많이 했어요!"

"쌤이 겁줬잖아요."

"너네 1등이어서 내가 괜히 엄살 부려봤다."

정말 후딱 씻고 상쾌하게 잠옷으로 갈아입었다. 그 사이 장기자랑 뒤풀이를 위해 배달을 시켰다. 오늘의 메뉴는.

"치킨이랑 떡볶이, 피자 대령이요."

고등학생들에게 있어서 정말 흔치 않은 소비였다.

"야, 음료수 안 시켰어?"

"아 맞다. 미안. 정신없어서 시키는 거 까먹었다."

"편의점 갔다 올 사람?"

"내가 갔다 올게."

"그럴래? 누구 하늘이랑 같이 갈 사람."

"나."

유림이가 손을 들기 전에 백시현의 목소리가 더 빨랐다.

"너 왜 가?"

"과자 사러."

"오 내 것도."

"응 꺼져."

"치사한 새끼."

결국 나와 백시현은 어색한 분위기와 함께 엘리베이터를 타고 내려갔다.

"발목."

"어?"

"발목 괜찮아?"

*

장기자랑 무대가 끝나고 발목이 시큰거렸다.
"발목 아파?"
"응. 아까 애들한테서 내려올 때 접질렸나 봐."
금방 괜찮아지겠거니 싶었다. 하지만 생각보다 통증은 오래갔다. 애들은 모르는 눈치였다. 굳이 신경 쓰게 하고 싶지 않았다. 하지만 계속 해서 밀려오는 통증이 신경 쓰였다.
"방장들은 나한테 와서 방 키 받아 가."
"저, 선생님. 혹시 파스 있나요?"
"파스? 파스 왜?"
"아까 장기자랑할 때 발목을 접질려 가지고…."
"아, 일단 올라가고 좀 이따 파스 있으면 다른 선생님께 말씀드려서 부를게."
"네 감사합니다."

*

"어떻게 알았어?"

"아까 너 애들 위에서 내려올 때 발목 돌아가는 거 봤어."

"그건 또 어떻게 봤대."

"괜찮냐고."

"응. 괜찮아."

"네가 가겠다고 한 것도 파스 받으러 가는 거지?"

"너 진짜 무슨 귀신이야? 왜 다 알아?"

"계속 보고 있으니까."

"그러는 너는 왜 굳이 내려오겠다고 했어?"

"정신없어서."

엘리베이터에서 도착했다는 음성이 들려왔다.

"11반에 파스 필요하다는 애 맞지?"

"네, 맞아요."

"어쩌다 다쳤어?"

"아까 장기자랑하다가 발목을 삐어가지고요."

"조심하지."

선생님은 구급상자에서 파스를 꺼내셨다. 봉지를 열자 파스 특유의 화한 냄새가 내 코를 찔렀다.

"좀 독한가 보다. 여기."

"감사합니다."

이제 백시현에게 편의점을 가자고 말하려 했더니 애가 사라지고 없다.

"어? 어디 갔지?"

"옆에 같이 온 친구?"

"네, 분명 아까까지 있었는데."

"아까 편의점으로 들어가던데?"

"네?"

편의점 쪽으로 시선을 돌렸더니 선생님의 말씀대로 백시현은 이미 친구들이 시킨 음료수를 사고 나오는 길이었다.

"뭐야, 같이 가지."

"됐어. 내가 샀잖아. 얼른 가자."

"우리 왔어."

"왔어?"

"뭐야, 왜 환타 말고 사이다를 사 왔어?"

"그냥 처먹어."

"네, 암요 그래야죠."

"뭐야, 하늘이 너 발목에 파스 왜 그래?"

"아까 좀 삐었어. 괜찮아."

"조심하지."

"별거 아니야. 신경 안 써도 돼. 자자, 우리 짠 하자. 짠! 고생한 우리를 위해."

"수고했다!"

"1등을 만끽하자!"

"음. 맛있어."

값진 1등 후에 먹는 야식은 그 어떤 것과도 비교할 수 없을 만큼 맛있었다.

"나 진짜 우리 1등 할 줄 몰랐어."

"그니까. 안 그래도 벌벌 떨고 있었는데 쌤이 우리한테 겁줘가지고 나 진짜 울 뻔했어."

"아, 진짜 운 사람 옆에 있으니까 조용."

"뭐야. 누가 울었어?"

"수아 울었잖아."

"아니, 나도 모르게 눈물이 나왔어. 아 다시 생각해 보니까 좀 쪽팔리네."

애들은 잘했다며 오히려 격려해 줬다.

"아까 도연이를 봤는데 진짜 너무 열심히 하는 거야."

피자 위에 라면을 올려 야무지게 먹고 있는 도연이가 눈치를 봤다.

"어?"

"도연이 배고팠어?"

"응…. 아니 아까 떨려가지고 저녁도 많이 못 먹었단 말이야."

"잘 먹어서 보기 좋아. 근데 진짜 아까 도연이 보면서 몸

부서지는 줄 알았어."

"나 진짜 인생 살면서 그렇게 열심히 한 거 손에 꼽아."

"잘했어. 근데 그때 반응이 제일 좋던데. 탑 쌓을 때."

"그니까. 그때 막 애들 기립박수 쳤어."

"공들여 연습한 보람이 있다."

"그건 솔직히 하늘이가 고생 많이 했지."

"그럼. 위에서 중심 잡는 게 얼마나 어려운데."

유림이는 사이다를 마시고 취한 건지, 이 분위기에 취한 건지 나에게 어깨동무를 하며 발음이 살짝 뭉개졌다.

"발목을 바친 1등. 영광스럽다."

그 이후로 우리는 한동안 장기자랑 얘기에 빠져들었다. 시간은 어느새 새벽 2시가 넘어갔고 밖은 점점 더 깊어졌다. 이미 잠에 굴복해 잠든 애들도 많았다. 원래 4인용 방을 9명이서 쓰니 몇몇 애들은 바닥에서 잠을 자기도 했다. 생존자는 나와 유림이, 선우, 영서, 백시현뿐이었다.

"너네는 어떻게 안 자냐?"

"수학여행 마지막 날인데 쉽게 잠 안 오지."

"애들 다 쓰러졌네."

"원래 먼저 자는 애들은 벌칙이 있는 거야."

유림이는 자기 가방이 있는 쪽에서 사부작거리는 소리를 내더니 손에 뭔가를 쥐고 비장한 표정을 지었다.

"그게 뭐야?"

"쉿."

유림이는 자기한테서 낼 수 있는 소리를 최대한 죽인 채 애들이 자고 있는 침대로 향했다.

"너 설마 그거 아이라이너야?"

"원래 자는 사람은 이렇게 벌칙 당하는 거야."

나는 얼른 휴대폰을 들어 영상을 찍었다. 사뿐사뿐 애들한테 다가가는 유림이의 모습이 너무 웃겼다.

웃음을 참지 못한 유림이가 자는 애들 옆에서 숨을 죽인 채 끅끅대며 웃었다.

"야, 그러다 애들 깨겠어."

"네가 해봐. 이게 웃음 참기지."

그때 영서가 유림이의 아이라이너를 빌려 애들 얼굴에 그림을 그렸다. 그때 자고 있던 누군가가 뒤척이자 애들은 침대 밑으로 숨었다.

우리는 소리를 죽인 채 웃음을 터트렸다.

"후…."

심호흡을 한번 하고 유림이는 애들 얼굴에 그림을 그리기 시작했다. 옆에 있는 영서에게 피드백을 받으며 웃긴 상황에서도 그림을 이어갔다.

"완벽해."

"하늘아. 핸드폰 줘봐."

영서는 내 핸드폰을 가지고 가서 애들 얼굴 가까이에서 촬영했다. 다 찍고 난 영상을 보니까 우리의 웃음소리만 들릴 뿐이었다.

"아 진짜 너무 웃겨."

"그니까. 어떻게 얼굴에 그릴 생각을 하냐."

"놀아본 애들이 놀 줄 아는 거야."

"맞아. 나 교회에서 수련회 갔을 때도 맨날 이러고 놀았어."

"도파민 미쳤는데?"

"아 이제 뭐 하지."

"지금 몇 시야?"

"3시 반."

"너네 안 자냐?"

"좀 졸리긴 한데 지금 자면 애네가 그릴 거 같아서 못 자겠어."

"자기만 해봐. 다 죽는 거야."

한밤중에 소용돌이가 지나고 아침이 밝아왔다. 우리는 그렇게 오래까지 버티지는 못했다. 눈꺼풀이 슬슬 감겨오는 걸 내가 통제할 수 없었다. 딱 1시간만 자고 일어나자고 했던 약속이 무산되고 결국엔 아침이 되었다.

나는 자느라 반응을 못 봤지만 애들의 반응은 자기들끼리 웃느라 정신이 없었다고 한다.

"아 아쉽다. 나도 좀 일찍 일어나서 애들 반응 볼걸."

"너랑 백시현이 어제 제일 늦게까지 살아남았잖아. 피곤할 만하지."

"일찍 곯아떨어진 게 잘못이지. 이거 워터프루프라서 그런가? 잘 안 지워지네."

"야, 나 립앤아이 리무버 있어. 기다려 봐."

"근데 남자애들은 뭘로 지워?"

"지들이 알아서 하겠지."

"야, 이거 안 지워져."

"어떻게 지워?"

"잘 알아서 지워."

3일 차까지의 일정도 모두 마치고 이제 버스를 타고 공항으로 가는 길이었다. 어제 늦게 자서 그런지 피곤함이 쉽게 가시지 않았다.

"여러분. 사흘 동안 즐거우셨나요?"

"네!"

"좋습니다. 서울 올라가셔도 저는 기억 안 해도 되지만 여러분들이 이번 이 제주도 여행에서 즐거웠던 거, 행복했던 거, 많이 웃었던 것만 좋은 추억으로 기억해 주시면 됩니다. 잘 아시겠죠?"

"네."

조교 선생님은 웃고 계셨지만 쓸쓸한 표정을 짓고 계셨다.

공항 안으로 들어가기 전, 제주도와 마지막 작별 인사를 해야 했다.

"서울 올라가서 다치지 말고, 추우니까 감기 조심하고."

선생님들은 끝까지 우리 걱정을 하셨다.

"선생님. 한 번만 안아봐도 돼요?"

선생님은 다른 말 한마디도 없이 그대로 안아주셨다. 이런 부탁은 나에게 있어 꽤나 큰 도전이었다. 하지만 그 도전이 어색하게 끝나지 않게 선생님이 잘 감싸안아 주셨다.

"사흘 동안 감사했습니다."

"말 잘 들어줘서 고마워."

수하물을 부치고 시간이 좀 지나 드디어 서울로 올라가는 비행기에 들어섰다. 어제 너무 늦게 자서 그런가? 비행기에 들어서자마자 잠이 확 몰려왔다. 나는 서둘러 목베개를 두르고 잠을 청했다.

"얘들아, 잘 자렴."

비행기 의자에 엉덩이를 붙이고 착륙할 때까지 눈 한 번을 뜨지 않고 그대로 푹 잠에 들었다. 유림이가 어떻게 비행기 안에서 그렇게 잘 자냐고 신기해하듯 물었다. 그때 귀신같이 전화가 오는 한 사람. 오빠였다.

"여보세요?"

[공항 도착했어?]

"응. 지금 수하물 찾으러 가."

[3번 게이트 앞에 있어. 빨리 갈게.]

"알았어."

다들 피곤에 찌든 눈으로 담임 선생님을 기다렸다. 종례는 하고 가야 한다는 연락을 받았다. 하지만 선생님은 온데간데없었다.

"연락해 봐야 하는 거 아니야?"

"왔다. 이놈들아."

"쌤. 왜 이렇게 늦으셨어요."

"미안. 집에 도착하면 나한테 도착했다고 연락 한 번만 해 주고. 가."

선생님의 '가' 한마디에 애들은 쏜살같이 공항을 빠져나왔다.

"잘 가. 월요일에 봐."

나는 집에 도착하자마자 짐을 풀고 씻고 침대에 누웠다. 여행 다니는 건 좋지만 역시 집이 최고였다. 이 포근한 이불과 집 냄새가 나는 베개가 그리웠다.

"아, 집이 최고야."

"일주일 전까지만 해도 수학여행 간다고 신나서 옷 산 사람이 누구였더라?"

"나."

나는 침대에 누워서 바로 휴대폰을 들었다. 친구들의 연락을 잠시 뒤로한 채 바로 갤러리에 들어갔다. 이번 여행에서 찍은 사진들이었다. 노느라 정신이 없어 사진을 미처 확인하지 못했다. 바닷가에서 찍은 사진, 나무들이 우거지는 숲속에서 찍은 사진, 음식 사진, 장기자랑 사진 등등 다양하게 있었다. 하지만 그중에서도 눈에 들어온 건 유림이를 찍고 있는 나의 모습이 담긴 사진이었다.

*

"와. 여기 진짜 예쁘다."

"그러게."

"하늘아, 나 여기에서 사진 찍어줘!"

"알았어."

유림이에게 달려가는 도중에 휴대폰을 바닥에 떨어뜨렸다. 떨어지는 소리가 들려 잠깐 멈췄다. 다행히 깨지거나 금 간 곳은 없다고 휴대폰을 주웠던 백시현이 그렇게 말해줬다. 곧바로 휴대폰을 가져가려고 했지만 유림이가 멀리서 기다리고 있기에 나는 잠시 휴대폰을 그에게 맡겼다.

유림이의 사진을 열심히 찍고 있는 나는 사진 속에서 웃고 있었다. 후광이 비추지도 않았고 파란 하늘과 노을이 어우러져 예쁜 사진이 나왔다.

이젠 부정할 때가 지났다. 나는 사진을 좋아한다. 내가 이렇게 행복하게 웃으면서 사진을 찍고 있는데 안 좋아한다고 부정할 수 있을까? 그렇게 나는 오늘 내 꿈을 다시 되새겼다.

*

시간이 더 지났고 어느덧 한 해를 마무리하는 12월이 밝았다. 뭐 했다고 12월일까? 나는 한 게 아무것도 없는데.

덥다고 에어컨을 켜며 반팔을 입은 게 일상이었는데 이제는 히터를 틀며 까만 패딩을 입은 애들이 수두룩했다.

"아 미친. 개추워."

"이런 날씨에도 교복을 입어야 하는 게 싫다."

"치마에 스타킹만 신고 이 추운 겨울을 어떻게 버텨."

"야 내일 눈 온대."

"진짜?"

"진심?"

"심지어 많이 온다는데? 폭설경보 뜸."

"나이스. 눈싸움해야지."

"나는 눈사람 만들 거야."

"내일 다 각오해라."

"나선우 질질 짜는 거 볼만하겠네."

"너 그러지 마. 백시현 네가 그러면 진짜 그럴 거 같아."

드디어 오늘, 기다리고 기다리던 눈이 내렸다. 눈이 내리는 걸 좋아하는 나는 1년 중 가장 좋아하는 날이기도 했다. 길을 돌아다닐 때는 넘어질까 무섭기도 하지만, 눈이 내려 하얗게 물들인 땅을 소복소복 밟으면 괜히 기분이 좋아진다. 나만 그런가?

애들과 함께 급식을 먹고 무서울 정도로 빠른 속도로 운동장으로 나갔다. 이곳저곳 눈이 쌓인 곳에는 사람들이 많았다. 눈싸움을 하는 사람도, 눈사람을 만드는 사람도, 심지어 나무 위에 예쁘게 쌓인 눈 근처에서 연인끼리 사진을 찍는 사람도 있었다. 그 모습을 보고 부러웠다. 좀 많이.

나선우는 고삐 풀린 망아지처럼 눈을 보니 정신을 못 차렸다. 조준도 제대로 하지 못한 채 눈을 던지는 모습을 보고 그저 눈이 왔다는 것에 신난 유치원생인 줄 알았다. 저런 애가 한 달만 지나면 열여덟 살이라니. 여덟 살이라고 해도 믿을 수 있을 것 같았다.

우리는 서로에게 눈을 던지며 겨울을 만끽했다. 겨울에만 느낄 수 있는 춥고 시린 공기와 따듯한 사람의 온기가 만나 내 겨울은 따뜻하게 물들어 갔다.

"야 가위바위보해서 진 사람 눈으로 다구리당하기."

"콜. 야 좋다."

"옷 안에 넣어도 돼?"

"해보든가."

"옷 안에 넣는 건 좀…."

"백시현 쫄려?"

백시현은 긁혔다. 그것도 아주 많이.

"안 내면 눈 맞기. 가위바위보!"

한 판으로 벌칙자는 정해졌다. 그건 바로….

"아…. 미친."

나였다.

"유하늘. 얼른 와."

"야, 잠깐만 나 눈 좀 더 모아올게."

왜 항상 이런 벌칙은 나만 걸리는 것 같지? 세상이 나를 억지로 몰아넣는다.

"야, 잠깐만. 인간적으로 너무 크잖아."

예슬이가 뭉쳐 온 눈덩이는 정말 티브이에서만 보던 바위 크기였다.

"하늘아. 원래 이러고 노는 거야."

"야 잠깐만. 우리 옷 안에는 안 넣기로 하자. 지금 나 교복이어서 너무 추워."

"알았어."

"대신 모자는 쓰지 말기."

"아…. 그래."

나는 쭈그린 채로 고개는 땅을 바라봤다. 그러더니 유림이가 내 치마 위에 담요를 슬쩍 덮어줬다.

"유림아…. 나 불쌍해?"

"조금?"

"누구부터 던질래?"

"일단 나는 마지막."

"그럼 나부터 한다?"

"하나, 둘, 셋!"

셋을 말하기도 전에 묵직한 눈덩이가 내 머리 위로 떨어지는 게 느껴졌다. 유림이를 시작으로 백시현, 선우, 마지막으로 예슬이까지 모두 던지고 나서야 그 벌칙은 끝이 났다.

일어나 휴대폰 카메라로 비춰보니 나인지 눈사람인지 형태를 알 수 없었다.

"와. 머리가 시원해."

"한 명 더?"

"죽었어."

"이번에 걸리는 사람 패딩 벗고 눈 맞기."

"콜."

"안 내면 진 거 가위바위보!"

눈으로 온몸을 뒤덮을 사람은.

"망했다."

선우였다. 애들은 내게 던졌던 눈보다 몇 배로 크게 만들었다.

"야 솔직히 인간적으로 류예슬이랑 백시현 거는 너무 큰 거 아니냐?"

"선우야. 가위바위보 진 사람이 말이 너무 많다."

"야 패딩 벗어."

"아 근데 이 날씨에 패딩은 입어야…"

"네가 먼저 벗자고 했잖아."

선우는 마지못해 패딩을 벗었다. 큰 키의 선우가 몸을 쭈그린 채 앉아 있는 게 불쌍했지만 그래도 뭐…. 돌이켜 보면 이것도 다 추억인데. 선우야 미안하다.

"누가 먼저 던질래?"

"나 먼저."

"오키."

우리는 서로 눈빛을 교환했다. 유림이가 카운트를 셌다.

"하나, 둘, 셋!"

셋이 끝나자 우리는 서로 동시에 선우에게 눈을 던졌다. 선우는 거의 눈에 파묻혔다. 머리 위에는 밀가루 반죽을 올려놓은 것 같았다.

"야 너무한 거 아니냐? 아 개추워."

선우가 의자에 걸어놓은 패딩을 가지러 가려고 하는 사이, 유림이가 선우의 패딩을 가져가 버렸다.

"아 진짜 줘. 네 친구 얼어 죽어."

"괜찮아 선우야. 그런 걸로 안 죽어. 입고 싶으면 잡아보든지."

유림이는 선우의 패딩을 가지고 운동장을 몇 바퀴 돌았다. 선우는 그런 유림이를 잡으러 뛰어다녔다. 우리는 그런 것조차 추억하기 바빴다. 유림이가 선우에게 잡히기 직전 패딩은 나에게 넘겨졌고, 한참을 달리다가 예슬이에게 넘겼다. 그리고 결국 마지막으로 선우의 패딩은 백시현에게 넘어갔다.

"친구야 우리 말로 하자. 네 친구 안 불쌍하니?"

"별로? 나 잡아봐라."

그렇게 백시현은 마지막으로 선우의 패딩을 가지고 학교 전체를 뛰어다녔다. 그리고 선우는 그런 백시현을 쫓아다니느라 추위가 가고 땀이 났다고 했다.

시간이 빨리 지난 건지 우리가 재밌게 논 건지 벌써 점심시간이 끝났다는 종이 울렸다. 다른 애들은 노느라 정신이 없어 밖에 나와 계시던 선생님들의 종이 쳤다는 말에 화들짝 놀라 교실로 들어갔다.

"근데 우리 머리 젖어서 어떡해?"
"히터 틀고 있으면 금방 말라."

교실에 들어가니까 선생님과 반 애들이 놀랐다. 놀랄 만도 했다. 멀쩡했던 애들이 옷과 머리가 젖어 있는 상태로 들어왔으니. 이게 비를 맞은 건지, 눈을 맞은 건지도 헷갈릴 지경이었다.

"너네 얼마나 재밌게 논 거야?"
"좀 많이 재밌게 놀았어요."
"빨리 얼른 말려."
"네."

금세 창가는 우리의 패딩으로 어수선해졌다.

"수건 있는 사람?"
"나 수건 없는데."

"어떡하지?"

"괜찮아. 그냥 손으로 말리면 돼."

솔직히 머리는 괜찮았다. 그냥 히터로 말리면 되니까. 문제는 옷이었다. 패딩 안에 교복만 하나 달랑 입고 있던 나는 패딩을 창가에 걸어둬서 위에 마땅히 걸칠 게 없었다. 유림이와 예슬이에게도 남는 겉옷이 있냐고 물어봤지만 둘 다 없다고 했다. 그냥 포기하려고 했더니 옆에서 백시현이 자신의 털 플리스를 건네주었다.

"너 입어."

"너 안 추워?"

"히터 때문에 답답해."

시선은 칠판에 고정하고 교과서를 펴며 펜을 잡는 그는 다시 전교 1등의 모습으로 돌아갔다. 나는 그의 배려에 감동인지 설렘인지 모를 감정을 느끼고 그의 플리스를 입었다. 입으니까 따뜻했다. 옷이 따뜻한 건지, 옷을 건네준 그의 마음이 따뜻한 건지 구분하지 못한 채로 나도 교과서를 펴고 펜을 들었다.

*

기말고사가 얼마 남지 않았다. 나와 백시현은 시험 기간

일수록 더 자주 만나는 것 같다. 나는 중학교 과정을 떼고 이제 고등학교 과정을 그에게 배운다. 열심히 가르쳐 주고 열심히 배우니 성적은 금방금방 올랐다.

"계산 속도가 처음보다 한 두세 배는 빨라진 거 같은데?"

"진짜? 다행이다."

"그동안 열심히 한 보람이 있네."

"진짜 빡세게 했는데 이번에 성적 안 나오면 공부 때려치울 거야."

"진짜?"

"아니. 어떻게 때려치워, 말만 그렇지."

"너 대학 목표는 정했어?"

"사진과 알아보고 있긴 한데 1학기 성적 때문에 내가 갈 수 있는 데에 한계가 있더라. 좀 더 너를 일찍 만날 걸."

"왜?"

너 만나고 내 인생이 변한 것 같아서.

하마터면 말이 입 밖으로 나갈 뻔했다. 내가 무슨 생각을 하는지 금방 알아차리고 다시 꿀꺽 삼키니까 망정이지. 다시 어색한 사이가 될 뻔했다.

"그냥. 너랑 같이하니까 재밌어."

오글거리는 말을 하니 나까지 부끄러워졌다.

"그래? 그럼 다행이네."

바로 고개를 문제집으로 돌리고 귀가 약간 빨개지는 걸 보니 그도 내 말에 부끄러웠나 보다.

"우리 이만 갈까? 우리 여기 온 지 3시간도 더 됐다."

"벌써 그렇게 됐나? 너랑 같이하니까 재밌어서 더 빨리 갔나 보다."

"혹시 지금 나 놀리냐?"

"아니? 내가 그럴 리가."

우리는 카운터에 음료를 다 마신 컵을 놓았다.

"학생들. 이거 우리 가게 신메뉴로 나올 쿠키인데 여기."

사장님의 따님이신 것 같은 분이 우리에게 쿠키를 주셨다.

"어…. 저희 이런 거 안 주셔도 되는데."

"단골손님인데 당연히 시식해 봐야지. 여름부터 꾸준히 우리 카페 와주는데."

직원이 주시는 쿠키가 무안하지 않게 백시현은 그 쿠키를 받았다.

"감사합니다."

"학생들. 지금 몇 살이야?"

"저희 지금 열일곱 살이요. 내년에 열여덟 돼요."

"고등학교 1학년? 그때가 제일 재밌는데. 아 내가 너무 주

책이었나?"

"아니에요. 괜찮아요."

"내가 겪어봤는데 중학생보다 고등학교 1학년이 재밌고 1학년보다 2학년이 더 재밌더라고요."

"정말요?"

"그럼. 나도 그때로 돌아가고 싶다. 이런, 내가 너무 오래 붙잡아 놨나 보다. 쿠키 맛있게 먹어."

"네, 감사합니다. 안녕히 계세요."

"안녕히 계세요."

카페를 나오면서 이런 생각이 내 머릿속을 스쳤다. 사장님의 말씀은 잘 알겠지만 이보다 더 아름답고 재밌는 추억을 지닐 나이는 없을 것 같다. 이보다 더 찬란하고 아름다우면 눈이 멀어버리지 않을까? 하는 그런 생각 말이다. 그냥 지금이 좋다. 아직 어린 내가 자만한다고 할 수 있지만 나는 그렇다. 앞으로 살아갈 내 인생에서 우리가 함께한 고등학교 1학년은 잊으려야 잊을 수 없는 시간들이 될 것 같았다. 앞으로도 쭉.

겨울이 되니 이제는 저녁 5시 반만 해도 하늘이 어둑어둑했다.

"2학년 돼도 계속 만날 거지?"

정적이 흐른 채로 밤길을 걷고 있던 백시현이 내게 물었다.

"그럼 안 만나려고 했어?"

"아니 혹시 모르잖아. 다른 반 됐다고 우리가 멀어질지."

나는 걷고 있던 걸음을 멈춰 곰곰이 생각했다.

"왜 그래?"

"우리가 과연 멀어질 수 있을까?"

"어?"

"어디에서 오는 자신감인지는 모르겠는데 나는 우리 다섯 명이 다른 학년이 돼도 각자 다른 사회에서 살아도 멀어질 거 같지가 않거든. 그냥 영원할 거 같아."

영원이라는 말은 함부로 하는 게 아니다. 특히 관계에 대해서. 하지만 이런 친구들과는 영원을 믿어도 되지 않을까? 미래를 걱정하지 않고 오직 현재에만 집중해도 되지 않을까? 그냥 우리의 관계를 오래 유지하고 싶다. 한쪽에게 치우치지 않고 그냥 딱 지금처럼 사는 것. 그게 내가 원하는 것이다.

"영원이라는 말. 되게 듣기 좋다."

"그래? 나는 내가 말하면서도 좀 오글거렸는데."

"영원…."

그 단어가 인상 깊었는지 백시현은 계속 그 단어를 곱씹었다. 그러다가 붕어빵이라는 글자가 크게 붙어 있는 포장마차가 눈에 띄었다. 나는 바로 오빠에게 전화를 걸었다.

"누구한테 전화해?"

"오빠."

"오빠?"

[여보세요?]

"오빠. 붕어빵 사면 먹을 거냐고 물어봐."

[나는 먹지.]

"아니, 오빠 말고 엄마랑 아빠."

[엄마, 아빠 붕어빵 먹어? 하늘이한테 전화 왔어. 먹는대.]

"알았어."

[너 근데 왜 나한테는 안 물어보냐.]

"오빠는 안 물어봐도 먹을 거 알아서."

[역시 너는 나를 너무 잘 알아.]

"됐으니까 빨리 끊어."

"붕어빵 먹으러 가자."

"어? 갑자기?"

"원래 겨울 간식은 붕어빵이 국룰이잖아."

나는 백시현을 끌고 붕어빵을 사러 거의 달리다시피 도착했다.

"안녕하세요. 5개에 1,000원…. 사장님 팥 2,000원, 슈크림 1,000원어치 주세요."

"예, 알겠습니다. 금방 만들어 드릴게요."

식은 건 맛이 없다며 바로 만드시는 사장님을 보고 감동이 물밀듯 몰려왔다.

"여기요. 맛있게 드세요."

"네. 감사합니다."

"조심히 들어가요."

인심 좋으신 사장님은 주문한 것보다 2개를 더 넣어주셨다.

"와, 사장님 최고."

"서비스 주는 집 흔치 않은데."

"그니까. 저 집 앞으로 내 단골이다. 맛있겠다."

갓 나온 붕어빵은 맨손으로 잡기 뜨거웠다.

"앗, 뜨거."

"조심해. 델라."

"진짜 바로 만들어 주셨네."

호호 불며 한입 조심히 뜯어먹었더니 겉이 아니라 안이 더 뜨거웠다. 용암인 줄 알았다.

"음~ 맛있다."

"맛있어?"

"응. 완전. 너도 하나 먹어."

"가족이랑 먹으려고 샀잖아. 가서 가족들이랑 먹어."

"어차피 사장님이 서비스 주셔서 예상치 못하게 하나 남아. 이래도 안 먹을 거야?"

나는 백시현의 눈앞에서 붕어빵을 들고 비행기가 날아다니는 것처럼 그를 꼬셨다. 그는 못 이기는 척 붕어빵을 한 입 먹었다.

"아 개뜨거워."

"뜨겁다니까. 불어 먹지"

그의 입안과 붕어빵 안에서 입김이 솔솔 나왔다.

"맛있네."

"그치, 맛있지?"

"응. 맛있어."

우리는 늘 헤어지는 공원에서 헤어지고 집에 들어와 가족들과 붕어빵을 나눠 먹었다.

"앗 뜨거. 어디에 있었길래 이렇게 뜨거워?"

"사장님이 주문하자마자 바로 만들어 주셨어. 식은 붕어빵은 별로 맛이 없다고."

"좋은 분이시네."

"응. 앞으로 내 단골집 찜."

"뭐 했다고 겨울이고 뭐 했다고 연말이냐."

"아직 그러지 마. 나 아직 기말고사 안 끝났어. 그때까지는 아직 연말 아니야."

"너네는 기말고사 얼마 안 남았냐? 우린 종강했는데."

"놀리냐?"

"응."

"엄마. 오빠가 자꾸 나 놀려."

"너무 그러지 마."

"너 이제 열아홉?"

"열여덟. 어떻게 오빠라는 사람이 동생 나이도 몰라?"

"너도 이 나이 돼봐라. 자꾸 까먹어."

"너도 이 나이 돼봐라. 까먹는 게 아니라 자꾸 잊어버리지."

옆에서 조용히 듣고 있던 아빠의 한마디에 우리 모두 빵 터졌다.

"이건 못 이기겠다."

붕어빵을 먹으며 하하호호 포근하게 보내는 이 평화가 나는 참 좋았다. 이런 게 연말이고 이런 게 가족이라고 불릴 수 있을 만큼 따뜻하니까. 추운 겨울이어도 함께 있는 이 온기만큼은 따뜻하니까. 그래서 나는 연말이 좋았다. 우리 가족이 이만큼 잘 모이는 시간이 없으니까.

*

드디어 기말고사가 끝났다. 약 두 달 동안 백시현과 만나지 않은 날들이 손에 꼽았다. 이의신청 기간이 끝나고 드디어 성적표를 받는 오늘. 나는 그 어느 때보다도 떨렸다.

"아 진짜 제발."

손을 모아 열심히 기도했다.

"그래도 거의 반년 넘게 열심히 했잖아."

"그래. 잘 나오겠지."

"그랬으면 좋겠다 진짜."

"자, 얘들아. 1학년 마지막 성적표가 나왔다."

애들의 탄성이 여기저기서 터져 나왔다.

"근데 의외로 우리 반 3등이다. 순서대로 부를 테니까 한 명씩 나와서 성적표 받아 가라."

이제는 출석 번호대로 줄을 서는 게 습관이 된 터라 애들은 선생님의 말이 떨어지자마자 줄을 섰다.

"어떻게 저번보다 망했냐."

"나선우 네가 그렇지. 뭐."

"역시 나는 한결같이 7등급이고."

"아. 다행이다. 가채점한 것보다 올랐어!"

애들은 자신의 성적표를 받고 기쁘기도 하고 슬프기도 했다. 나는 아직 내 성적표를 보지 못했다.

"내가 봐줄까?"

"아니, 이번에는 내가 봐볼게."

실눈을 떠 천천히 점수를 확인했다. 보고 경악을 금치 못했다.

"이게 내 성적이라고?"

"왜? 떨어졌어?"

"아닌 거 같은데?"

"나 4등급으로 올랐어!"

친구들은 자신의 성적이 오른 것보다 더 좋아해 줬다.

"이야, 반년 동안 고생했던 게 드디어 빛을 보는구나."

"남은 2년 동안 이 성적 유지하면 원하는 학교 갈 수 있겠는데?"

"아 진짜 그랬으면 좋겠다. 진짜 제발."

"나는 망했다. 실기 준비나 해야지."

"근데 너는 공부할 필요가 있어. 그 성적으로 어떻게 대학을 가."

"실기 보면 돼."

"실기를 봐도 유분수지."

성적표가 나오는 날이면 유림이와 선우의 말장난을 하는 재미가 쏠쏠했다.

"내가 뭐랬어. 처음 할 때부터 할 수 있을 거라 했지?"

"고마워. 진짜."

빈말이 아니었다. 나도 나를 믿지 못할 때 나를 믿어준 게 백시현이었다.

"내년에 떨어져도 열심히 해."

그의 눈을 마주 봤다. 그의 눈동자 속에 비치는 나는 웃고 있었다. 그것도 아주 활짝.

*

시간이 흘러 크리스마스가 얼마 남지 않았다. 학생회는 중앙현관에 설치한 트리에 소원을 적으면 이루어진다며 각 반에 들어가 홍보를 하기 시작했다. 거기에 백시현도 있었다.

"야 근데 반에 들어가서 그렇게 홍보하면 안 쪽팔리냐?"

"별로?"

"그치. 너는 백시현이니까 안 쪽팔리겠지."

"어차피 말은 선배들이 하고 나는 그냥 옆에 서 있는 데 뭐가 쪽팔려?"

"아 그런가?"

"바보냐?"

"우리도 트리에 소원 쓰러 가자."

"초딩이냐? 그걸 아직도 믿게?"

"내 동심 파괴하지 마. 빨리 가자."

내 말에 흔쾌히 트리로 와준 친구들에게 고마웠다. 하지만 예상외였다. 학생들이 너무 많았다. 마지막으로 고등학교에서 보내는 크리스마스라서 그런지 3학년들이 유독 많았다.

우리는 트리 근처에 배치되어 있는 포스트잇에 각자 소원을 적었다. 나는 곰곰이 생각을 하다 이루어지길 바라며 펜을 꾹꾹 눌러 썼다. 우리는 포스트잇을 트리에 걸었다.

"너네 소원 뭐 썼어?"

"재벌 되게 해주세요."

"절대 안 이루어지겠네."

"그냥 쓰는 거지 뭐."

"예슬이 너는?"

"나는 딱 통장에 500만원 찍히기."

"애들 다 돈이네."

"속물이야 속물."

"그러는 너는 뭐 썼는데?"

"세계 일주하기."

"변호사 하면서 그거 가능해?"

"이직할 때 하면 되지. 잠깐 쉬고. 그리고 내가 나중에 변호사 될 줄 누가 알아."

"그래도. 나중에 될 수도 있잖아."

"백시현 너는 뭐 썼냐?"

"나는…. 말 안 할 거야."

"뭐야. 왜?"

"소원 썼는데 말하면 안 이루어진다잖아."

"그런 걸 아직도 믿냐?"

선우는 배꼽을 잡고 웃으며 백시현을 놀리기 시작했다.

"옛날에 트리에 똑같이 썼는데 이루어졌거든?"

"뭐야. 그러면 나도 말 안 할래."

"너 솔직히 말해. 너 좋아하는 애 썼지?"

"뭔 소리를 하고 있어."

"걔랑 잘되게 해주세요 썼지?"

"내가 넌 줄 알아?"

"그러면 우리도 말하지 말걸."

"아, 나 재벌 돼야 되는데."

백시현은 과연 트리에 무엇을 썼을까. 그리고 무슨 소원을 빌었을까. 궁금했다. 유치한 걸 쓰지는 않았을 것 같고.

"너도 궁금해?"

"어? 아니 뭐 그런 건 아니고…."

"그러는 너는 소원이 뭔데?"

"나는…. 나중에 말해줄래. 이루어질 때."

트리에서 반짝반짝 빛나는 전구와 오너먼트, 그리고 맨 꼭대기에 있는 별을 보며 생각했다. 만약 정말 백시현의 말대로 이 트리에 적은 소원을 말하지 않는다면 이루어질까? 그렇다면 나는 실패할 수도 있다. 한번 말한 적이 있기에.

*

정말 한겨울인가 보다. 패딩이 주는 포근함은 무엇과도 비교할 수 없을 정도로 행복감이 크게 다가왔다.
"야. 너무 추운데?"
"히터 너무 많이 틀어서 너무 건조해."
"핸드크림 있는 사람?"
"나."
"야 매점 가자. 지금 연말이라고 이벤트하는 거 개많아."
"와. 진짜 방금 우리 고모 같았어."
"학생한테 돈이 어디 있냐. 알바하는 것도 아니고 이럴 때 두둑이 사야지."
"나 갈래."
"그럴 줄 알았다. 소울메이트네."
"그냥 둘이 졸업해도 매점은 둘이 가."
"또 갈 사람 없어?"
"나. 오랜만에 가고 싶네."
"역시 예슬이야. 가자!"

유림이는 예슬이에게 팔짱을 끼며 매점으로 향했다. 셋이 나가기 무섭게 시온이와 이주연이 우리에게 다가왔다. 곧이어 영서도 왔다.

"뭐야?"

"나 심심해. 이주연이 나랑 안 놀아줘."

"내가 뭘 또 안 놀아줘. 네가 재미없다며."

"도파민이 식었어."

"어이없네."

"다른 애들은 어디 갔어?"

"매점. 할인해서 꼭 가셔야겠대."

"가만 보면 유림이랑 나선우는 진짜 소울메이트인 것 같아."

"걔네를 누가 말려."

"너네 요새 뭐 재밌는 일 없어?"

"재밌는 일?"

"뭐, 너네 중에 짝사랑하는 사람이 있다거나. 아니면"

영서가 내 귓가로 다가왔다.

"서로 쌍방이거나."

"뭔 소리야…."

귀가 붉게 익어갔다. 한겨울의 트리 오너먼트처럼.

"전영서가 뭐라 했길래 네 귀가 빨개져?"

"내가 뭘 빨개져. 추워서 그렇다 왜."

"근데 너네 중에 왜 연애하는 사람이 없어?"

"시비 거냐?"

"아니? 그냥 순수한 궁금증?"

"할 애가 없는데 누구랑 연애를 해."

백시현의 대답은 의외였다.

"너는 너 좋다고 하는 애 많잖아."

내 생각도 이주연과 똑같았다. 백시현은 자기 좋다고 쫓아다니는 애들이 한둘이 아닌데 왜 안 할까?

"내가 좋아하는 사람이랑 해야 의미가 있는 거지. 좋아하지도 않은 사람이랑 하면 그게 무슨 의미야."

"오~"

"쟤 은근 순정파네."

"맞는 말이잖아."

"뭐야 뭐야. 너네 연애 얘기해?"

두 손에 뭘 바리바리 들고 온 유림이가 흥미진진한 목소리로 우리를 쳐다봤다.

"너네 뭘 그렇게 많이 샀어?"

"한두 개만 사려고 했는데 이렇게 됐다."

"왜. 나는 그럴 줄 알았는데."

"친구야 쉿."

선우는 백시현에게 검지손가락을 입술에 가져다 대며 말

했다. 그마저도 백시현이 바로 치워버리긴 했지만.

"그래서. 무슨 얘기 하고 있었어?"

애들이 의자를 여기저기에서 끌고 왔다. 왠지 이 토론이 본격적일 것 같다.

"안 좋아하는 사람이랑 연애를 할 수 있다, 없다."

"근데 걔가 나를 좋아해?"

"응."

"그러면 할 수 있지 않을까?"

"진짜? 왜?"

"결국 나를 좋아하는 사람이랑 연애를 할 수 있냐는 질문이잖아. 나는 그 사람 안 좋아하고."

"응."

"나를 좋아해 주면 없던 관심도 생길 거 같은데."

"아 그 사람이 나를 챙겨주니까?"

"응. 그렇지 않아?"

"근데 내가 애초에 관심이 없는데 왜 만나?"

"그니까. 내가 관심이 없고 좋아하지를 않는데 왜 만나냐고."

"아니 멍청아. 너네를 좋아하는 남자애가 있어. 근데 엄청 잘 챙겨줘. 그러면 아예 관심이 없었다면 어? 쟤 뭐지? 가 되는 거지."

"관심이 안 생길 수도 있잖아."

"아니 그니까."

우리는 하나의 주제를 가지고 거의 1시간을 가지고 토론을 했다. 그래서 결론은.

"그래서. 너네는 관심 없는 사람이랑 연애 못 한다고?"

"당연한 거 아니야? 아니 어떻게 만나냐고. 너네 만날 수 있어?"

"챙겨주는데 관심은 생길 수 있지."

그렇다. 결론은 나지 않았다.

"얘들아. 이제 딴 얘기 하자."

"우리 이걸로 1시간 동안 얘기했어."

"오랜만에 이렇게 얘기하니까 재밌네."

"이렇게 모이는 날도 별로 안 남았네."

백시현의 한마디로 갑자기 분위기는 가라앉았다.

"야. 너 반 바뀌었다고 우리 쌩깔 거 아니지?"

"그래. 맞아."

"아니지. 우리가 가면 되지."

"아니야. 너 그냥 오지 마. 우리끼리 놀자."

이런 친구들과는 함부로 영원을 이야기해도 되지 않을까?

"자. 얘들아. 올해도 2주밖에 안 남았다. 끝은 아름답게 마무리하고 내년에 새롭게 보자."

드디어 방학이 시작됐다. 여름방학과는 달리 겨울방학은 뭔가 감정이 오묘하다. 정든 1년을 마무리해서 그런가?

"야. 앞에 붕어빵이랑 호떡 파는 집 생겼어. 얼른 가자."

"또 뛰어?"

"거기 맛있다고 학교에 소문났어. 애들 몰려들기 전에 우리가 먼저 가야 돼."

평소에는 달리기가 느린 유림이도 겨울만 되면 달리기가 빨라진다. 그건 아무래도 겨울 간식들을 먹기 위해 체력 소모를 하는 거겠지.

"안녕하세요. 우와 맛있는 냄새."

"뭐 줄까요?"

"붕어빵 1,000원어치랑 호떡 하나 주세요."

"네, 알겠어요."

"저는 호떡 하나요!"

"저는 슈크림 붕어빵 1,000원어치 주세요."

"네."

"근데 너는 호떡을 먹어?"

"나는 붕어빵보다 호떡이 더 좋아."

"신기하네."

손이 빠르신 사장님은 금세 만들어 주셨다.

"여기요. 맛있게 드세요."

"감사합니다."

겨울보다 여름을 좋아하는 내가 겨울이 기대되는 가장 큰 이유는 이런 간식을 먹을 수 있다는 소소하지만 확실한 행복 때문이었다.

"음, 맛있다."

"역시 내가 겨울을 좋아하는 이유 중에 가장 큰 이유야."

유림이는 자기가 지을 수 있는 표정 중 가장 행복하다는 표정을 지었다.

"그럼 너는 사계절 중에 가장 좋아하는 계절이 겨울이야?"

"응. 이런 간식들을 먹을 수 있다는 것만 해도 나는 추위 따위 날려버릴 수 있어."

"너희는?"

"나는 가을. 뭔가 가을 감성이 좋단 말이지."

"그건 네가 연애를 안 해서 그래."

"야, 그래도 나 어? 봄까지는 여친 있었어."

"아 네네. 부럽네요."

"예슬이 너는?"

"나 겨울. 눈 오는 게 예쁘잖아. 애들이랑 눈싸움하는 것도 재밌고."

"하늘이 너는?"

"나는 여름."

"여름? 왜?"

"여름은 보통 애들이 싫어하는 계절이지 않나?"

"기억이 자세히는 안 나는데 어릴 때 햇빛 쨍쨍한 여름에 어떤 애랑 물장난하면서 여름을 되게 행복하게 보냈거든? 그것 때문인지 그냥 여름이 좋더라. 초록초록한 것도 좋고, 더운데 물 맞는 것도 좋고."

"여름은 더워도 너무 더워."

"그렇게 치면 겨울도 추워도 너무 추워."

"야. 겨울은 단단히 껴입을 수 있잖아. 여름은 벗는 데에 한계가 있지."

애들과 계절에 관련한 이야기를 하고 있는데 백시현이 우리가 아까 걸어오던 길에 멈춰 서 있는 걸 보았다.

"뭐 해?"

"어?"

백시현은 어딘가 굳어 있는 것 같았다.

"아무것도 아니야. 가자."

*

크리스마스이브다. 크리스마스가 하루 남은 지금, 세상은 트리와 캐럴로 지배당했다. 어디를 가나 캐럴이 난무했고 교회들은 분주했다.

"크리스마스도 얼마 안 남았구나."

"새해도 얼마 안 남았고."

우리는 2학년을 바라보며 카페에서 시간을 보내는 날이 더 많아졌다. 크리스마스이브에도 공부라니. 참 이 나라의 고등학생은 살기 힘든 것 같다.

"너는 크리스마스에 뭐 해?"

"그냥 집에 있을 거 같은데. 너는?"

"나도 뭐 딱히…. 그냥 집에서 가족들이랑 저녁 먹지 않을까?"

"그렇구나."

항상 그랬다. 크리스마스라고 딱히 뭐 하는 것도 없었고 그저 저녁에 맛있는 걸 먹는 게 다였다.

"그럼 크리스마스이브니까 오늘은 여기까지 할까?"

"너 요새 나보다 더 안 하는 거 같아. 근데 어떻게 전교 1등을 밥 먹는 듯이 하지?"

"그러게. 나도 궁금하다 그건."

"안녕히 계세요."

"잘 가요. 크리스마스 잘 보내고."

"네. 사장님도 메리 크리스마스 하세요!"

카페를 나오자 거리는 반짝반짝한 전구와 캐럴로 뒤덮였다. 거리 한 가운데에는 거대한 트리가 자리 잡고 있었다.

"예쁘다."

"뭔가 따뜻하네."

"추워 죽겠는데?"

"온도 말고 분위기가. 뭔가 추운 겨울날에 이렇게라도 사람들끼리 따뜻하게 하는 거 같아서. 거리에 사람들이 있으면 사람의 온기 때문에 추운 것도 더워지잖아."

"그런가. 잘 모르겠네."

우리는 트리 바로 앞에 섰다. 맨 꼭대기 위에서 노란색으로 반짝이는 별 장식을 바라봤다. 저 별은 저 트리에 올라가기까지 얼마나 걸렸을까. 사람들이 저기까지 올려다 줬겠지? 하지만 우리는 그러지 못한다. 누군가가 저기까지 올려다 주지 않는다. 내 힘 스스로 저기까지 올라갈 때까지는 얼마나 걸릴까.

"저기…."

"네?"

"저희 사진 한 장 찍어줄 수 있어요?"

핸드폰을 내밀며 다가온 사람은 이상한 사람이 아닌 트리 앞에서 사진을 찍고 싶어 하는 커플이었다. 이상한 사람이라고 오해했던 내가 살짝 무색했다.

"아…. 네."

그 커플은 트리 정중앙에 서 포옹을 했다. 정말 그림이라고 해도 믿을 정도로 예뻤다.

"하나, 둘, 셋."

휴대폰 카메라 셔터를 눌렀다. 서로 사랑하고 있는 연인의 모습이 트리와 맞물려 예쁜 모습이 사진에 담겼다.

"여기요."

"감사합니다. 저희도 한 장 찍어드릴까요?"

"네?"

"아…. 커플 아니세요?"

"아 저희 그냥 친구예요."

"죄송해요. 커플인 줄 알았어요."

"그럼 우정샷 한번 찍어드릴게요."

"아…."

"감사합니다."

백시현이 우물쭈물하고 있던 나를 끌고 트리 앞으로 갔다.

"찍습니다. 하나, 둘, 셋!"

사진에는 예쁘게 보이고 싶어 브이를 하며 카메라를 쳐다봤다.

"여기요."

"감사합니다."

"저희가 더 감사하죠."

찍어주신 사진을 확인했다. 사진은 찍어주는 사람의 영향도 받는구나를 오늘 알았다.

"예쁘게 잘 나왔네."

"그러게."

우리는 거리를 좀 더 걷다가 늘 가는 공원에 도착했다. 이제 여기는 우리의 헤어짐의 장소가 되었다. 여기에서 우리가 가는 방향은 달라진다.

"잘 가."

"응. 너도."

"메리 크리스마스. 크리스마스 잘 보내."

"응. 너도."

"다녀왔습니다."

"왔어?"

"응."

"밖에 안 춥냐?"

"추워."

"근데 뭘 크리스마스이브까지 나가서 공부를 하냐."

"1학년 때 망한 성적 리셋하려면 열심히 해야지."

"오늘도 걔 만났지?"

"누구?"

"네 단짝 친구."

"응. 그래서 우리 내일 뭐 먹어?"

"안 그래도 오빠랑 같이 고르고 있었는데 얘는 또 이상한 거 말한다."

"엄마. 내가 뭘 또 이상한 걸 말해."

"크리스마스에 닭발이 뭐니. 닭발이."

"그럼 엄마는 뭐 파스타 이런 걸 원해?"

"파스타 좋은데?"

"그럼 나는 토마토 파스타."

"아빠까지 왜 그래."

"그냥 피자 먹자. 피자가 제일 무난하잖아."

"그럴까?"

"피자 좋은데?"

"역시 하늘이가 이런 걸 잘 정해."

"우리도 새해에 제야의 종 보러 갈까?"

"아빠. 사람한테 깔려서 죽어."

"너네 데리고 못 가봐서 가보고 싶긴 한데."

"뭐야. 엄마랑 아빠는 가봤어?"

"그럼. 가봤지."

"언제?"

"엄마, 아빠 연애할 때."

"오오~"

나와 오빠는 엄마, 아빠 연애했을 때의 이야기만 들으면 도파민이 흘러나왔다.

"그때는 사람 많이 없었어?"

"사람 많았지. 근데 요즘만큼 그렇게 많진 않았어."

"왜? 옛날이 더 많지 않았어?"

"옛날에는 가족들이랑 새해를 보내야 되니까."

"그런데도 엄마랑 아빠는 저거 보러 갔어?"

"또 그런다. 아 됐어. 엄마, 아빠 연애했을 때 얘기를 왜 이렇게 좋아해."

그렇게 소용돌이쳤던 크리스마스가 순식간에 지나가고 올해의 마지막 날이 되었다. 마지막 날이다 보니 단톡방이 불탔다.

2학년이 되기 싫다는 선우와, 빨리 고등학교를 졸업하고 싶다는 예슬이, 우리와 떨어지기 싫다고 땡깡부리는 유림이, 그리고 아무 감흥 없는 나와 백시현까지. 저녁에는 그렇게 시간을 보냈다.

"뭐 했다고 내가 스물하나냐."

"제발 내년에는 술 좀 그만 마시고 다녀."

"내가 뭘 얼마나 마셨는데."

"기억 안 나? 오빠 술 취해서 아빠가 데리러 갔는데 아빠가 중간에 차 세워서 오빠 길에서 토했잖아."

"그건 한 번이잖아."

"그 이후로 아빠가 오빠 절대 데리러 안 가잖아."

"그때는 내가 잘못했다. 인정."

"새벽에 그게 뭐 하는 짓이냐."

"그러고 새벽에 술 취해서 할머니, 할아버지 보고 싶다고 엄청 울었잖아."

"내 흑역사를 어디까지 들추는 거야."

나는 어깨를 으쓱거렸다.

이제 올해가 1시간밖에 안 남았다. 아쉬움보다는 기대라는 감정이 더 앞섰다. 물론 가장 행복하게 보낸 시간들을 이제는 보내줘야 한다는 아쉬움도 있었지만, 한편으로는 내년에는 얼마나 더 재밌게 보낼까라는 생각도 들었다.

"어떡해. 올해 30분밖에 안 남았어."

"헐. 보신각에 사람 왜 이렇게 많아."

"아빠. 내가 말했지? 저기 갔으면 사람에 깔려 죽었다니까."

"애들 몇 명은 저기 갔다는데."

"잘 찾아봐. 오빠 친구들 인터뷰할 수도 있어. 근데 걔네 술 먹어가지고 할 수 있으려나?"

잠잠했던 단톡방은 다시 활발해졌다.

배유림

[어떡해. 나 안 믿겨]

[나도 안 믿겨]

나선우

[뭐가 안 믿겨. 그냥 고2 되는 거지]

[무슨 세상 멸망하는 것도 아니고]

백시현

[너도 작년에는 저랬으면서]

[안 그런 척하지 마]

나선우

[헤헤. 걸렸다]

류예슬

[애교부리지 마]

[죽여버리기 전에]

나선우

[ㅠ.ㅠ]

    단톡방에서 애들이 하는 이야기를 보다 보니 어느새 10분밖에 남지 않았다.
"올해 다들 수고했다."
"아빠도 올해 수고했어."
"내년에도 다들 건강해라."
    티브이 자막에는 카운트다운이 이어졌다. 5, 4, 3, 2, 1과 함께 연이어 들려오는 제야의 종소리가 티브이로 전해졌다. 새해가 밝았다는 증거였다. 티브이에서는 병신년이 밝았다고 했다. 붉은 원숭이의 해라고 하는데 어감이 이상하다.
"잠깐만. 우리 집에 원숭이띠 있지 않나?"
"할아버지가 원숭이띠잖아."
"아, 맞다."
"새해 복 많이 받아라 애들아."
"엄마도, 아빠도."
"우리 올해는 다 부자 되자."
"너는 못 되지."
"엄마랑 아빠 부자 되라고. 오빠 빼고."
"나쁜 년."

배유림

[얘들아. 새해 복 많이 받아!]

[이모티콘을 보냈습니다.]

백시현

[새해 복 많이 받아]

[새해 복 많이 받아]

[이모티콘을 보냈습니다.]

류예슬

[너네도 많이 받아]

나선우

[너네가 준 복은]

[내가 야무지게 먹을게]

[사진을 보냈습니다.]

백시현

[ㅁㅊㄴ]

나선우

[ㅎ.ㅎ]

류예슬

[먹고 돼지 돼라]

나도 애들에게 새해 복 많이 받으라는 말을 남겼다.
"새해도 됐는데 윷놀이할까?"
"돈내기?"
"10,000원 내기."
"콜!"
"나랑 엄마랑 팀. 아빠랑 오빠랑 팀 해."
"이길 수 있겠어."
"두고 보면 알지."
그렇게 우리는 평범하게 새해를 맞이했다.

입추

: 가을의 시작

멀게만 느껴졌던 나의 고3은 생각보다 금세 찾아왔다. 1년 6개월이라는 시간은 정말 빛의 속도로 흘러갔다. 수능은 지금을 기점으로 딱 세 달 남은 8월. 8월의 태양은 뜨거웠고 우리는 그런 뜨거운 지옥 속에서 공부만 하지는 않았다. 매일 애들과 만났고 1학년 때처럼 놀았다. 신기했다. 그중에 제일 신기했던 건 백시현과 3년 내내 같은 반이었던 것이었다. 지금 내 옆에 있는 것도.

"다 풀었어?"

백시현이었다.

"응. 다 풀었는데 머리 깨질 거 같아."

"빨리 에이드 한 모금 해."

그의 말대로 나는 청포도에이드를 급히 수혈했다. 달달한 걸 먹으니 예민했던 것도 조금은 풀리는 것 같다.

"진짜 뭐 했다고 우리가 고3이고 뭐 했다고 수능이 세 달밖에 안 남았냐."

"그러니까. 애들이랑 그렇게 철없게 놀았던 게 엊그제 같은데."

"아직도 철이 없긴 해."

"맞긴 하지."

"아…. 진짜 9모 잘 봐야 되는데."

"저번 6모 때 너 몇 등급이랬지?"

"국어 2등급. 사탐 하나 4등급. 나머지 다 3등급."

"뭐야. 잘 봤네."

"모든 과목이 1등급인 네가 그런 말 하니까 좀 재수 없다."

"나도 저번에 미끄러졌어."

"네가? 뭘 틀렸는데?"

"수학 미적분 3개 틀렸나 그랬을걸? 집에서 쫓겨날 뻔했어."

"그래도 잘 본 거잖아…."

"그런가."

그는 창밖을 바라보았다. 햇빛은 쨍쨍하다 못해 눈이 멀어버릴 것 같았다.

내가 좋아하는 계절이 돌아왔다. 이상하게 여름 풍경을 보면 기분이 좋아졌다. 왜일까?

"근데 진짜 덥긴 하다. 한여름이네."

"그러게. 덥네."

밖에서 불어오는 더운 바람과 실내에서 트는 에어컨이 만나는 공기가 좋았다. 뭐랄까, 자연 바람과 인공적인 바람이 만나 기분 좋게 만든달까? 그리고 더울 때 먹는 청포도에이드가 세상에서 제일 맛있게 느껴졌다.

"그만 가자. 좀 있으면 7시다."

"그래."

컵이 두 개 든 접시를 카운터에 올려놓았다.

"잘 먹었습니다. 안녕히 계세요."

"그래. 잘 가."

2년 동안 꾸준히 와서 그런지 사장님과도 친해졌다. 이제는 오랜만에 가면 왜 그동안 안 왔냐고 서운하다고 하시는 사장님이셨다. 참 정이 많으신 사장님인 것 같다.

"비 오려나? 왜 이렇게 덥지?"

"비 왔으면 좋겠다."

"비 오는 게 좋아?"

"응. 빗소리 듣고 있으면 묘하게 힐링돼."

"빗소리만 듣고 있는 건 아니지 않아?"

"더워 죽겠는데 비 맞고 있으면 내 안에 있는 더위가 빗물로 내려가는 거 같은 느낌이랄까? 아무튼 그래."

"그렇구나."

중학생 때부터 그랬다. 그냥 뭐랄까…. 비가 오면 내 안에서 응어리진 고민과 생각들이 빗물에 씻겨내려 가는 것 같았다. 가끔가다 그런 비를 맞으며 그 기분을 직접 느끼기도 했다.

"내일 1시. 내일 보자."

"그래. 내일 봐."

고3이 되고 내 일상은 크게 변할 줄 알았다. 하지만 예상과는 달리 변화는 없었다. 그냥 모든 게 똑같았다. 그냥 공부할 양이 다섯 배는 많아진 정도?

원하는 대학, 원하는 학과를 가기 위해 나는 잠을 줄여가며 공부했다. 그 덕분에 학교 성적과 모의고사는 원하는 학교에 가기 위한 성적이 되었다.

"너 수능 세 달 남았네?"

"응. 오빠는 고3 때 크게 변한 게 있어?"

"크게 변한 건 없지. 그냥 마음가짐? 내가 올해 열심히 하냐, 안 하냐에 내 1년이 달린 거니까."

"그래?"

"왜? 이제 세 달 남으니까 무서워?"

"무섭기보다는…. 그냥 빨리 끝났으면 좋겠어."

"생각보다 시간은 빨리 지나가. 그냥 너는 너대로 열심히 하면 돼."

다음 날이 되었다. 역시 우리는 늘 만나던 장소에서, 늘 같이 가는 카페에서, 늘 같이 공부했다.

"너는 의대 갈 거야?"

"음…. 글쎄, 잘 모르겠네. 내가 의대 가면 진짜 누나 인생을 대신 사는 거 아닌가? 나는 누나 인생을 대신 살고 싶지는 않은데."

"왜 누나 인생을 대신 산다고 생각해? 네가 가고 싶으면 가는 거고 안 가고 싶으면 안 가는 건데."

"그런가?"

"너는 무슨 과 가고 싶은데?"

백시현은 한동안 말을 하지 않다가 천천히 입을 뗐다.

"회화과."

"순수미술?"

"응."

백시현은 가방에서 한 노트를 꺼냈다. 노트를 펼쳤더니 수많은 그림들이 그려져 있었다. 노트 하나를 빼곡히 채웠다.

"다 네가 그린 거야?"

"응. 내가 그린 거야."

"언제부터 그렸어?"

"재작년 9월이었나? 너 사진작가 진로로 정했다고 했던 날부터 그렸어."

"진짜? 근데 왜 그날이었어?"

"네가 하고 싶은 거 찾았을 때 보기 좋았거든. 그래서 나도 용기를 냈어. 아직 엄마한테 얘기는 못 했지만."

그의 옅은 미소는 어디 한구석이 쓸쓸해 보였다. 그럴 만도 했다. 백시현이 미대를 가고 싶다고 하면 그의 어머니는 가만히 계실 분이 아니셨다. 하고 싶은 게 버젓이 있음에도 불구하고 그걸 이루지 못한다는 사실에, 그의 잔혹한 현실에 왠지 모르게 마음이 좋지 않았다.

그의 옅은 미소는 어디 한구석이 쓸쓸해 보였다.

시간이 흘렀고 해가 저물기 시작했다. 창밖으로 보는 하늘은 주황색을 띠고 있었다.

"그만 갈까?"

"그래."

접시와 컵이 든 쟁반을 카운터에 올려놓았다.

"안녕히 계세요."

"학생들 우산 챙겨 왔어?"

"우산이요?"

"밖에 비 오는데."

"진짜요?"

카페 문을 열고 보니 비는 생각보다 거세게 내렸다. 그가 손을 뻗어 비가 얼마나 오는지 가늠했다. 그 모습이 만난 지 얼마 안 되었던 때와 겹쳐 보였다. 그때는 함께 우산을 쓰고 빗길을 걸었는데.

"근처에 편의점 없을 텐데…"

"어쩔 수 없다. 그냥 맞고 가자."

"뭐?"

그는 나의 손을 잡고 빗줄기가 우수수 떨어지는 길로 향했다. 덥고 습한 공기는 비 때문인지 금세 날아가 버렸다. 시원했다.

"내일 감기 걸리면 어쩌려고."

"내일은 내일 생각해야지."

"얼른 편의점 가자. 이러다 진짜 내일 감기 걸려."

"비 오면 생각이나 고민이 내려가는 거 같다며. 맞으면서 스트레스 좀 풀어. 너 요새 공부밖에 안 했잖아."

생각에 빠졌다. 정말 최근에는 공부밖에 안 한 것 같다. 그 생각에 너무 억울해 정말 미친년처럼 비를 맞으며 놀았다. 웅덩이를 밟으며 돌아다니고, 나뭇잎에서 뚝뚝 떨어지는 물기를 보며 괜히 나뭇잎들을 건드리기도 했다. 내 옆에는 내 행동을 보고 따라 하는 백시현과 함께였다. 우리는 비를 맞으며 공원으로 향했고, 더 깊숙이 들어가 놀이터에 도착했다.

"와. 이렇게 스트레스 풀면서 노는 거 진짜 오랜만이다."

"그러게. 최근 들어서 네 표정 제일 좋아 보여."

"너도 재밌지?"

"응. 재밌어."

그의 머리카락에서 빗물들이 뚝뚝 떨어졌다.

"너랑 있으면 사소한 것도 재밌어져."

그의 말에 모든 시공간이 멈추고 빗줄기가 떨어지는 소리밖에 들리지 않았다. 하지만 현실은 금세 다시 돌아왔다.

"이제 놀 만큼 다 놀았지? 얼른 집에 가자. 내일 진짜 감기 걸리겠네."

그의 말을 애써 무시했다. 고3이니까. 단 한 순간의 판단 착오로 우리의 인생이 좌지우지될 수도 있으니까. 인생처럼 긴 시간은 아니더라도 당장 우리의 1년이 걸려 있다.

"말 돌리지 말고."

그가 나의 손을 잡고 물었다.

"너도 알잖아. 내가 너 어떻게 생각하는지."

그가 그동안 나를 어떻게 생각하는지, 어떤 눈빛으로 바라보는지 나는 다 알고 있었다. 모른 척할 수가 없었다. 다섯 살짜리 꼬마 애도 알 정도였다. 하지만 모르는 체했다. 해야만 했다. 그의 주변 사람들이 나를 탐탁지 않아 했으니까. 다른 사람들의 시선을 신경 쓰기 바빴다.

"지금 선택하라고 말 안 해. 그냥 생각 한 번만 해달라고."

나는 고개를 끄덕였다.

비가 차츰 그치고 바람이 불어왔다. 금세 집에 도착했다. 그와 놀이터에서 헤어지고 한참이나 생각했다. 나는 이제 어떻게 해야 하지? 친구인 이 관계를 깨고 연인으로 만나게 된다면? 나는 친구들과의 관계가 영원했으면 좋겠다고 생각했는데 만약 만나다가 헤어지면? 그때는 애들과의 관계도 깨지는 건가?

온갖 잡생각들이 내 머릿속을 헤집어 놓았다.

"아…. 진짜 미치겠네."

"뭐가 미쳐?"

"아…. 깜짝아!"

뒤에서 갑자기 튀어나온 건 오빠였다.

"너 뭐 했길래 그렇게 젖었냐? 너 우산 안 가지고 갔어?"

"응. 우산 안 가져갔어."

"잘한다. 너 또 감기 걸리면 난 모른다."

"말 한번 예쁘게 하네."

"근데 뭐가 미쳐?"

"아니…. 아니야."

"뭔데. 뭐냐고."

오빠가 방 안까지 따라와 무슨 일이냐고 물었다. 안 그래도 머릿속이 꼬이고 꼬여 복잡해 죽겠는데 왜 이러는지….

*

어색함을 견디지 못해 남은 방학에는 혼자 집에서 공부했다. 그리고 드디어 개학 날이 되었다.

예슬이와 백시현과 같은 반이 된 나는 평소에 등교하지도 않는 이른 시간에 등교했다. 일찍 등교해서 책상에 엎드려 자고 있으면 그래도 백시현을 덜 마주치지 않을까? 하는 바람으로.

하지만 하나 잊고 있었던 게 있었다. 백시현도 등교를 일찍 한다는 걸.

그날 이후로 처음 만나는 거였다. 나는 로봇이 된 것처럼 뚝딱거렸다. 가방을 놓는 것도, 필통을 꺼내는 것도, 펜을 잡는 것도 어색한 기류 때문에 미쳐버릴 것 같았다. 왜 하필이면 또 같은 반에, 또 옆자리인지.

그는 내 모습이 웃긴지 작게 웃었다.

"왜 웃어?"

"어색하다고 몸으로 말하는 네가 웃겨서."

"나 안 어색해."

어색하지 않다고 하면서 금방 또 펜을 바닥에 떨어뜨렸

다. 이 뚝딱거림을 보고 누가 안 어색하다고 생각할까.

그는 떨어진 내 펜을 주웠다.

"내가 말했잖아. 선택하라고 너한테 그런 말 한 거 아닌 거."

"어?"

"너무 신경 쓰지 말라고."

눈을 맞춰 오는 그에 나는 귀가 빨개진 것을 느낌과 동시에 나는 고개를 힘차게 끄덕였다.

*

세 달이라는 시간이 정말 순식간에 흐르고 드디어 수능이 사흘밖에 안 남았다. 우리는 떨리는 마음을 가라앉히고 공부를 했다. 오늘 하루는 좀 뜻깊은 하루였다. 나와 백시현은 물론이고, 유림이와 선우까지 카페에서 공부를 했다.

"와…. 진짜 낼모레가 수능이라고? 거짓말하지 마."

"정정해. 낼모레가 아니고 사흘 뒤야."

"그게 그거지."

"달라."

얘네는 아직도 열일곱에 머물고 있는 것 같다. 여름과 달리 늦가을은 해가 빨리 졌다. 컨디션 관리를 위해 나와 백시현은 항상 6시면 카페를 나왔다. 그날도 예외는 아니었다.

"얘들아. 우리 꼭 수능 잘 보고 만나자…."

힘없는 목소리로 말하는 유림이는 거의 울 것 같은 표정이었다.

"잘 볼 거면서 그런다."

나는 유림이를 안아주었다.

"안 돼. 눈물 들어가!"

"우리 간다?"

선우는 유림이의 가방을 끌고 골목으로 들어갔다.

"하늘아. 꼭 잘 봐!"

"너도 잘 봐."

차가운 바람이 코끝을 스쳤다.

"근데 안 믿기긴 한다."

"뭐가?"

"사흘 뒤가 수능인 거. 나는 우리가 계속 고딩일 줄 알았어."

"나는 수능보다 한 달 반 뒤에 스무 살인 게 안 믿긴다."

"진짜 말도 안 돼. 나 스무 살 안 할래."

"그러면 고3 한 번 더 하든가."

"그건 죽어도 안 해."

그는 피식 웃음을 지었다.

"아 맞다. 나 내일이랑 모레에는 못 만나."

"왜?"

"이틀 연속으로 과외가 다 잡혀 있어."

"그러면 수능 보기 전 만나는 건 오늘이 마지막인가?"

"그치."

"그럼 잠깐만 기다려 봐."

나는 바로 앞에 있는 편의점에 들어갔다. 사고 난 뒤 편의점 테이블에 앉아 급하게 무언가를 그렸다.

"안녕히 계세요."

편의점 문을 열고 나오자 입김이 나왔다.

"이게 뭐야? 휴지?"

나는 백시현에게 두루마리 휴지와 내가 쓴 응원을 담은 쪽지를 건넸다.

"잘 풀라고."

그는 입꼬리를 잔뜩 올리며 웃었다.

"나는 뭐 엿이라도 줘야 되나?"

"지금 있어?"

"없지."

"뭐야."

"고마워."

멈춰 있던 발은 다시 걷기 시작했다.

"우리 수능 끝나고 만날래?"

"수능 끝나고?"

"응. 만나서 가채점하자. 그래도 2년 동안 거의 맨날 만나서 공부했는데 마지막도 같이 해야지."

"그래. 그러자."

우리는 늘 헤어지던 공원에 이르렀다. 오묘한 눈빛을 주고받았다. 인생의 변환점이 될 수 있는 시험을 잘 보고 오라고 말하는 것 같았다. 어느새 우리는 눈빛만으로도 말을 할 수 있는 그런 사이가 되었다.

"수능 잘 봐. 백시현."

"너도."

우리는 그렇게 헤어졌고 정말 밤을 새워가며 공부하며 드디어 수능 날이 다가왔다. 사실 수능 당일이면 엄청 떨릴 줄 알았다.

"너 청심환 안 먹어도 돼?"

"왜?"

"너 손 봐. 엄청 떨어."

그렇다. 너무 떨린다. 손은 수전증이 있는 사람보다 더 떨렸다.

"이 정도는 괜찮아."

손을 감추고 창밖으로 시선을 옮겼다.

이 시험이 끝나면 백시현에게 고백해야겠다고 생각했다.

그 생각 하나만으로 세 달을 버텼다. 하나의 목표를 이루고 또 다른 목표가 생기는 것이었다.

시험은 꽤 어려웠다. 그러나 나만 어려운 건 아닌 것 같았다. 주위를 둘러보니 다들 머리를 싸매고 문제를 풀고 있었다. 생각한 것보다 시간에 쫓기지는 않았다. 그건 다 백시현 덕분이었다. 그런 그에게 고마움을 넘어 다른 감정을 품기 시작했다. 얼른 시험이 끝나기를 바랐다.

시험이 끝났다. 가족들은 고생했다며 나를 데리러 왔다. 엄마는 눈물을 훔쳤다.

"엄마 나 수능 볼 때는 안 울더니. 이러기야?"

"우리 집 막내 이제 성인 되는 거 같아서 슬퍼서 그렇지."

"우리 엄마 갱년기네."

엄마는 나를 안아줬다.

"고생했어. 하늘아."

가는 길이 꽉 막혔다. 나는 차 안에서 백시현에게 연락을 보냈다. 어디서 볼까? 언제 볼까? 그는 금방금방 답을 해줬다. 늘 만나는 공원에서 저녁 7시에 보기로 했다.

나는 가족들과 저녁을 먹었다. 아빠가 "성인 되면 뭐 하고 싶어?"라고 물었다.

"음…. 나는 가족들이랑 술 마실 거야."

"그럼 그 술은 네가 사는 거야?"

"내가 사지. 근데 오빠는 안 사줄 거야."

"뭐야, 나는 왜?"

"오빠는 술만 먹었다 하면 토하잖아."

"내가 언제 토했다고."

"어제도 와서 변기 붙잡고 했잖아."

"그거는 위 아파서 그런 거고."

"네네. 어련하시겠어요."

모처럼 평화로운 저녁이었다. 밥을 다 먹고 방에 들어가 옷을 갈아입고 놀이터로 향했다. 내가 먼저 도착했다. 그네에 올라탔다. 손에는 오늘 봤던 시험지가 들려 있었다. 롱패딩을 두껍게 입고 핫팩을 손에 쥐며 백시현을 기다렸다. 그는 30분이 지나도록 오지 않았다. 백시현은 시간 약속을 잘 지켰다. 약속 시간보다 5분, 10분씩 일찍 오던 애였다. 그에게 어디냐고, 언제 오냐고 연락을 보냈다. 하지만 답장은 오지 않았다. 잠들었나? 하고 백시현에게 전화를 걸었다. 연결음만 계속될 뿐 그의 목소리가 들리지는 않는다. 계속 기다렸다. 1시간, 2시간이 지나도록. 오지 않았다. 연락도 보지 않고, 전화도 받지 않았다.

다음 날이 되었다. 이렇게 연락을 확인하지 않는 애가 아닌데. 걱정스러운 마음으로 계속 전화를 걸었다. 언젠간 연락이 오겠지 하고 계속 그를 기다렸다. 이미 내가 보낸 연락들은 열 통이 넘어가고 있었다. 하루, 이틀, 사흘, 일주일. 연락을 하는 애들은 있겠지 하고 친구들에게 물었다. 유람이와 예슬이, 마지막 희망인 선우에게 연락을 해봤다. 하지만 친구들에게 돌아오는 대답은 늘 똑같았다.

백시현? 백시현이 네 전화도 안 받아?

그렇다. 백시현이 사라졌다. 흔적도 없이 아무도 모르게.

한
로

: 찬 이슬이 맺히기 시작하는 날

장차 8년 만이었다. 짧지 않은 시간 동안 어디에서 뭘 하고 왜 사라졌는지 묻고 싶었다. 그토록 묻고 싶었던 말이었지만 막상 그 상황이 되자 내 생각대로 입은 움직이지 않았다. 그저 그 애를 뚫어지게 바라볼 뿐 내가 할 수 있는 건 아무것도 없었다.

그 애는 내 맞은편에 앉았다. 내가 그를 기다리고 있었다는 사실을 알고 있는 유림이와 예슬이, 선우는 어쩔 줄 몰라했다. 하지만 괜히 나 때문에 이 동창회의 분위기를 망칠 수는 없었다. 최대한 아무렇지 않은 척해야 했다. 그래야 되는데….

"나 화장실 좀 다녀올게."

"응. 다녀와."

정신이 몽롱했다. 취기 때문인지 아니면 그 애가 돌아와서 그런 건지 알 수 없었다. 세면대에서 손을 씻었다. 흐르는 물을 바라보며 생각에 잠겼다. 왜 사라졌는지, 왜 연락을 안 했는지, 왜 동창회에 나온 건지. 온통 머릿속에는 그와 관련된 '왜'라는 생각밖에 나지 않았다.

"하늘아."

유림이와 예슬이었다. 거울로 바라보는 두 사람의 표정이 좋지 않다. 아무래도 나 때문이겠지.

"너 괜찮아?"

"괜찮을 줄 알았는데 안 괜찮네."

"괜찮은 줄 알기는. 난 너 이럴 줄 알았어."

유림이와 예슬이가 화를 냈다. 내 마음을 대변해 주는 듯하다.

"백시현한테 할 말은 없어?"

"하고 싶은 말이 그렇게 많았는데 막상 얼굴 보니까 뭐라 말을 못 하겠어."

"하긴. 8년 동안 기다린 사람한테 어떻게 말을 그렇게 쉽게 하겠냐."

"걔는…. 애들이랑 말은 잘해?"

"응. 근데 나선우랑은 말을 안 하던데."

"나선우도 실망했겠지. 초등학교 때부터 친구였던 애가 자기한테 말도 안 하고 사라졌는데."

"하…. 어떻게 해야 되지?"

막막했다. 딱 그 표현이 맞았다. 그렇게 마주하고, 보고 싶었던 시현이가 눈앞에 있는데 당장 무슨 말을 해야 할지 모르겠다. 눈도 똑바로 쳐다볼 용기도 없었다.

"그냥 평소처럼 행동해. 그게 제일 나아."

"그래."

그래도 내 옆에 이런 친구들이 있어 다행이다. 누가 잘못하더라도 항상 내 편인 든든한 친구들.

"알았어. 해볼게."

*

"하늘아 괜찮아?"

"아오. 가만히 좀 있어봐."

하늘이가 취했다. 평소에 술을 못하지는 않았던 하늘이가 취한 걸 나도 처음 봤고, 예슬이와 선우도 처음 봤다. 자꾸 몸이 바닥으로 흘러내리려는 하늘이를 선우가 잡아줬다.

"나 혼자 걸을 수 있어!"

하늘이 혼자 걸을 수는 있었다. 조금 많이 휘청거릴 뿐. 우리끼리 너무 바빴다.

"어떡하지? 얘 집 보내야 되는데."

"하늘이 집 어딘지 알아?"

"최근에 이사했다고 했어."

"그냥 우리 집에서 재울까?"

"일단 택시부터 부르자."

"야야. 쟤 고꾸라진다!"

굽이 높은 신발을 신은 하늘이가 넘어지려고 했다. 언제 저기까지 갔는지 우리가 가기엔 이미 글렀다고 생각할 때 잡아준 사람이 있었다.

"괜찮아?"

백시현이었다. 둘은 한동안 말없이 서로만 바라봤다. 우리도 함께 숨 쉬는 걸 멈췄다.

"내가 데려갈게."

"뭐? 그게 뭔 소리…."

"아냐. 그래도 돼."

예슬이가 백시현에게 화를 내려고 하니까 선우가 급하게 예슬이의 입을 막았다. 백시현은 금방 택시를 불렀고 그렇게 그 둘은 말없이 조용히 사라졌다.

"저래도 되는 거야?"

"안 좋아지진 않겠지."

"유하늘이 백시현을 보고 싶어 했던 만큼 그 새끼도 유하늘 보고 싶어 했을 거야."

정말 둘이 하늘이 맺은 인연이라면 다시 만나길 우리는 8년 동안 수도 없이 빌었다. 그리고 그 기도는 현실이 되었고 또 다른 우리의 소망이 이루어질지 아무도 모른다.

*

술에 취해 휘청거리던 나는 시현이에게 부축받아 그의 자취방으로 들어왔다. 좀 정신을 차려 자취방을 들여다보았다. 사치스러운 장식품은 없었고 깔끔했다. 시현이다웠다.
"자고 가."
시현이의 건조한 말투 때문에 눈물이 날 뻔했다.
"너는?"
"내가 나갈게."
이렇게 간다고? 매일매일 기다렸다. 너는 네가 없는 8년이라는 시간이 내게는 얼마나 가혹했는지 모르겠지.
그의 옷소매를 잡았다.
"가지 마."
어느덧 내 눈가에는 눈물이 맺혔다. 울지 않으려고 했는데 자연스레 나오는 눈물이었다.
취기에 뱉는 말이라고 생각하겠지. 하지만 말하고 싶었다. 내가 얼마나 기다렸는지. 네가 없는 그 8년을 내가 어떻게 버텼는지.
"이렇게 또 가버릴 거야?"

그는 멈춰 섰다. 서 있는 자리에서 아무 말도 하지 않고 아무 데도 가지 않았다. 그냥 이대로 있어도 좋다. 이대로 시간이 멈췄으면 했다.

"나 아직 그 놀이터에 있어. 나 좀 거기에서 찾아줘…."

아직 헤어 나오지 못한 나를 찾아주길 바랐다. 그 애가 없는 시간 동안 그곳이 있어 버텼다. 그곳에 온전히 남아 있는 기억들은 나를 그 시절에 데려다 놓았다.

"그 긴 시간 동안 정말 내 생각 한 번도 안 했어?"

시계 초침 소리만이 우리를 감싸안았다. 째깍째깍 들려오는 소리에 점점 더위가 몰아친다. 소리가 계속될수록 초조해진다. 정말 생각이 안 났다고 할까 봐, 나를 잊었다고 할까 봐 무섭다.

"했어."

그 한마디가 뭐라고 이렇게 안심되는 걸까.

"했구나."

힘이 없는 목소리로 말했다. 눈물이 침대 시트 위로 떨어졌다. 그 눈물은 지난 8년 동안 내 안에 쌓인 감정이었다.

"근데 왜 안 왔어. 얼마나 기다렸는데…."

눈물이 쏟아졌다. 그동안 속에서 웅어리진 마음이 풀리고 있다. 녹여진 마음은 흘러내리기 시작한다. 하지만 냉혹한 단 한마디에 다시 정신을 차린다.

"잊으려고."

"…뭐?"

"잊으려고 안 갔어."

침대 모서리에 앉아 허공을 바라보는 그의 말에는 진심이 묻어 있었다. 믿기 힘든 현실에 넋이 나갔다. 겨우겨우 정신줄을 붙잡은 채 그의 옆으로 다가갔다. 그의 얼굴을 잡고 내게로 돌렸다.

"나 좋아했던 거 아니었어?"

이 말을 이런 식으로 할 줄은 나도 몰랐다. 두근대는 소리가 귓가에 전달되었다. 술김에 더웠던 공기가 밖에 있는 공기와 맞물려 점점 싸늘해진다.

그는 얼굴에 얹고 있던 내 손을 잡고 이불 위로 가지런히 모으며 말했다.

"좋아했어."

좋아해라는 말의 과거형, 좋아했어.

그제서야 깨달았다. 사랑은 현재진행형어야만 성립할 수 있는 관계라는 걸. 우리가 자각하지 못했던 사랑은 추억이 되었고 현재가 아닌 과거로 남게 되었다.

*

"하늘 씨, 하늘 씨!"

"네?"

"무슨 생각을 하길래 그렇게 멍을 때려?"

"아, 아무것도 아니에요."

"촬영 얼마 안 남았어."

"알고 있어요."

"모델 준비됐습니다."

요즘 넋이 나가는 일이 많아졌다. 집에 있을 때는 물론, 친구들을 만날 때도 심지어 일할 때도 그랬다. 계속 이럴 수는 없다. 곧 있으면 처음으로 주최하는 전시회도 열리는 마당에 하루 종일 이러고 있을 수는 없다.

다시 카메라를 들었다. 카메라를 조정하고 앞에 서 있는 모델을 바라봤다.

"백시현?"

백시현이었다. 어째서 다시 굳게 마음을 먹으려고 할 때마다 그 애가 나타나서 다시 흔들어 놓을 수 있을까.

말이 없었다. 분명 내가 이름을 부르는 걸 들었을 텐데.

다행히 작은 목소리로 말해 스텝들은 못 들은 것 같다. 업무와 관련된 일에 더 이상 민폐를 끼칠 수는 없다. 떨리는 손으로 카메라를 들어 초점을 맞췄다. 이 일을 꽤 했던 건지 그는 능숙하게 포즈를 잡으며 카메라를 바라봤다.

한 장씩 찍을 때마다 손이 떨려온다. 식은땀도 나는 것 같다. 사람들은 A컷이라며 박수를 치고 환호한다.

그때, 그와 눈이 마주쳤다. 갑자기 주마등처럼 고등학생 시절이 스친다.

"저희 조금만 쉬었다 할게요."

"네."

계속되는 촬영에 직원들도 쉰다는 말에 좋아했다. 그나마 다행이었다.

자리에서 일어나 직원 휴게실로 향했다. 믹스 커피 두 개를 타선 그 자리에서 원샷을 했다. 그럼에도 갈증은 해소되지 않았다.

문이 끼익- 하고 누가 들어왔다. 시현이었다.

그는 아무 말도 없이 커피를 내린다. 어색한 정적이 나를 얼어붙게 만든다. 내 시선은 그를 향하고 있었다. 그날이 꿈인 줄 알았지만 꿈이 아니었다. 아직도 그 기억이 생생한 걸 보니. 그의 옆모습이 그의 진심을 말하고 있었으니.

"궁금한 거 있으면 말해도 돼."

여전했다. 그는 내 눈빛에 묻어나오는 질문을 꿰뚫어 보았다.

"…모델 된 거야?"

"피팅모델 공고 떴길래 알바 지원해서 뽑힌 거야."

"그렇구나."

또다시 정적이 흘렀다. 백시현의 분위기는 사뭇 달랐다. 예전처럼 함부로 말을 걸 수 없게 됐다. 그동안 무슨 일이 있었는지 너무 묻고 싶다.

그가 먼저 말을 꺼냈다.

"그때 말한 건…."

키가 더 자란 건지 예전보다 고개를 더 젖혀 그의 눈을 바라봤다.

"진심이었어."

"그래 보였어."

"혹시 상처받았어?"

내 상처에 대해 묻는 그에게 화가 났다.

"받았으면? 그러면 뭐가 달라져?"

"…."

"아무리 친구였어도 연락은 해야 될 거 아니야."

"…."

"왜 말을 못 해?"

"작가님. 촬영 준비 다 됐어요."

갑자기 들어온 어시 덕분에 더 큰 상황은 모면할 수 있었다. 그는 기다렸다는 듯이 종이컵에 남아 있는 커피를 목에 털어내고 직원 휴게실을 나섰다.

"백시현!"

그는 내 목소리를 무시하고 갈 길을 갔다.

화가 났다. 아무리 그렇게 끝난 사이여도 시현이는 그동안 같이 지냈던 시간들이 무의미해질 정도로 차갑게 대했다. 짧았지만 내 나름대로는 깊은 관계였다고 생각했다. 내 착각이었나 보다.

"작가님. 저 모델분이랑 아는 사이세요?"

"그냥…. 고등학교 동창이었어."

이 상황에서 너와 그저 고등학교 동창이라고만 말할 수밖에 없는 이 관계가 나는 싫었다.

"어? 저 모델분 핸드폰 놓고 가셨는데요?"

뒤집혀 있는 휴대폰이 내 눈에 들어왔다.

"이건…."

케이스 안에 있는 작은 종이. 그리고 그 안에 그려져 있는 문구.

> 찍는 건 너답지 않으니까 잘 풀어 ㅎ.ㅎ

내가 마지막으로 그를 만났을 때 급하게 편의점에서 네임펜을 사 그에게 건네줬던 응원 쪽지였다.

그 조그마한 종이를 보고 눈에서 눈물이 고였다.

"작가님 우세요?"

"어? 아니야. 울기는."

흐르려는 눈물을 급하게 옷소매로 닦았다.

"이거 그 모델한테 전해줘."

"네!"

시현이 핸드폰을 어시한테 전해주고 그녀는 휴게실 밖으로 나갔다. 왜 저 종이를 아직도 가지고 다닐까. 그리고 왜 핸드폰 케이스에 간직하고 다닐까. 온갖 궁금증을 품었지만 해소할 방법은 없었다. 내가 아는 백시현이 아직 돌아오지 않았으니까.

"저는 이만 퇴근해 보겠습니다."

"하늘 씨. 우리 오늘 다 같이 저녁 먹기로 했는데 같이 안 갈래?"

"며칠 전에 술을 하도 먹었더니 아직도 속이 쓰려서요. 저는 전시회 끝나고 합류하겠습니다."

"아쉽네. 잘 가."

"네."

주머니에 손을 넣으며 겨울 길거리를 돌아다닌다. 입김이 나온다. 귀와 코가 아려오기 시작한다. 스튜디오는 집과 그리 멀지 않았다. 버스 타고 20분 정도 가야 했지만 오늘은 생각이 많아 걷고 싶었다.

공원에 도착했다. 놀이터로 향했다. 여전히 생각이 많아질 때면 제일 처음으로 생각나는 장소다. 그네에 앉았다. 10년 전과 별다를 게 없어졌는데. 우리는 왜 이럴까. 달라진 거라고는 백시현이 없는 것뿐인데.

그 애가 보고 싶을 때마다 이곳을 찾았다. 이곳은 그 애와 함께한 추억이 제일 많은 곳이었다. 우리는 늘 여기에서 만났고, 여기에서 헤어졌다. 그래서 그런가. 오지 않을 것을 아는데도, 그래도 기대하게 된다. 항상 웃으면서 여길 찾아오던 그 애니까 지금도 그때처럼 환하게 웃으면서 오지 않을까. 이곳은 그 애와 나의 추억 속에 잠긴 그런 곳이 되었다.

나마저도 그 추억을 잊으면 우리 기억하고 있는 가장 예뻤던 추억들이 사라질까 봐 잊지도 못하겠다. 결국 이렇게 되려고 그렇게 아름다웠던 걸까. 일에 치이고, 사람에 치여 사는 이유를 찾지 못한 채 그저 살아가는, 그런 삶을 살아가려고 그렇게 아름다웠나.

"되게 보고 싶네."
그 시절이,

그 애가,

그 여름이 되게 보고 싶다.

바람이 불었다. 내 말에 그 시절이 대답한 듯, 그 애가 대답한 듯, 그 여름이 대답한 듯싶었다. 나도 모르게 웃음이 나왔다. 그렇지 않다는 걸 알면서도 괜한 희망이 나를 더 괴롭게 하는 걸 알면서도, 나는 그가 보고 싶고 그를 기다린다.

"잊으려고 안 왔다면서…. 핸드폰에 그건 왜 가지고 다닌 건데…."

모순 그 자체였다.

*

전시회장 근처에 있는 카페에서 음료를 주문했다. 지금은 창가를 바라보며 음료를 기다리고 있는 중이다.

한 계절이 훌쩍 지나고 여름이 다가왔다. 또 여름이었다.

"다시 돌아왔구나."

돌아오지 않을 것만 같았던 여름은 금세 돌아왔다. 역시 시간은 빨랐다.

"주문하신 음료 여덟 잔 나왔습니다."

"감사합니다."

날씨가 더웠다. 분명히 몇 달 전까지만 해도 창백했던 나무가 지금은 초록색을 띠며 푸르렀다. 세상은 색채로 가득했다.
"예쁘네."

뜨거운 태양이 밝게 빛나던 7월의 어느 날.
그립다. 그날의 태양이.

"커피 사 왔어요."
"아, 커피 수혈 제대로네."
"저희 이제 전시 2주 남았죠?"
"그러게. 3개월이 후딱 지나가네."
"그동안 수고 많으셨어요. 작가님."
"에이. 이거 다 나 혼자 했나? 다 같이했지."
"근데 어떻게 고등학생 때 찍은 사진으로 전시회를 열 생각을 하셨어요?"
"그냥. 우리가 제일 예뻤던 때를 사람들한테 보여주고 싶어서."
"오…."
"근데 예쁜 것만 있지는 않잖아. 친구가 입 크게 벌리고 떡볶이 먹는 사진도 걸어놨는데."
"에이. 그것도 다 추억이죠."

추억? 그래. 추억은 그 시절의 기억을 미화시키고, 아름답게 만든다. 좋은 기억은 추억이 되고, 나쁜 기억은 경험이 된다.

"자, 남은 2주까지 파이팅하자."

"네."

*

궁금했다. 10년 전에도 사진 찍는 걸 좋아했던 그 애가 어느새 사진작가가 되어 전시회를 열게 되었다는 사실이. 늘 아름다운 추억을 카메라에 담아냈다. 꼭 자신만의 전시회를 열고 싶다는 그 애의 소망이 이루어졌다. 하늘이는 내가 오는 걸 아는 건지, 모르는 건지. 몰랐으면 좋겠다. 하늘이가 더이상 나 때문에 신경 쓰는 일은 없었으면 좋겠다.

이번 전시회의 제목은 푸른 봄이다. 콘셉트는 사진작가의 학창시절이라고 했다. 하늘이의 회사 메일로 내게 메일을 보내왔다. 이번 전시회에서 내 사진이 필요한데 사용해도 되냐고. 나는 흔쾌히 수락했다. 하지만 그게 하늘이가 보낸 메일인지, 그냥 회사 직원이 보낸 메일인지는 알 수 없다.

전시장 안으로 들어갔다. 놀랐다. 그때는 그저 핸드폰과 디지털카메라로 찍은 게 전부였는데.

살구나무 아래에서 찍었던 류예슬의 사진, 제목은 너랑

살구야.

체육대회 때 하늘이와 배유림이 함께 찍은 사진, 제목은 하늘 아래 두 여고생.

나선우와 배유림이 분식집에 가서 떡볶이를 먹고 있는 사진, 제목은 분식집 폭파.

전부 다 우리가 고등학생 때였다.

그리고 나는 한 사진 앞에서 멈췄다. 눈을 뗄 수가 없다. 10년 전, 놀이터에서 찍었던 사진이었다. 나와 하늘이가 서로의 카메라를 바라보며 찍은 사진이었다. 그 시절의 그네와 시소, 나무들이 물밀듯이, 주마등이 스쳐 지나가듯이 생각났다. 그때의 하늘이 역시. 그리고 그 사진의 제목은···.

"기억하고 싶은 단 한 사람···."

그 사진을 보고 한 발짝도 움직이지 못하겠다. 그 사진이 나를 그곳에 묶어놓았다. 맑고 청량한 하늘과 고등학생 시절을 함께했던 공원의 놀이터, 몽글몽글 하늘 위에 피어난 구름까지. 그 세 박자가 어우러져 완벽한 풍경을 그려냈고, 그 사이에서 우리는 아름답게 피어났다.

"유하늘이 이 사진을 제일 신경 썼대."

그 말 한마디에 나는 또다시 몸이 굳어졌다. 이 사진을 이 프레임에 담아내기 위해 얼마나 많은 시간을 쏟았을까.

얼마 전, 이번 전시회를 홍보하기 위한 하늘이의 기사를 본 적이 있다. 이번 사진 중에 자신이 제일 공들인 사진도 공개한다고. 너무 아끼는 사진이라 학생 때 SNS에도 올리지 않았다고. 그 사진이 이 사진이었나 싶었다.

"오랜만이다. 백시현."

나선우였다. 오랜만이었다. 피식 웃었다. 반가움을 표현하지 않고 늘 옆에 있었던 듯 물었다.

"언제 왔냐?"

"1시간 전쯤에? 너는 언제 왔냐?"

"유하늘은 너 여기 온 거 알아?"

"모를걸. 얘기하지 마."

"왜?"

"그냥 사진만 보러 온 거야."

"구라 치고 있네."

"뭐?"

"너 사진만 보러 온 거 아니잖아."

"그럼 내가 뭘 또 봐야 돼?"

"너 유하늘 보려고 왔잖아."

"뭔 소리야."

"새끼야 8년이야. 너 사라진 지 8년이라고. 그 시간이 짧냐?"

그 시간이 짧지 않다는 건 나도 알고 있다. 하지만 그렇게 긴 시간 동안 하늘이를 찾지 않았던 건…. 보고 싶어서였다. 한번 보면 계속 보고 싶을 것 같아서. 약속을 지키지 않은 내가 그 애에게 모습을 보이기 부끄러워서. 그래서 미루고 미루다 8년이 흘렀다.

"안 짧지. 나도 알아."

"유하늘이 널 얼마나 찾았는지 알아?"

"찾았다고?"

"놀이터에서 수능 끝나고 같이 가채점하러 만나기로 했다며. 우리랑 만날 때마다 그 얘기를 해. 이제는 귀에 딱지가 앉겠어."

"못 갔지."

선우가 사진을 보며 얘기하던 몸을 내 쪽으로 돌리고 나를 보며 이야기했다.

"그뿐인 줄 알아? 그 놀이터 아직도 찾아가."

"뭐?"

"비 올 때도, 더워서 익어버릴 것 같을 때도, 해마다 찾아오는 수능 저녁에도. 유하늘은 계속 찾아간다고. 그 놀이터."

몰랐다. 계속 나를 기다리고 있을 줄은.

나 아직 그 놀이터에 있어. 나 좀 거기에서 찾아줘.

술을 마시고 취해서 그냥 하는 말인 줄 알았는데. 그게 하늘이의 진심이었다. 그 긴 시간 동안 속에서 묵혀놨던 말이었다. 아직 그 놀이터에 머물러 있었던 거구나.

"기다리고 있었구나."

"얘기해 봐. 대체 그동안 무슨 일이 있었는지."

얘기한다고 뭐가 달라지기는 할까. 내가 그동안 무슨 일이 있었는지 선우가 알고, 하늘이가 알고, 모두가 알면 뭐가 변하기나 할까? 결국 내게 남겨지는 건 외로움뿐이라는 걸 나는 이미 뼈저리게 알고 있는데.

그립다. 그 때의 우리가, 그 때의 청춘이.

*

전시회 마감이 끝나고 애들을 만났다. 장차 반년 만에 만나는 거였다. 전시회 준비 때문에 바빠서 시간을 내지 못했다. 하지만 우리는 여전했다.

"아이고~ 우리 국내 최연소 사진작가 유하늘 작가님 오셨어요?"

"또 시작됐다. 너 오기 전에 술 먹었지?"

"그럴 리가."

"야 근데 우리가 몇 살인데 아직도 여기를 오냐?"

선우가 불만이 있는 듯한 말투로 유림이에게 물었다.

"여기가 뭐 어때서?"

"아니, 10년째 학교 앞 분식집은 좀 그렇지 않냐?"

"네가 먹는 걸 잘 몰라서 그러는데 떡볶이는 여기가 제일 맛있어."

"유림이 덕분에 우리 가게 매출은 끊이지가 않네."

유림이는 사장님과 주먹을 맞댔다.

"맛있게 먹으렴."

"감사합니다."

유림이는 세상 행복해하는 표정으로 떡볶이를 한입 먹었다.

"그래. 이 맛이지."

"그래서 하늘이 너는 백시현이랑 어떻게 됐어?"

음료수를 따르고 있던 예슬이가 내게 물었다. 순식간에 분위기는 굳었다.

"야. 너는 왜 갑자기 그런 걸 물어."

"궁금할 수도 있지. 왜."

"그동안 뭐 하고 살았는지 정도는 설명해 줄 줄 알았는데 아니더라."

내 말에 모두가 귀를 기울인다. 그럴 만도 했다. 애들과 술을 먹을 때면 취할 때마다 늘 그의 얘기를 꺼내곤 했으니까.

"근데 나 잊으려고 그동안 안 왔대."

"뭐?"

"그 새끼 뭐 하는 새끼야?"

허공을 바라보며 떡볶이를 입에 물었다.

"사장님 여기 맥주 있어요?"

"학교 앞 분식집에서 맥주를 찾냐?! 없어!"

"너무하셔."

쿨피스를 맥주라고 생각하고 입에 털어 넣었다. 하지만 달달한 음료수가 목구멍을 쑤시는 맥주를 대신할 수 없었다.

"하…. 어쩌다 이렇게 꼬여버린 걸까."

엉킨 실타래를 풀고 싶다. 언제부터 엉킨 건지, 어디서부터 꼬여버린 건지 모를 이 실타래. 만나면 모든 게 해결될 줄 알았다. 하지만 현실은 그렇지 않았다.

"아씨…."

아무 말도 하지 않고 있던 선우가 심각한 표정을 지었다.

"너 뭐 알고 있지?"

선우는 컵에 들고 있는 음료를 한 번에 마시고 내게 말했다.

"백시현이 그때 안 온 이유. 어머니 때문이래."

"뭐?"

"그게 무슨 소리야?"

드디어 알게 된 그날의 진실은 여름 바람과 함께 타고 날아왔다.

입동

: 겨울의 시작

수능은 생각했던 것보다 어려웠지만 못 풀 정도는 아니었다. 막히는 게 별로 없었다. 이 시험이 끝나고 만나기로 했다. 오늘만을 손꼽아 기다렸다. 그 애한테 고백할 수 있는 날이 다가왔다. 그 애도, 나도 수능이라는 큰 시험을 앞두고 있었기 때문에 행동 하나하나 조심해야 했다. 하지만 오늘, 나의 과거와 그 애의 과거를 풀 날이 왔다.

수능이 끝나고 웬일인지 엄마가 데리러 오지 않으셨다. 수능이 끝나면 제일 먼저 달려올 줄 알았는데. 오히려 좋았다. 집까지 방해받지 않고 갈 수 있었다. 집으로 가는 버스 안에서 그 애와 연락을 주고받았다. '언제, 어디에서 볼까'라는 대화였다. 우리는 늘 보던 놀이터에서 저녁을 먹고 7시에 보기로 했다. 생각만으로도 가슴이 뛰었다. 오늘은 말해야지. 10년 동안 속에서 수도 없이 외쳤던 그 말, 좋아한다고.

"다녀왔습니다."

엄마가 없었다. 아직 퇴근을 안 하신 건가 하고 대수롭지 않게 넘겼다. 엄마는 야근을 하는 날이 많았다. 그날도 어김없었다. 늘 그랬듯이 냉장고에서 반찬을 꺼내 혼자 밥을 먹었다. 딱히 외롭지는 않았다. 늘 있는 일이니까. 나에게는 그저 다가오는 7시가 기대될 뿐이었다.

모르는 번호로 전화가 왔다. 받지 않았다. 핸드폰을 무음으로 꺼두고 덮어두었다.

드디어 약속했던 7시가 점차 다가온다. 한 손에는 오늘 치렀던 시험지와 빨간 채점 색연필, 다른 손에는 핫팩을 쥐고 있었다. 저 멀리서 그 애가 기다리고 있다. 그 애에게로 달려가려던 찰나, 전화가 울렸다. 발신자는 외삼촌이었다. 외삼촌이 나한테 전화할 일은 없었다. 불신을 품고 전화를 받았다.

"여보세요?"

[너 지금 집이니?]

"아니요. 집 근처 공원에요."

[아까 모르는 번호로 전화 왔지?]

"삼촌이 그걸 어떻게 아세요?"

[네 엄마 쓰러졌단다.]

순간, 심장이 쿵 하고 주저앉았다.

"그게 무슨 소리예요?"

[놀라지 말고 들어. 네 엄마 간암 2기래.]

또다시 심장이 저 지하 밑바닥으로 주저앉았다. 온 신경이 귀로 가 있었고 내 심장 소리도 함께 들려왔다.

눈물이 앞을 가려왔다. 그리고 그 눈물은 차가운 아스팔트 위로 떨어졌다.

[지금 빨리 병원으로 와줘야겠다.]

저기에서 그 애가 기다리고 있는데, 드디어 말할 수 있게 됐는데 왜 하늘은 이런 순간까지도 나를 도와주지 않는 건지.

가슴이 아려왔다. 이미 갈 곳은 정해졌지만 그마저도 아프게 느껴졌다. 마음과 몸이 다르게 움직인다.

발걸음을 돌렸다. 차라리 앞을 가리는 눈물 때문에 어느 쪽도 선택하고 싶지 않았다. 아무리 엄마를 미워해도, 천륜을 끊을 수는 없다는 걸 나는 이번에 알았다.

달렸다. 그 애에게서 최대한 멀어지도록. 그 애가 나를 보지 못하도록.

결국 그 애에게 아무 말도 못 하고 이렇게 도망치는 나는 어떻게…. 도대체 어떻게….

*

선우에게 그동안 속앓이를 해왔던 시현이의 이야기를 들

고 할 말을 잃었다.

"말이라도 해주든가…. 그렇게 갈 거였으면 나한테 말이라도 해주든가…."

"그래서 지금은? 백시현 어머님 괜찮으시대?"

선우가 고개를 저었다.

"더 심해지셨대."

고개를 푹 숙이고 손으로 얼굴을 감쌌다. 이제 나는 어떻게 해야 될까. 이제 와서 다시 잘 만나고 하더라도 내가 그 애의 지난 8년을 보듬어 줄 수 있을까?

"근데 백시현이 그렇게 말하더라."

먹으려던 튀김을 포크에 꽂은 채 말했다.

"핸드폰 뒤에 늘 들고 다니던 그 쪽지. 그게 너라고 생각하니까 좀 더 버틸 수 있었다고."

"뭐?"

"그 힘든 시간 속에서도 결국 백시현은 네가 있어서 버틴 거라고."

옆에 앉아 있는 예슬이가 고개를 푹 숙이고 있는 내게 말을 건넸다.

"걔는 우리가 함께했던 추억보다 너를 더 좋아한 거야."

사람들은 언제나 잊지 못할 시간을 간직하고 살아간다. 내가 가장 찬란했던 시간, 가장 힘든 시간, 가장 외로운 시간, 가장 사랑받았던 시간. 그 시간들이 뭉쳐지며 지금의 나를 만들어 준다. 그러니 그런 시간들을 소중히 여길 수밖에.

"자기 인생에서 가장 사랑받았던 시절보다 너를 더 좋아한 거라고. 무슨 말인지 알겠어?"

그 말을 듣고 분식집 문을 박차고 나갔다.

다시 만나고 싶었다.
우리는 그렇게 끝낼 인연이 아니었다.
그렇게 끝날 인연이었다면 그 오랜 시간 동안
넌 나를, 난 너를 기억하지 않았을 거다.

전화를 걸었다. 제발 이 전화라도 받기를. 나한테 그렇게 모질게 굴었던 지난 8년도, 과거형으로 만들었던 우리의 사랑도 다 잊을 테니 아직도 좋아한다는 말 한마디 해주길 바라면서 전화를 건다.

[여보세요?]

통화연결음이 끊기며 건조하고 묵직한 목소리가 내 귓가를 감싸안았다.

"백시현?"

[유하늘? …무슨 일이야?]

"선우한테 들었어. 너의 지난 8년."

[…]

말이 없었다. 말없이 정적을 유지하며 전화 너머 현재 그의 모습이 내 머릿속에 그려졌다.

"내가 수능 전에 줬던 그 쪽지. 아직 가지고 있더라."

[…]

"그 종이. 나라고 생각하면서 버텼다며."

목이 막히는 도중에도 할 말은 하고 싶었다.

"나 계속 너 기다렸어."

[…]

"왜 말이 없어…. 뭐라고 말 좀 해봐. 제발…"

성인이 되고 길에서 우는 건 딱 술 마실 때까지만이라고 생각했다. 그마저도 이유는 딱 하나뿐이었다. 그 애만이 나를 울게 만들었다. 휴대폰 너머로 들려오는 그의 말은 다소 충격적이었다.

[너는 나한테 과분해.]

그 말 한마디에 눈물이 멈췄다. 과분하다는 말이 이럴 때도 쓰이는구나. 드라마나 영화에서 본 과분하다는 말은 정말 행복해 죽겠다는 듯한 연인들이 서로에게 달콤한 말을 건네며 사탕 발린 말들이라고만 생각했는데. 네가 내게 건네주는 과분하다는 말은 내 환상을 깨트려 버렸다.

핸드폰 너머로 들려오는 그의 목소리는 무미건조하고 덤

덤했다. 오히려 그게 더 눈물을 불러일으켰다.

한때 내가 그랬으니까. 눈부시도록 아름답게 빛나던 시현이였는데. 내가 옆에 있으면 그에게 흠집이라도, 기스라도 날까 봐 늘 걱정했는데. 내가 알고 있는 시현이는 그랬는데 그런 애가 나에게 과분하다고 말할 명분이 있을까?

아마 지금의 모습 때문이겠지. 생기 있는 웃음도, 고등학생 때보다 한참 야윈 지금의 모습. 다른 사람들이 지금의 우리 모습을 보면 내가 그에게 과분하다고도 생각할 수 있겠다. 하지만 나는 아니었다.

그토록 기다리고 그리웠던 시현이를 다시 만났다. 표현하지 못해서 오랫동안 후회했던 내 마음을 고백해야 했다. 입이 떨어지지 않아서 오랫동안 곱씹었던 그 말을 고백해야 한다.

"좋아해."

서툰 단 한마디. 이렇게라도 견고한 그의 마음을 흔들 수 있다면 상관없었다.

부메랑은 날려졌다. 이제 돌아올 차례다. 하지만 돌아오는 말은 내가 던진 부메랑이 아니었다.

[우리 이제 열일곱 아니잖아. 제발 현실을 봐. 내가 어떻게 네 옆에 있어. 제발 후회하지 말고…]

그는 끝내 말을 다 잇지 못했다. 이 여름의 끝은 없을 줄 알았다. 하지만 있었다. 그것도 아주 차갑고 냉혈한 끝.

[미안해.]

시현이가 먼저 전화를 끊었다. 나는 그 자리에서 꼼짝도 하지 못했다. 귀에 대고 있던 핸드폰을 떼지 않았다. 지금이라도 보고 싶었다고, 그동안 너무 보고 싶었다고 말해줄 것만 같아서. 그런 희망조차 놓으면 더 이상 못 버틸 것 같아서.

"하늘아…"

나 대신 귀에서 핸드폰을 떼어준 사람은 유림이었다. 언제부터 내 뒤에 있었을까. 초점이 없는 눈으로 허공을 바라봤다. 유림이가 나를 안아줬다. 그 뒤에서 예슬이와 선우가 안쓰러운 눈빛으로 나를 쳐다봤다. 소리 내어 우는 건 오랜만인 것 같다. 유림이의 옷이 두꺼워서 다행이었다. 유림이의 옷이 내 슬픔을 대신 먹어주었다.

우리는 왜 철없던 시절에 만나 사랑을 했을까.
처음으로 우리의 청춘을 후회해 보았다.
청춘의 꽃말이 사랑이라고 하던데.
내 청춘이 시들었을까 두렵다.

*

그로부터 2주가 지났다. 어떻게 흘러갔는지도 모를 정도로 시간은 빠르게 흘러갔다.

"작가님!"

"어?"

"왜 이렇게 넋이 나가셨어요? 무슨 일 있으세요?"

"아니야. 아무것도."

"작가님 막 이별의 아픔 뭐 이런 건 아니시죠?"

"내가 이별할 사람이 어디 있다고."

차에서 짐을 옮기는 유림이와 예슬이, 선우가 나를 쳐다보는 게 느껴진다. 하지만 애써 모른 척했다. 하늘을 올려다보았다. 하늘은 내 마음과 비교되게 무척이나 맑았다.

너와 함께한 그 여름 때문에 이젠 여름을 기다리게 돼.

기억나? 한겨울에 친구들과 함께 붕어빵을 먹었던 길거리에서 내가 가장 좋아하는 계절은 여름이라고 한 거? 이상하게도 여름을 너와 함께 보내고 아무 생각이 없던 내가 이젠 여름을 좋아해.

하지만 너에게는 그저 스쳐 가는 어느 여름날의 하루였겠지?

그런데 나는 그 스쳐 가는 여름날의 하루가,

같이 우산을 쓰던 그날의 온도가,

그 여름의 향기가,

아지랑이가 피어오를 만큼 뜨거웠던 햇빛이,

그 푸르름이,

내 청춘이 그렇게 좋을 줄 몰랐어.

"얼른 가자."

"네."

우리는 봉사를 위해 어느 한 보육원을 방문했다.

"안녕하세요."

"네 안녕하세요~"

보육원의 선생님은 인상이 좋은 분이셨다. 아이들을 위한 많은 짐들을 기꺼이 함께 들어주셨다.

"더운데 고생하셨어요."

"아니에요."

"애들은 놀이터에서 놀고 있어요."

아이들의 노는 모습이 눈앞에서 아른거린다.

"귀엽다…."

"저희도 놀고 싶어요."

스텝들은 두 손을 가지런히 모으며 놀이터에서 놀고 있는 아이들의 모습을 보고 있었다.

"우리 여기 놀러 온 거 아니잖아."
"네…."
"빨리 가자."

우리는 각자 역할을 분담했다. 선우는 그동안 잘 작동되지 않았던 전구들을 갈았고, 예슬이와 스텝들은 보육원 청소를, 그리고 나와 유림이는 아이들을 놀아주었다.
"저것들 꿀 빠네."
"나 그냥 변호사 때려치우고 유치원 선생님이나 할까?"
"잘 어울리긴 한다."
"그치?"
"전국에 있는 분식집 탐방하신다던 배유림 어디 가셨어요?"
"아직 여기 있어요."
아이들은 우리가 가지고 온 장난감들 중 비눗방울을 제일 좋아했다. 후후 불며 하늘에 떠오르는 비눗방울들을 보며 신기해했다.

언제부턴가 비눗방울만 보면 괜스레 뭉클해진다. 어릴 때 비눗방울을 후- 하며 불고 친구들과 함께 웃고 떠들던 그때가 그립다. 톡 하면 터지는 걸 아쉬워했던 어린 시절. 아무 생각 없이 친구들과 뛰고 돌아다니며 어른이 되는 건 어떨까라는 천진난만한 상상들을 했다. 꿈이 앞섰던 시간들이었다.

하지만 지금은 너무 잘 안다. 꿈은 그냥 꿈이라는 걸. 현실을 알게 된 지금은 절대 꿈과 희망이 가득했던 어린 시절로 돌아갈 수 없다는걸. 현실은 너무 고달프고 고되다.

비눗방울 막대기를 들고 여기저기 뛰어다니는 아이들을 보니 위로받는 기분이 든다. 나도 어릴 때로 돌아간 것 같아서. 나한테도 저런 어린 시절이 있었을 테니까. 후- 하고 불며 온 세상을 누비는 것 같은 기분을 느끼는 것 같았다.

"언니. 언니도 한번 불어봐요. 진짜 재밌어요."

어린아이의 꿈이 가득한 눈을 보니 그냥 지나칠 수가 없었다.

"그럴까?"

비눗방울을 불었다. 오랜만에 부는 비눗방울은 추억을 담고 있는 것 같다. 비눗방울이 하나씩 지나갈 때마다 우리가 함께 보냈던 추억들이 스쳐 지나간다.

아이들은 자신들이 부는 것보다 더 많이 불린다고 신나서 어쩔 줄 몰라 했다.

"얘들아. 내가 더 잘 불어."

나보다 자기가 더 잘 분다며 있는 힘껏 비눗방울을 부는 선우를 보며 예슬이가 말했다.

"쟤는 언제 철들까?"

"아무래도 10년은 더 있어야겠지?"

선우는 아이들과 노느라 바빴다.

"음료수 사 왔어요."

그사이 근처 마트에서 음료와 커피를 사 온 스태프들이 돌아왔다.

"이 많은 걸 두 분이서 들고 오신 거예요?"

"무거우면 나한테 연락을 하지."

"괜찮아요. 저희 아직 팔팔해요."

"얘들아. 음료수 먹자."

아이들은 음료수라는 말에 또다시 신이 났다.

"먹기 전에는 뭘 해야 될까요?"

"손을 씻어야 돼요!"

밝은 남자아이가 우렁찬 목소리로 말했다.

"잘 아네. 가서 손 씻자."

선우를 앞세우고 아이들은 하나둘씩 손을 씻으러 화장실로 갔다.

"나선우 보육원 봉사랑 너무 잘 어울리는데?"

"이제 한 달에 한 번씩 온다에 한 표."

유림이와 예슬이는 그런 선우를 보는 걸 재밌어하는 것 같다. 마지막에서 주위를 둘러보았다. 빠진 아이는 없나, 놓친 아이는 없나 체크를 하기 위함이었다.

"원장님은 어디 계세요?"

"원장님은 잠깐 외출하고 계세요. 곧 돌아오실 거예요."
"아, 네."
아이들이 있는 곳으로 보육원 선생님과 자리를 이동하려는 도중.
"여름이?"
어떤 중년 여성이 나를 바라보며 낯선 이름을 부른다.
"여름이요?"
"너…. 여름이 아니니?"
"네?"
"원장님. 유하늘 사진 작가님이세요."
"아…. 미안해요. 내가 아는 사람이랑 너무 닮아서…."
"원장님. 오늘은 일찍 오셨네요?"
보육원 선생님이 그 중년 여성을 원장님이라고 칭한다.

그때, 내 머릿속에 어떤 기억이 하나 스쳐 지나간다. 시현이가 나를 처음 봤을 때 나를 보며 불렀던 이름. 한여름. 이게 과연 우연일까?

*

다음 날이 되었다. 나는 택시를 타고 어제 갔던 보육원을 다시 갔다. 밤새 궁금했다. 시현이와 이 보육원의 원장님이 처음 보자마자 같은 이름을 불렀다. 우연이라고 넘기기엔 너무 인연 같다. 그곳을 가면 뭔가 알아낼 수 있을 것 같다.

도착했다. 택시에서 내리고 좀 걷다 보니 보육원이 나왔다.

"어머, 작가님?"

도착하자마자 어제 같이 일했던 보육원 선생님이 놀라셨다.

"작가님이 여긴 어쩐 일이세요?"

"아…. 그게 볼 일이 좀 있어서요."

"볼 일이요?"

고개를 두리번거려 원장님을 찾아냈다. 원장님도 내가 온 것에 놀라신 것 같다. 역시나 그녀의 눈빛은 뭔가 알고 있다는 눈치였다.

"여기는 어쩐 일이세요?"

"그게…."

입이 쉽게 떨어지지 않는다. 하지만 알아야 할 것만 같은 느낌이 들었다.

"혹시…. 저 아세요?"

"알죠. 우리나라 최연소 사진작가시잖아요."

"한여름."

내가 직접 그 이름을 부르니 선생님은 당혹스러워하셨다.

"어제 저한테 그 이름을 부르셨잖아요."

"아…. 그건 제가 아는 사람이랑 너무 닮아서…."

"전에 제가 아는 사람도 저를 처음 만났을 때 그렇게 불렀어요. 우연은 아닌 것 같아서요."

원장님은 한숨을 푹 쉬셨다. 쉽게 말을 하지 못하시는 것 같다.

"뭔가 알고 계시다면 말해주세요."

"…하늘 씨는 이 보육원에 있었어요."

머릿속 한편에 숨겨져 있던 기억은 그녀의 이야기에 따라 서서히 떠올랐다.

"일단 안으로 들어가서 얘기해요."

대한

: 1년 중 가장 큰 추위

따스한 햇빛이었다. 기분 좋은 마음으로 놀이터에서 놀고 있는 중이었다. 손은 물론이고 얼굴까지 흙이 묻었다. 선생님은 나를 못마땅하게 쳐다보셨다.

"이렇게 다 묻히고 놀면 어떡해."

"히히. 되게 재밌어요!"

"이제 일곱 살인데 아직도 재밌는 게 그렇게 좋아?"

선생님은 물을 묻힌 수건으로 내 얼굴을 닦으셨다.

"네!"

"손 씻으러 가자."

선생님과 함께 화장실로 가던 중 어떤 애가 눈에 밟혔다. 그 애는 친구들과 어울리지 못했고, 한쪽 구석에서 친구들을 바라보기만 할 뿐이었다.

선생님과 함께 손을 씻고 그 남자애에게 다가갔다.

"안녕?"

"…"

내가 먼저 인사를 건넸다. 그 애는 낯을 가리는지 내가 내민 손을 잡지 않았다.

"왜 친구들이랑 안 놀아?"

"…"

"너 친구 없구나?"

내 말에 그 애는 눈이 커지며 나를 바라봤다. 나는 그 애를 향해 활짝 웃었다.

"나랑 같이 놀자!"

"너… 이름이 뭐야?"

"나?"

그 애는 소심하게 고개를 끄덕였다.

"나는 여름이야! 한여름."

"이름이 여름이야? 왜? 여름은 계절인데."

"음…. 몰라? 여름에 태어나서 여름이라고 지었나 봐. 너는? 이름이 뭐야?"

"나는…. 백시현."

나는 그 애에게 다시 한번 손을 내밀었다.

"잘 지내보자!"

그때부터였나 보다. 나와 그 아이의 인연이.

친구들에게서 소외되는 그 애에게 천천히 다가갔다. 갑자기 친해지려고 하면 낯을 가리는 그 애에게는 부담이 될 수 있으니. 우리의 대화 형식은 내가 질문을 하고 그 애가 대답을 해주는 형식이었다. 중간에 그 애가 "너는?"이라고 하면 나도 같이 대답해 주었다. 그러다 어느 날, 그 애가 처음으로 내게 먼저 물어본 게 있다.

"너는 언제 여기에 왔어?"

생각을 곰곰이 했다. 내가 여기에 언제 왔나, 어떻게 여기를 오게 됐나.

"다섯 살 때? 온 것 같아. 너는 언제 왔어?"

"나는 온 지 얼마 안 됐어. …너는 여기에 왜 왔어?"

"엄마랑 아빠가 헤어졌어. 그러더니 새로운 엄마가 생겼어. 근데 코- 자고 일어났더니 여기로 왔어."

"그렇구나."

기억난다. 집에서 자고 있으면 늘 들려오는 큰소리, 이불을 머리끝까지 덮어도, 베개에 얼굴을 파묻고 손으로 귀를 막아도 들려오는 큰소리. 사실 진작 알고 있었다. 언젠가는 떨어져 지내겠구나. 그리고 그런 상상은 현실이 되었다. 정말 그 사람들은 헤어졌고, 그에게는 새로운 여자가 생겼다. 처음에는 그 새엄마도 내게 잘해주었다. 하지만 시간이 지나자 아빠라는 사람은 내게 관심이 떨어졌다. 점점 느껴지는 무관심에도 나는 웃음을 잃지 않았다. 엄마였던 사람과 헤어지기 전에 그 사람이 내게 말해준 게 딱 하나 있었다.

"네 아빠가 너한테 무관심해져도 절대 슬퍼하지 마."

그리고 그 사람은 한번 나를 꽉 안아주고 자신의 길을 걸어갔다. 이렇게 될 줄 알았나?

그 아이는 바닥을 뚫어지게 보며 떨어진 나뭇가지로 모래 위를 마구 휘저었다.

"너는 여기 왜 왔어?"

내가 물었다. 그 애는 표정의 변화가 없었다.

"엄마가 버려서."

꽤 슬픈 얘기를 그 애는 덤덤히 말했다. 항상 그랬다. 그 애는 똑같은 표정을 지었다. 어딘가 텅 비고 슬퍼 보이는 그런 표정. 왜일까. 나는 그 애를 품어주고 싶었다. 그 애의 슬픔을 나도 같이 느끼고 싶었다.

"여기에 오는 애들 대부분은 다 버려져서 온 거일걸."

친구들을 바라봤다. 그 애들은 누가 버렸다고 하기 무색할 정도로 밝게 웃을 줄 아는 애들이었다. 시현이도 그럴 텐데. 웃는 방법을 모르는 게 아니라 웃지 않는 거다.

그때, 바람이 불며 모래가 흩날렸고 나뭇잎들이 스치는 소리가 들려왔다. 나뭇잎과 꽃이 바람에 못 이겨 하늘 위를 떠다녔다. 나는 그 나뭇잎을 잡으려고 닿지도 않는 키로 점프를 했다.

"너 뭐 해?"

"잠깐만."

열심히 점프를 해서 그런지 꽃 한 송이가 내 손에 잡혔다.

"잡았다!"

그 애가 희미하게 웃었다. 미소만 살짝 짓는 정도였지만 나는 그 모습을 처음 봤다.

"근데 이 꽃은 이름이 뭐지?"

"살구꽃."

"너 어떻게 알아?"

"저번에 선생님이 말씀해 주셨어."

"오 그래?"

그 애는 한 번 더 웃었다. 혹시 이 꽃을 보고 예뻐서 웃는 건가 싶어 그 애의 손에 꽃을 쥐어줬다.

"뭐야?"

"이거 너 가지라고."

그 애는 당황했는지 나와 꽃을 번갈아 보며 쳐다봤다.

"이제 이거 보고 내 생각 해!"

내가 말하고도 부끄러워 한번 활짝 웃었다. 그 애는 그런 내 모습이 웃겼는지 크게 웃었다.

"알았어."

그날 이후, 그 애는 마음의 문을 열었다. 이제 내가 먼저 놀자고 하지 않아도 내게 다가왔다.

그렇게 봄이 지나고 여름이 다가왔다. 찌는 더위 때문에 우리는 거의 물과 하나가 되었다. 선생님이 호스를 틀어주시면 우리는 물장난을 쳤다. 한번은 쫄딱 젖고 원장 선생님께 혼난 적이 있었다. 하지만 그마저도 좋았다. 이렇게 아무 생각 없이 즐거운 건 처음이었으니까.

그러다 어느 날, 그 일이 일어나고 말았다.

"여름아. 여름이를 보고 싶다고 한 사람이 왔는데…."

선생님은 말하기 어렵다는 듯이 내게 말했다. 나는 그 애를 쳐다봤다.

"다녀와. 나랑은 나중에 놀면 되지."

"다녀올게!"

원장 선생님이 계신 방으로 들어가니 익숙한 얼굴의 사람이 있었다.

"…여름아."

엄마였다. 엄마는 마지막으로 봤을 때보다 훨씬 야위었다. 엄마는 눈에 초점이 희미하게 남아 있었다. 내게 다가오더니 나를 꼬옥 안아주었다.

"…잘 있었어?"

직접 안아보니 엄마가 얼마나 더 왜소해졌는지 체감했다. 나를 버린 사람 중의 한 명인데 저절로 손이 올라갔다. 나도 엄마를 안아주었다.

나는 엄마의 차를 타고 근처 바다로 향했다. 바다로 가는 동안 차에서 말 한마디 하지 않았다. 더운 여름에 바다를 가니 숨이 트이는 기분이었다.

"…여름이는 거기에서 지내는 거 좋아?"

엄마는 내 손을 꼬옥 잡고 물었다. 곰곰이 생각했다. 보육원 밖을 나가면 항상 엄마, 아빠의 손을 잡고 다니는 또래 친구들을 떠올렸다. 그런 것만 생각하면 마냥 좋지는 않았다. 하지만 그때 그 애가 생각났다. 단단했던 마음을 나로 인해 문을 열었던 그 애. 웃는 게 예뻤던 그 애. 그 애와 함께 놀았을 때부터 나는 싫지 않았다. 그곳이.

"응. 괜찮아."

엄마의 얼굴을 보기 위해 고개를 들었다. 엄마는 바다를 향해 울고 있었다.

"엄마 왜 울어?"

훌쩍거리며 눈물을 닦고 나를 다시 꼬옥 안아주었다.

"엄마가 여름이 많이 사랑하는 거 알지?"

엄마의 목소리에는 진심이 묻어 있었다. 그 말에 용서가 됐다. 나를 버렸다는 생각의 용서.

"응. 나도 엄마 사랑해."

엄마는 그 말을 듣고 아무런 반응이 없었다. 내 온기를 느끼고, 조용히 느끼고 다시 차에 올랐다. 엄마와 나는 다시 함께 지내는 줄 알았다. 남들처럼 평범하게. 하지만 그건 내 상상에 불과했다.

엄마는 나를 다시 보육원에 데려다주었다. 보육원 앞에는 원장 선생님이 서 계셨다.

"엄마? 우리 이제 같이 있는 거 아니었어?"

"…잘 부탁드려요. 원장님."

원장 선생님도 은은히 비춰오는 슬픈 표정으로 고개를 끄덕였다. 엄마는 다시 홀로 차에 올라탔다. 이 현실을 믿을 수 없었다. 나를 두고 간다고? 나를 데리고 가야 하는 거 아니었나?

"엄마…. 엄마! 엄마!!"

아무리 큰 소리로 엄마를 불러도 엄마는 돌아보지 않았다. 멀어지는 엄마의 차를 쫓았다. 엄마를 부르며. 선생님은 나를 잡으려고 했지만 이미 거리는 벌어졌다. 그럼에도 엄마는 차를 세우지 않았다. 이미 나는 차도로 나왔고, 엄마는 점점 더 멀어져만 갔다. 그러다 결국 일이 나고 말았다.

끼익- 쿵!

반대편에서 오는 차가 나를 쳤다. 선생님은 소리를 질렀다. 머리에서 피가 흐르고 있는 걸 그 자리에서 느꼈다. 그리고 내가 마지막으로 본 건 내가 다쳤는데도 무심하게 자신의 길을 가는 엄마의 차였다.

"엄…마…."

그리고 내가 마지막으로 든 생각은 그 애였다. 이제야 친해졌는데. 엄마한테 다녀오면 같이 놀기로 했는데. 약속까지 했는데. 아직 그 애랑 해야 할 게 너무 많은데. 모래성도 쌓아야 하고 가을에는 싱싱한 과일도 먹어야 하고 겨울에는 눈사람도 만들어야 하는데.

그 애가 내가 줬던 꽃과 추억을 되새기며 나를 기억하길 바라며 눈을 감았다.

*

믿을 수 없는 과거에 어느새 나는 눈물을 흘리고 있다.

"그렇게 사고가 났고 병원에서 하늘 씨를 아니, 여름 씨를 안쓰럽게 본 가족이 여름 씨를 입양했어요."

눈을 질끈 감았다. 이런 상황일수록 생각을 비워야 하는데 수많은 생각이 스쳐 지나간다.

"그럼 그때 그분은….”

"…돌아가셨어요."

"돌아가셨다고요?"

"그때 그분은 폐암 말기였어요. 여름 씨를 찾아온 이유는 마지막으로 여름 씨를 보고 싶어서였어요."

그래서 그렇게 말랐었구나. 그래서 그렇게 야위었구나. 쏟아져 나오는 눈물을 주체할 수 없었다. 원장 선생님이 휴지를 건네주셨다.

"그럼 시현이는…."

"시현이는 친엄마가 다시 오셔서 시현이를 데려가셨어요."

그나마 다행이었다. 시현이는 다시 부모님을 찾았구나.

"이제 어떻게 하실 거예요?"

그러게요. 이제 저는 어떻게 해야 할까요. 모든 걸 알아버렸는데 달리 해야 할 게 없어요. 지금까지 키워주신 분들께 말해야 하나 싶다가도 말해서 뭐 할까 하는 생각도 든다.

모든 과거와 진실을 알아버린 나는 어떻게 해야 할까. 모르는 게 약이라는 말이 정말 맞나 보다. 앞날이 막막했다.

경칩

: 만물이 겨울잠에서 깨어나는 날

2주가 지났다. 가족과 많은 이야기를 나눴다. 진실을 안 지금, 부모님은 친아빠에게 돌아갈 거냐고 물으셨다. 하지만 나는 그 순간만큼은 단호했다. 나를 버린 사람에게는 절대 돌아가지 않겠다고. 첫날 밤은 정말 온 가족이 눈물바다가 되었다. 오빠까지 울었다. 엄마는 미안하다는 말만 계속 반복했다. 하지만 우리는 슬픈 과거는 묻어버리기로 했다. 그래야 했다. 그래야 현실을 살 수 있었다.

우리 가족은 아무렇지 않듯이 현재를 살아갔다.

그리고 난 일주일에 한 번, 주말마다 보육원에 찾아간다. 아무리 바빠도 그 보육원은 꼭 찾았다.

"안 바쁘니?"

"그래도 와야 할 것 같아서요."

"굳이 여길 뭐 하러 와."

나는 웃으며 선생님의 잔소리를 넘겼다.

"…시현이는 언제 친엄마가 데려가셨어요?"

"너 가고 반년 정도 있다가."

"잘됐네요. 시현이는."

"아직 시현이랑 만나지?"

"아니요. 안 만나는데…."

"그래? 시현이도 한 달에 한 번씩 찾아오거든."

"언제부터요?"

"반년 전부터였던 거 같아."

"그래요?"

"응. 아마 내일 올 거야. 지난달에는 네 얘기를 하더라고."

"제 얘기요?"

"응. 뭐라 그랬더라. 자기를 기억하지 않았으면 좋겠다고."

그 말에 생각이 잠겼다.

"네가 자기를 기억할수록 네가 더 괴로울 거라고."

너는 언제까지 내 생각만 할까. 다시 한번 추억에 잠겼다.

"다음 주에 또 올게요."

"그래. 조심히 가."

다음 날이 되었다. 오늘은 쉬는 날이다. 정말 오랜만에 기분 좋게 일어났다. 일어나자마자 창문을 열었다. 세상은 푸릇했다. 왠지 기분이 좋았다.

"오늘 유림이 만난다고 했지?"

"응. 요즘 통 못 봤다고 거의 울면서 어제 전화 왔어."

"너네 지난주에 본 거 아니었어?"

"유림이한테는 통 못 본 건가 봐."

나갈 채비를 하고 있었다. 그러다 문득 책장 한편을 차지하고 있는 사진들에 눈길이 갔다. 그건 고등학교 때 사진이었다.

침대 밑에 고이 넣어놓았던 추억을 꺼냈다. 잊을 수 없는 추억이었다. 학교를 졸업하고 나서 처음이었다. 꺼내면 추억에 젖어들어 헤어 나오지 못할 것 같아서 일부러 꺼내지 않았다.

하지만 이제는 수면 위로 올려놓아야 할 때다. 언제까지고 회피할 수만은 없으니까.

오랜만에 보는 그 시절은 내가 볼 때도 눈부시도록 아름답다. 나에게 그 시절은 내 인생의 버팀목이었다.

이때만큼은 아니겠지만 앞으로 있을 내 인생에도 이처럼 밝고 빛나는 시간들이 다가오지 않을까 하는. 아무리 어둡고 깜깜한 바다라도 이 시절을 구실로 다시 빠져나올 수 있었다.

지금이 그랬다. 생각이 많아 머리가 복잡해도 다시 올 수 있는 이 시절을 빗대어 생각했다. 그래서 이겨냈다.

"우리 진짜 예쁘네."

다섯 명이서 찍은 마지막 사진이었다. 고3 여름, 학교 나무에서 찍은 사진이었다. 외형적인 걸 말하는 게 아니었다. 그냥 그 모습이 너무 예뻤다. 아무것도 모르고 멍청하게 즐겼던 그 시절이, 철없이 즐겼던 그 시절. 흉내 내고 싶어도 낼 수 없었다.

너의 그 찬란함이, 나의 그 바보 같은 모습이, 우리가 눈부신 저 태양처럼 빛났던 그 시간이 내겐 너무 소중했다. 사랑 앞에서만큼은 사람은 어쩔 줄 모른다고 했었다. 결국 그 말이 옳았다.

나는 나를,
나는 너를,
나는 우리를
사랑했기에.

그 시절에 찍은 폴라로이드 사진들을 모아놓은 앨범에서 종이 한 장이 빠져나왔다. 펼쳐보았다. 웃음을 흘렸다.

고등학교 1학년 크리스마스 때 학생회에서 주최했던 행사로 트리 꾸미기를 했을 때 적었던 소원이었다.

> 이 다섯 명이서 영원히 함께하게 해주세요

　소원을 말하면 이루어지지 않다던 그의 말이 맞았다.
　그의 소원은 이루어졌을까? 내 심보가 괘씸하긴 하지만 이루어지지 않았으면 좋겠다. 그래야 조금이라도 괜찮을 것 같다.
　"매정하기도 하지."
　핸드폰이 울렸다. 발신자는 보육원 원장 선생님이셨다. 흐르려는 눈물을 닦아내고 전화를 받았다.
　"여보세요?"
　[어, 여름아. 바쁘니?]
　"아니요. 오늘 쉬는 날이에요."
　[아…. 그게 말이야.]
　"무슨 일 있으세요?"
　선생님의 목소리가 좋지 않았다. 무언가 말하기를 고민하고 있다는 듯이.
　"선생님?"
　[시현이는 말하지 말라고 했는데 얘기해야 될 것 같아서.]
　시현이라는 이름만으로도 나는 이제 가슴이 답답해졌다. 내 마음을 움켜쥐고 있는 게 이제는 시현이인 것 같다.

[시현이 내일 떠난대.]

가슴이 두근거리고, 심장소리가 불규칙적이게 뛰는 걸 온몸으로 느꼈다.

"어디로…. 가는 건지 아세요?"

[그건 얘기 안 해주더라고. 시현이 어머님이 경치 좋은 곳으로 가고 싶다고 해서 시골로 멀리 이사 가는 것 같아. 너도 그렇고, 시현이도 그렇고 서로 애틋한 거 같아서 얘기해주려고 전화했어.]

"…."

[여보세요? 여름아?]

"…네. 알겠어요. 전해주셔서 감사해요."

선생님의 말에는 근심 걱정이 묻어 있었다. 그럼에도 나는 머릿속에 한 가지 생각밖에 들지 않았다. 이렇게 또 도망가 버리는 건가? 이젠 아무 사이도 아니라고 하더라도 엄연히 친구였는데. 그에게 친구란 아무런 사이도 아닌 걸까.

"왜?"

문에 기대 내 전화 내용을 듣고 있던 오빠가 물었다.

"시현이가…. 떠난대."

"…어디로?"

뜸을 들이며 말하는 걸 보니 오빠도 당황한 것 같다.

"모르겠어."

나는 침대 바닥에서 일어나 책장 앞으로 갔다. 그 책장에는 그의 흔적이 있었다.

"차라리 잘됐어. 거기 가면 시현이 어머님 마음도 회복돼서 지금보다 나아지실 거야. 잘됐지 오빠?"

사진에는 나오지 않았으나, 늘 내 옆에 있었다. 계속 내 옆에 있었다. 그는 내게 가장 소중한 추억을 남겨준 채 어디론가 떠났다. 이번에도 그러는 건가. 액자에 담겨 있는 그의 얼굴을 사진으로나마 닿을 수 있어서 다행이었다. 이래서 내가 사진을 좋아했나 보다. 누군가를 사무치게 그리워하면 보지 않아도 이 사진 한 장만으로도 위안을 얻는다.

"그러는 너는?"

"어?"

"너는 백시현이 가는 거 괜찮아?"

생각했다. 내가 그를 기다린 시간보다 그가 나를 기다린 시간이 더 길었다. 그런 내게 그가 소중하지 않을 리가. 하지만 이렇게라도 보내주는 게 맞는 것 같다. 그래야 서로를 정리할 수 있을 것 같다.

"여기 있는 것보단 낫잖아."

"지금이라도 가서 잡아."

오빠를 바라봤다. 오빠의 표정은 어느 때보다 단호했다.

"내일 가면 또 언제 볼 줄 알고."

오빠는 문에 기댄 채 팔짱을 끼고 있던 팔을 빼고 말했다.

"나와 다른 누군가가 같은 마음이라는 게 기적인 거야. 그리고 너희는 그 기적을 이루어서 서로를 기억하고, 기다리는 거고. 그렇게 서로 오래 기다렸는데 단숨에 끊어질 인연이었을까 너희가?"

누가 뒤통수를 때린 것 같았다. 나는 계속 무슨 핑계를 대며 내 진심을 계속 피했을까. 그래서 얻는 게 뭐가 있다고. 결국 내가 얻는 건 상처밖에 없는데.

집에서 뛰쳐나와 달렸다. 바로 유림이에게 전화를 걸었다.
[여보세요?]
"유림아 미안해. 오늘 못 볼 것 같아."
[왜? 무슨 일 있어?]
"이제 해야 할 일을 찾은 거 같아서."

내가 해야 할 일. 서툴게 고백했던 그 마음. 이젠 진짜 마주해야 한다. 우리의 지난 20년이라는 시간과 그 안에 묻혀 있는 우리의 진심을.

*

버스를 타고 보육원 근처에 있는 정류장에 내렸다. 길을 걸었다. 아직 여름이 다 가지 않았다. 하늘을 올려다보았다. 맑았다. 그것도 아주 푸르게.

"시현이 왔니?"

"네."

"뭘 이렇게 바리바리 들고 왔어."

"애들 간식이요. 이건 선생님들 커피."

"안 이래도 되는데. 얘들아, 맛있는 거 먹자."

아이들은 신나게 간식을 먹었다. 아직 볼살이 차 있는 애들이 귀여워 보였다.

"어제 여름이 왔다 갔어."

"…다 알았겠네요. 제가 누군지 여기가 어딘지."

"일주일에 한 번씩 오고 있어. 너는 아직 여름이 못 만났니?"

"안 만나고 있어요."

여기에 있는 하늘이를 생각했다. 분명 소외되는 아이들한테 다가가 쭈그려 앉은 채, 말을 건넸겠지. 내게 그랬던 것처럼. 기억할지 모르겠지만 나는 아직도 내게 건넨 그 살구꽃에 담긴 추억과 그녀의 웃는 모습을 기억하고 있다. 하늘이를 만난 건 내 인생에 행운이었을까, 불행이었을까.

"…저 다음 달부터 못 올 거예요."

"왜, 또 어디 가려고?"

"…."

"시현아?"

"엄마가 경치 좋은 시골로 이사 가고 싶다고 하셔서요. 삼촌이 시골에 집 하나 구하셨대요."

"그렇니?"

"여름이한테는 말하지 말아 주세요. 저 간다고 하면 괜히 또 걱정할 거예요."

"그래도 말하는 게 좋지 않을까?"

"…나중에. 나중에 말할 기회가 있겠죠."

보육원을 감싸안는 산들을 바라봤다. 지금 이 공간과 풍경이 딱 나와 그녀를 설명해 주는 것 같다.

외로워 보이는 보육원과 그 곁을 지키는 산. 나는 옮겨 다닐 수 있지만 그 자리에 머물러 있는 산. 너도 이렇게 외로웠을까.

집에 도착했다. 이사 가기 전까지만 집에서 쉬고 싶다는 엄마의 말씀 때문에 지금은 퇴원한 상태다. 방문을 열고 엄마가 계신 안방으로 들어갔다. 엄마는 힘없이 침대에 누워 계셨다.

"저 왔어요."

"우리 아들 왔어?"

힘없이 축 처진 엄마의 목소리. 계속 들었던 목소리인데도 점차 익숙해지지 않는다.

"점심은요?"

"삼촌이 챙겨줬어."

"약은?"

"먹었어."

엄마는 조심스레 일어나 거실에 쌓여 있는 이삿짐들을 바라봤다.

"진짜 가는구나."

"엄마가 가고 싶다면서요."

"그 애한테는 얘기 안 해도 돼?"

엄마도 알 정도로 나는 아직 하늘이를 잊지 못했다. 돌아오는 여름이 나를 괴롭게 했다. 그 여름은 나를 가장 행복했던 시절로 데려다 놓았다. 냉혈하기도 하지.

"…나중에 말할 기회가 있겠죠."

엄마는 내 손에 손을 겹쳤다. 엄마는 나와 눈을 맞추길 바라셨다. 피하고 있던 엄마의 눈을 마주쳤다. 엄마의 눈동자에 비친 나는 애절해 보였다. 누군가를 그리워하는 마음으로.

"엄마는…. 우리 아들이 이제 좋아하는 사람 만났으면 좋겠어."

"저 이제 안 좋아해요."

엄마는 고개를 저으셨다. 마치 내 마음을 꿰뚫는 듯이.

"엄마도 알아. 우리 시현이가 거기 혼자 있었을 때부터 그 애를 기다리고 있었다는 거."

왜일까. 엄마도 슬픈 눈을 하고 있었다. 그리고 나도 모르는 새에 눈물이 흐르고 있었다.

엄마는 침대 옆 테이블에 있는 내 노트를 꺼내셨다. 엄마는 그 속을 펼쳐보셨다.

"네가 그 애를 기다리고 있었다는 게 다 보여."

엄마는 그 노트를 바라보며 힘없는 목소리로 말하셨다. 거기에는 고등학생 때 그렸던 하늘이의 웃는 모습이 있었다. 처음이자 마지막으로 내가 그린, 하늘이의 환한 미소. 그녀는 그 속에서 세상에서 가장 행복하다는 듯이 웃고 있었다. 그 모습을 못 본 지도 어느새 8년이라는 시간이 지났구나.

"너도, 그 애도 서로를 기억하고 그 속에서 좋아하고 있었다면 하늘이 정해준 인연이 아닐까?"

입술이 떨리고 눈물이 앞을 가리기 시작했다. 이게 내 진심이었나. 그녀의 이름과 마음만 듣고도 이렇게 눈물이 날 정도로 좋아했었나.

"기다릴 거야. 가봐."

엄마는 손을 뻗어 내 눈물을 닦아주셨다. 얼굴로 느끼는 엄마의 손은 뼈밖에 없었지만 내 마음을 포용해 주는 엄마의 품은 체구와 비교할 것 없이 따뜻했다.

"…쉬세요."

방문을 닫고 나왔다. 잠시 밖으로 나왔다. 숨을 크게 들이쉬었다. 하늘은 오전과 다를 것 없이 맑았다. 점점 해가 지기 위해 기울 뿐. 달라진 건 없었다.

"…하. 이제 어떻게 해야 되나."

항상 핸드폰 뒤에 간직하고 있던 종이들을 꺼내보았다. 하나는 하늘이가 수능을 보기 전에 주었던 종이. 그리고 또 한 가지는.

> 여름이가 저를 기억하게 해주세요

1학년 끝자락의 겨울, 트리에 적었던 소원이었다.

철없던 시절에는 하늘이가 나를 기억해 주길 바랐다. 하지만 막상 겪어보니 알았다. 세상에는 과거를 잊고 사는 게 나을지도 모르겠구나. 그런 생각.

핸드폰이 울렸다. 모르는 번호로 누군가 사진을 보내왔다. 아무 생각 없이 메시지를 눌렀다. 익숙한 사진이었다.

전시회에서 내가 눈을 떼지 못했던 사진. 놀이터에서 하늘이와 내가 서로의 카메라를 보며 웃고 있는 사진이었다.

그리고 바로 보내온 메시지.

[기억하고 싶은 단 한 사람]
[놀이터에서 기다릴게, 보고 싶어]

이 사진과 문자를 보낼 사람은 단 한 사람밖에 떠오르지 않았다. 무의식중에 그 번호를 저장해 통화 버튼을 눌렀다. 연결음이 얼마 가지 않아 목소리가 들려왔다.
"여보세요?"
[…보고 싶어.]
"…하늘아."
[나 하늘이 아니잖아…. 너한테 여름이잖아. 한여름.]
"…여름아 제발."
그녀의 목소리에는 슬픔이 묻어 있었다. 그녀는 진정하고 다시 목소리를 냈다.
[보고 싶단 말이야. 기다렸다고 계속….]
입술을 꽉 물었다. 이제 내게 더 이상 미룰 수 있는 시간은 없다.
[보고 싶어…. 보고 싶다고.]
울며 말하는 그녀의 목소리를 들으니 이제 알았다. 내가 기다렸던 건 그 시간이 아니었다. 함께했던 시간이 아닌 그

저 하늘이를 기다리고 있었다. 같이 있으면 나도 웃는 시간이 많아서 마냥 그런 시간들을 기다리고 있던 거였다. 그녀의 우는 목소리가 나를 일깨웠다. 나는 유하늘을 그리워했고 한여름이라는 사람을 기다렸다고.

왜 여태까지 외면만 하려 했을까. 내 마음에서 우러나오는 내 목소리를 왜 듣지 못했을까. 한숨만 나온다. 하지만 이제부터는 그 숨이 후회가 아닌 후련한 숨으로 남고 싶다.

후회보다는 쪽팔림이 낫지 않을까? 반성보다는 부끄러움이 낫지 않을까? 하는 마음으로. 마지막일 수도 있는 이 기회를 놓치고 싶지 않다. 가족들이, 친구들이, 그리고 그 애가 준 마지막 기회를. 이 불행만 끝나면 네 곁으로 돌아갈 수 있을 줄 알았다. 언제 끝날지도 모르는 이 불행이 두려워 마냥 네 옆으로 갈 수는 없었다. 하지만 이제는 그런 두려움보다 네가 더 보고 싶다.

목적지는 딱히 없다. 그저 네가 부르는 목소리에 의존하며 달린다. 달리고 또 달린다. 핸드폰 너머로 내가 보고 싶다며 하염없이 우는 그녀의 울음소리가 나를 움직이게 만든다. 전화가 안 끊긴 줄도 모르고 그 공원에서 내 이름 석 자를 고성으로 외치는 그녀가 나를 달리게 만든다. 나의 끝없는 마라톤의 결승선은 하늘이였다. 그런 그녀에게 지금 달려간다.

숨이 찼다. 늘 왔던 공원에, 늘 왔던 놀이터였다. 눈물이 볼을 타고 내려간다. 얼굴은 이미 눈물로 뒤덮였다. 그리고 나는 오늘도 어김없이 그를 기다린다. 두리번거리며 그가 와 줄 거라는 기대를 품고 기다린다.

"한여름!"

그리고 마침내 꿈은 현실로 다가왔다.

그도 뛰어왔는지 숨이 차 보였다.

바람에 나뭇잎들이 스친다. 매미 울음소리만이 우리를 감싸안는다. 햇살이 우리를 더 긴장시키게 만들었다. 여름이 우리를 한가운데에 데려다 놓았다.

"여름아. 나…"

그에게 달려갔다. 그리고 안았다. 더 이상 그에게서 나쁜 말은 듣고 싶지 않았기에. 그의 품은 생각했던 대로 아니, 생각했던 것보다 더, 크고 듬직했다. 그리웠던 그의 눈빛에 참아왔던 설움이 터져 나왔다.

"좋아해."

아직은 익숙하지 않아 서툰 한마디.

"좋아해. 좋아한다고."

하지만 그 한마디에 내 지난 시간을 담아냈다. 전하고 싶은 마음은 분명했다. 그 한마디에 그의 마음이 움직이길 간절히 바랐다.

그는 놀랐는지 아무런 미동이 없었다. 그의 얼굴을 보기 위해 얼굴을 들려 할 때 그의 팔과 손이 내 등에 닿았다.

"사랑해."

그리고 들려오는 묵직한 고백.

"사랑해. 여름아."

비슷한 단어와 비슷한 말이었지만 완전히 다른 무게감이 실려 있었다.

"이 말 하는 데 10년 아니, 20년 걸렸어."

그가 입 밖으로 뱉는 한 글자, 한 글자에 의미가 담겨 있다. 그를 향해 고개를 올려다보았다.

"사랑해라는 말 말고는 대체할 말이 없을 정도로. 좋아해."

그는 나를 꼬옥- 안아주었다. 멀쩡히 뛰는 나의 심장을 가득히 느끼려는 듯 나를 더 세게 끌어안으며 내 체온을 느끼던 그의 잔잔한 떨림이 고스란히 전해졌다. 그러므로 느꼈다.

지워진 기억 속에서도 그조차 알 수 없는 감정에 이끌려 우리는 서로를 마주하고 알아보며 좋아했다.

구름 한 점 없이 파란 하늘을 올려다보며 얼굴에 옅은 웃음을 띠었다. 우리는 서로를 마주했다. 그리고 웃었다. 그것도 저 태양보다 밝고 환하게.

이번 여름, 햇빛 아래서 뜨겁게 울고 웃는 우리들의 모습은 그 누구도 부럽지 않은 모습이 된 것이다.
　청춘의 꽃말은 사랑이라고 한다. 그렇다. 나의 여름이자 청춘은 온통 너로 덮여 있었다.

　여름을 다른 말로 하면 우리의 청춘이다.

작가의 말

    이 책은 저의 꿈이었습니다. 아무런 꿈도 없었던 중학교 3학년 소녀에게 꿈을 꾸게 해준 이 이야기는 제가 제일 쓰고 싶었던 청춘이자, 제가 바라는 10대의 모습이었습니다. 누군가는 유치하고 뻔한 이야기, 세상 물정 모르는 열여덟 살 작가의 이야기라고 생각할 수 있지만 《여름을 다른 말로 하면》을 집필하며 느낀 것은 제가 정말 바라는 사회는 따스한 세상이었습니다. 경쟁에 한없이 지치고, 뒤처진 것 같은 사회가 아닌 서로가 서로를 도와주고 '나'만큼 '우리'도 중요한 그런 세상. 뻔한 사랑과 우정 이야기에, 우리 사회가 조금은 따뜻한 사회로 돌아가길 바라는 마음이었습니다.
    저는 고등학생이기에 대학생 선배들이 학교로 강의를 하러 많이 오십니다. 그럴 때마다 선배님들은 고등학생 시절을 그리워하십니다. "아 그때 진짜 재밌었는데.", "다시 돌아가고 싶네요." 이런 말들은 제가 이 이야기를 써야 하는 이유로 충분합니다. 가장 순수하고 가장 멍청했던, 그래서 즐길 수 있는 시간을 더 만끽했으면 좋겠습니다.

제게 도움을 주신 많은 분들이 계십니다. 이 책이 세상에 나올 수 있게 해주신 출판사 바른북스, 표지를 그려주신 봉봉 작가님, 추천사를 써주셨던 김서영 선생님, 그리고 이 책이 나오기까지 응원해 주고 격려해 줬던 친구들, 불확실한 꿈에 할 수 있다는 용기를 심어준 가족들, 출판사에서 연락이 왔다고 했을 때 그 누구보다 좋아해 주셨던 할머니. 모두 진심으로 감사합니다.

올해 4월, 영원한 이별을 하게 된 할아버지께 이 책이 닿기를 바랍니다. 할아버지가 알아봐 주신 저의 진중한 성격으로 이 책이 빛을 보게 되었다고 믿습니다.

청춘이란 영원하지 않아 아름답고, 영원이란 존재하지 않죠. 그럼에도 저는 여러분의 청춘이 영원했으면 합니다.

아직 청춘을 마주하지 못한 청소년들에게,
현실이 고달파 앞만 보고 달려가는 어른들에게
감히 말해봅니다.
살면서 느끼는 모든 순간과 감정이 청춘임을.

그저 부족한 고등학생의 꿈이 담긴 글을 끝까지 읽어주셔서 진심으로 감사합니다.

열여덟, 여름의 끝자락에서.
정서연

여름을
다른 말로
하면

초판 1쇄 발행 2025. 9. 23.
　　 2쇄 발행 2025. 10. 27.

지은이 정서연
펴낸이 김병호
펴낸곳 주식회사 바른북스

편집진행 황금주
디자인 양헌경
마케팅 송송이 박수진 박하연

등록 2019년 4월 3일 제2019-000040호
주소 서울시 성동구 연무장5길 9-16, 301호 (성수동2가, 블루스톤타워)
대표전화 070-7857-9719 | **경영지원** 02-3409-9719 | **팩스** 070-7610-9820

•바른북스는 여러분의 다양한 아이디어와 원고 투고를 설레는 마음으로 기다리고 있습니다.
이메일 barunbooks21@naver.com | **원고투고** barunbooks21@naver.com
홈페이지 www.barunbooks.com | **공식 블로그** blog.naver.com/barunbooks7
공식 포스트 post.naver.com/barunbooks7 | **페이스북** facebook.com/barunbooks7

ⓒ 정서연, 2025
ISBN 979-11-7263-582-4 43810

•파본이나 잘못된 책은 구입하신 곳에서 교환해드립니다.
•이 책은 저작권법에 따라 보호를 받는 저작물이므로 무단전재 및 복제를 금지하며,
이 책 내용의 전부 및 일부를 이용하려면 반드시 저작권자와 도서출판 바른북스의 서면동의를 받아야 합니다.